« Je prétends que toutes les valeurs qui servent aujourd'hui aux hommes à résumer leurs plus hauts désirs sont des valeurs de décadence »

NIETZSCHE, *L'Antéchrist*, § 6

DÉDICACE

Nous étions convenus, mon éditeur et ami Jean-Luc Barré, son conjoint et moi, de nous retrouver pour dîner au restaurant *Invictus* après la conférence qu'il donnait sur Chirac à l'Institut catholique de Paris. En plus de ses belles biographies, Mauriac et Dominique de Roux, les Maritain et de Gaulle, Jean-Luc a été l'homme des *Mémoires* de Chirac et l'auteur d'une biographie imprimée du vivant de cet homme, mais tenue au chaud chez un imprimeur, puis placée en librairie quelques jours après la mort de l'ancien chef de l'État.

Mon rendez-vous terminé plus tôt que prévu, je me suis rendu à l'Institut catholique pour assister à la fin de cette réunion à laquelle participaient aussi, outre Alain Juppé, raidi plus encore par son entrée au Conseil constitutionnel, un ancien proche de Chirac devenu député macronien, une jeune étudiante organisatrice de la soirée et un autre garçon silencieux.

Le public de jeunes filles et de jeunes garçons était attentif, sérieux, appliqué. Pas de tatouages, de boucles d'oreilles, de piercings, de dreadlocks, de jeans troués, de cheveux bleus ou rouges – on aurait dit une France des années 1970, sage comme une image. Cette jeune génération prenait des notes, posait des questions, écoutait dans un silence que je dirais… religieux.

Je me suis surpris à sourire au caractère surréaliste de la scène : j'étais assis au bord de l'allée dans l'amphithéâtre René-Rémond de l'Institut catholique, moi qui ai publié un *Traité d'athéologie* et qui ai tenu contre la droite libérale maastrichienne, celle de Chirac, des propos peu amènes depuis des années… Je me sentais comme une sainte Blandine athée et transgenre dans l'arène de Lyon, les lions en moins – ce qui, du reste, demeurait confortable…

Quand la soirée s'est terminée, pendant que les livres de Jean-Luc étaient vendus et signés, un jeune homme m'a demandé si j'étais bien qui j'étais… J'ai confirmé. Il m'a dit… me lire et aimer mes livres ! Un autre est arrivé, s'est associé à la conversation, puis trois, quatre et d'autres encore.

Leur ferveur m'a profondément touché : ils avaient envie de savoir, de connaître, de travailler, de lire. L'un m'a demandé des conseils de lecture. Je leur ai dit de trouver du papier et un crayon ; ils ont sorti un téléphone portable de leur poche avant de pianoter pour noter ; ils ont soigneusement écrit la liste des dix livres de philosophie que je les invitais à lire pour répondre à la question de l'un qui me demandait si, en plus de ses études à Sciences Po, il devait s'inscrire en philo. Je lui ai répondu que lire les œuvres majeures, plume à la main, d'un philosophe majeur remplaçait avantageusement le cours magistral d'un enseignant laborieux.

J'eus alors avec ces jeunes gens le désir de leur transmettre ce que d'autres n'ont pas voulu. Ces pages sont pour eux ; elles sont aussi dédiées à Jean-Luc Barré sans qui elles n'auraient pas été écrites. Et à Louis-Thierry.

LETTRE-PRÉFACE

LE CIMETIÈRE DES VERTUS REFUSÉES

Chers ***,

Je n'ai pas eu d'enfants, je n'en ai jamais voulu, et je m'en porte très bien. Je ne le regrette jamais et je m'en félicite le plus souvent possible.

J'eus un temps l'illusion que je pourrais être père avec deux jeunes adultes, un garçon et une fille, dont la mère partage ma vie depuis plus de vingt ans, mais ils ne le voulurent d'abord pas, puis le voulurent tout de même, avant de ne plus le vouloir du tout. On ne peut être le père de qui ne le veut pas après l'avoir voulu sans le vouloir tout en le voulant.

J'avais imaginé, dans ces quelques mois où l'on m'avait également demandé d'être à la fois père et grand-père de l'enfant de cette enfant, qu'on pourrait construire une famille, autrement dit, dans l'esprit de Nietzsche, qu'il était envisageable de faire du mariage et de l'enfantement une voie d'accès au surhumain.

Dans cette perspective, je croyais que l'on pouvait fabriquer un genre de micro-communauté dans laquelle la vie pourrait se déplier et se déployer selon des valeurs choisies. Je songeais à quelques lignes de force mais il eût fallu, pour ces âmes inachevées et incomplètes, savoir qu'on n'est pas encore commencé si l'on n'a jamais rien fait pour cela. C'est un préalable sans lequel rien n'est envisageable. Cet *a priori* ne fut jamais.

L'envie de sculpter son existence comme on le fait avec une statue, le désir d'être plus que soi et, pour ce faire, d'aller au-delà de soi, la liaison et la sublimation des valeurs et des vertus théoriques dans une pratique quotidienne, l'exigence d'une vie droite, l'aspiration à la morale dans le menu détail, l'existence éthique, le souci de construire sa vie comme une œuvre que seule la mort achève, tout cela me semblait constituer un programme existentiel excitant. Qui plus est à vivre et à construire ensemble.

Quelles étaient ces valeurs ?

Pour commencer, le souci d'autrui dont la politesse est la première manifestation. Puis la prévenance, la bienveillance, la délicatesse, la longanimité, le partage, la justice et la justesse, l'honnêteté, le sens de la parole donnée. Entre soi et soi, on doit faire primer une tension et non un avachissement : la droiture est une bonne et belle métaphore. Un être droit, une vie droite, voilà qui rend possible une belle personne – c'est ce vers quoi j'imaginais que pouvait tendre une éthique partagée. Une belle personne, une belle famille comme il peut y avoir aussi un beau couple.

Il était question pour moi d'expliquer que l'affection est une construction, l'amour une volonté et l'amitié une puissance. Et que l'affection, l'amour et l'amitié ne sont nullement des idées pures ou de pures idées, mais des preuves à donner sans cesse. Preuves d'affection, preuves d'amour, preuves d'amitié : voilà un programme existentiel assez vaste pour remplir une vie tout entière.

Las ! la sagesse populaire dit qu'on ne donne pas à manger et à boire à un âne qui n'a ni faim ni soif.

Il m'a fallu ramasser ma proposition comme on remise des choses inutiles ou cassées dans une cave où elles constituent à ce jour un cimetière de vertus refusées. L'offrande d'une éthique esthétique à construire et à partager avait été reçue comme un cadeau empoisonné alors que j'y voyais, pour ma part, l'occasion de transmettre en concentré tout ce qu'il m'a fallu apprendre tout seul et longuement. Ce don d'un « gai savoir » me revenait en contre-don sous forme de gifles.

Je ne m'attarderai pas sur le détail de cette histoire déjà écrite pour ma gouverne.

En revanche, je ne souhaite pas que ce cimetière de vertus refusées se trouve recouvert de la poussière qui fait disparaître les choses sous un voile de cendres.

Et c'est à vous, chers ***, que je dois d'avoir eu envie de donner ce qui m'avait été refusé, de ne pas laisser ces morceaux de statues romaines à la seule compagnie des souris et des araignées. Vous rencontrer désireux de savoir et d'apprendre, preneurs de sens et de directions, amateurs de morale et d'éthique, impatients de vertus et de valeurs, vous voir envieux de cette droiture possible dans un monde qui s'effondre et que vous verrez plus que moi sombrer dans la nécropole des civilisations disparues, tout ce que vous m'avez donné ce soir-là, j'ai eu envie de vous le rendre avec ces lettres qui sont autant d'occasions de cartographier un monde dans lequel vous aurez à tracer votre route.

J'eus de grandes émotions, adolescent, à lire les *Lettres à un jeune poète* de Rilke. Toutes proportions gardées, bien sûr, voici pour vous quelques lettres à de jeunes acteurs et auteurs d'eux-mêmes – autrement dit, à des philosophes en puissance.

Permettez qu'au-delà de vous elles soient également utiles à d'autres jeunes filles et d'autres jeunes garçons qui, après mes conférences, viennent si souvent me demander ce que je ne peux leur offrir en quelques minutes mais que je leur donne bien volontiers avec ce petit livre. C'est un genre de traité existentiel pour voyager en mer par temps mauvais.

29 janvier 2020
Date anniversaire de la naissance de mon père

LETTRE 1
SUR LA FRANCE

Les mots...

« L'art d'être français » fut une expression utilisée par un président de la République française qui, paradoxalement, fit aussi savoir en son temps, appelé à ne pas durer dans l'Histoire, qu'il n'y avait pas de culture française, seulement des cultures en France... Or, qu'il y ait des cultures en France, ce qui est un fait, n'exclut pas qu'il y existe aussi une culture française, celle-là même dont un chef de l'État devrait connaître l'histoire, afin d'en préserver l'identité pour en favoriser la fécondité.

La France est d'abord une géologie, une géographie, un territoire, une terre, des terroirs avec des frontières la plupart du temps dessinées par la Nature – la mer qui abolit la terre, une haute chaîne de montagnes qui entrave l'avancée des hommes, des forêts impénétrables où la bête dévore son semblable, un fleuve infranchissable qui contraint à rester sur l'une de ses berges.

Ensuite, la France est une histoire produite par cette géologie sur cette géographie : le désert ne génère pas la même culture que la jungle, de même la savane ou la toundra, la montagne ou la vallée, *idem* avec la calotte glacière ou l'océan : une pensée inuite n'est pas une idée subsaharienne qui n'est pas une vision du monde des forêts ou une raison européenne. Les trois monothéismes sont affaires de désert, l'animisme, une affaire de nature luxuriante.

La chose ne se dit plus, raison de plus pour la réitérer : l'Histoire n'est pas une affaire de concepts ou d'Idées de la raison issus des grandes visions philosophiques allemandes, mais de forces naturelles et culturelles en perpétuel combat, vision que je dirai darwinienne. Depuis Charles Darwin et son *Origine des espèces* (1859) mais surtout sa *Filiation de l'homme* (1871), l'éthologie, la science des comportements animaux, dispense de métaphysique – du moins le *devrait* : nous en sommes encore bien loin. Car ce qui concerne les mammifères intéresse tout aussi bien les hommes puisque ces derniers constituent une variation sur le thème fourni par les premiers.

L'histoire de France, des tribus primitives de Lascaux à sa christianisation, est une aventure de plusieurs millénaires. Mais c'est déjà la France, car sur cette terre qui ne se nomme pas encore ainsi se joue déjà ce qui structure ce que nous sommes devenus et ce que nous sommes clairement.

À la fin du Ve siècle, avec le baptême de Clovis, la France devient chrétienne. Je n'entre pas dans les détails de cette histoire qui ressemble trop à la conversion de l'empereur Constantin à la même religion au début du IVe siècle (lequel promet sa conversion s'il remporte une bataille grâce au dieu des chrétiens. Il vainc, il se convertit donc et Constantin emporte avec lui dans sa transfiguration l'Empire, et Clovis, la France...) pour n'être pas en partie légendaire, mais souscrivons à ce schéma.

Mille ans de Moyen Âge plus tard, la France aborde un continent : celui de la Renaissance. Avant elle, un certain christianisme fait la loi : sous forme d'élucubrations pédantes avec la scolastique dans les universités – avec l'aide d'Aristote et autres philosophes on y disserte indéfiniment substances et attributs, accidents et qualités, quiddité et quoddité sans produire quoi que ce soit de bien intelligent... – et sous forme de paganisme superstitieux dans les campagnes.

On ne lit pas la Bible, car l'illettrisme est grand, y compris dans le clergé, mais on se soumet aux enseignements des curés, des évêques et des papes qui, la plupart du temps, marchent main dans la main avec le pouvoir temporel.

Le contenu de leur enseignement se résume à un catholicisme fruste : Jésus, fils de Dieu, l'est aussi d'une femme, Marie, qui n'a pas eu de relation sexuelle avec son époux, Joseph, mais qui a tout de même enfanté miraculeusement après que le Saint-Esprit lui eut annoncé cette conception virginale. Ce Jésus enseigne au petit peuple une sagesse pratique avec des allégories, des métaphores, des histoires faciles à comprendre, ainsi les miracles. Faire le bien, s'abstenir du mal, pardonner les offenses, ne pas juger, rendre le bien pour le mal, tendre l'autre joue, voilà toute la morale enseignée par les quatre Évangiles. Jésus n'y parle ni d'enfer, ni de purgatoire, ni de paradis. De façon imagée, il explique que vivre selon ses principes, c'est, sur Terre, connaître une félicité qui sauve.

Cet enseignement lui vaut la haine des juifs, car ses disciples disent de lui qu'il est le Messie annoncé dans la Torah – le livre sacré des juifs, les cinq premiers livres, dits aussi Pentateuque, de l'Ancien Testament des chrétiens – alors que les juifs orthodoxes affirment que ce Messie est à venir.

Les Romains ont d'autres raisons de ne pas aimer cet homme, car il enseigne des vertus assez peu compatibles avec leur idéal qui est tout de civisme, de virilité, de vigueur, d'énergie, de puissance, là où le christianisme enseigne la primauté de l'arrière-monde sur l'ici-bas, les vertus de la non-violence et la destruction en soi de toute trace d'orgueil, de vanité ou d'amour-propre.

Jésus est donc condamné à la mort par crucifixion. Les chrétiens assurent qu'il est ressuscité trois jours plus tard, monté aux cieux, s'est assis près de Dieu dont il est le Fils et que, de là, il attend son règne qui a été annoncé sur Terre à portée d'une génération – ce que l'on nomme la parousie, avant de faire l'objet de savantes révisions, notamment par saint Augustin. Ce dernier montre que, plusieurs générations s'étant passées entre cette promesse et l'heure où il écrit, il faut bien expliquer qu'il s'agissait d'une métaphore et que cette parousie aura bel et bien lieu, mais... sans date précise ! Selon Jésus, c'était à portée d'une vie d'homme ; selon les chrétiens, alors que la prophétie ne s'est visiblement pas accomplie, c'est une affaire de millénaires !

Pendant le millénaire médiéval, dans une France qui connaît un genre de mitose de civilisation – une série de métamorphoses des cellules qui prolifèrent afin d'obtenir une forme vivante et viable –, la pensée travaille à effacer le Jésus moral des Évangiles au profit du Christ vainqueur de la mort.

Pour parvenir à ce remplacement de Jésus par le Christ afin de construire un Jésus-Christ, l'Église met au point tout un dispositif répressif : elle passe au second plan le Jésus des vertus évangéliques au profit du Christ aux outrages qu'elle met en avant. Le cadavre du Christ devient le modèle à imiter. La première représentation d'un Christ en croix sous forme de crucifix date du Xe siècle. Avant, on représente un sage, un berger, un philosophe, un jeune homme qui enseigne.

La Passion du Christ a en effet détruit le corps de Jésus : les coups de fouet des centurions romains, la couronne d'épines enfoncée sur la tête, le trajet jusqu'au Golgotha, le mont sur lequel a été érigée la croix dont il a porté le bois sur son épaule, la Crucifixion, le coup de lance infligé par un soldat romain, tout cela a transformé le corps de Jésus en corps du Christ : la Passion est la véritable transsubstantiation – le mot désigne le passage du pain et du vin au corps et au sang du Christ dans l'Eucharistie, le cœur de la messe.

L'Église fabrique un monde terrestre dans lequel il faut ressembler au corps du Christ supplicié afin de mériter un paradis où la vie éternelle nous attend à ses côtés ainsi qu'à celui de Dieu. À défaut, une vie qui n'aura pas tendu vers le cadavre sera punie dans l'éternité par les feux de l'enfer.

Un livre du Moyen Âge connaît un immense succès, il s'agit de *La Légende dorée* de Jacques de Voragine. Cet ouvrage du XIIIe siècle raconte la mythologie chrétienne sous forme de vies de saints qui, tous, rivalisent de mépris pour leur corps. Ils veulent le martyre qui permet de gagner leur vie éternelle au ciel. Pour ce faire, ils se laissent décapiter, éviscérer, cuire sur un gril, bouillir dans une marmite, pendre, couper en morceaux, dévorer par des lions – on connaît la vie de sainte Blandine –, découper les seins, et autres joyeusetés dans lesquelles la sainte ou le saint trouvent l'extase produite par l'imitation de la souffrance du Christ lors de sa Passion. Ils achètent ainsi leur salut.

Le catholicisme se révèle donc une religion de la haine des désirs, des passions, des pulsions, de la chair, du corps, des plaisirs. Ève, la première femme, est rendue coupable du péché originel qui a consisté à goûter au fruit de l'Arbre de la connaissance – celui que porte l'Arbre du savoir. De cette faute commise par une femme proviennent une série de malédictions : devoir gagner son pain à la sueur de son front par le travail, enfanter dans la douleur, souffrir et mourir, connaître la pudeur. Les femmes sont donc tenues pour coupables du Mal dans le monde. L'Église catholique chasse et brûle les sorcières sur des bûchers.

Pendant que le clergé fait régner la terreur sur les croyants en leur imposant une morale répressive, qu'il menace d'enfer et de malédictions éternelles les contrevenants, des curés, des prêtres, des évêques, des papes même, mènent grand train, une vie de luxe, de luxure et de débauche.

Les riches peuvent payer les membres de l'Église pour se faire pardonner leurs péchés : on nomme cette forfaiture les indulgences.

Le Vatican récupère l'argent et les dons qui permettent aux pécheurs de pécher sans crainte, de recommencer et de se faire absoudre à nouveau en payant une fois de plus.

Voici à grands traits le premier millénaire de la France. Il s'avère incontestablement catholique. Les racines chrétiennes de la France ne font aucun doute... Ceux qui, la plupart du temps, nient cette évidence ne falsifient l'Histoire que pour faire commencer la France à la Révolution française. Mais en 1789 la France a déjà au moins mille cinq cents ans d'existence derrière elle ! Et ce sont des temps judéo-chrétiens.

En Allemagne, Martin Luther casse l'Église catholique en deux ; en France, le Picard Jean Calvin fait de même. L'Europe se trouve donc déchirée par les guerres de Religion. Les protestants invitent à nettoyer les écuries d'Augias de l'Église catholique : entre autres différences avec les papistes, ils ne reconnaissent pas l'autorité du pape, ils fustigent le culte des reliques, ils ne souscrivent pas à la virginité de Marie, ils récusent le culte des saints, la confession, la présence réelle du Christ dans l'hostie.

La nuit de la Saint-Barthélemy, le 24 août 1572, a lieu un massacre qui se poursuit hors de Paris dans plusieurs grandes villes de province et ce pendant plusieurs semaines. Ce carnage ouvre une page nouvelle de l'histoire de France. Jusqu'alors, le pays a connu un millénaire catholique ; après cette terrible nuit, un nettoyage du judéo-christianisme s'effectue avec l'aide de grands noms de la littérature, des idées, du théâtre. Il n'est alors pas question d'abolir la religion catholique mais de desserrer l'étau dans lequel la civilisation ne peut donner sa pleine mesure.

C'est donc après cette date que la France invente ce qui va donner lieu à des visions du monde élargies qui se trouvent ensuite associées à l'esprit français.

À tout seigneur, tout honneur : Montaigne conçoit une nouvelle façon de penser, libérée des pesanteurs religieuses. Autrement dit, *il invente la laïcité* : Dieu existe, c'est une affaire entendue, Montaigne y croit vraiment, sincèrement, il dépose même un ex-voto à la Vierge lors d'un voyage à Notre-Dame-de-Lorette, mais il estime qu'il est catholique parce que né en France et que, né en Perse, il aurait été mahométan, ou protestant s'il avait vu le jour en Allemagne. Il nettoie la religion catholique des scories accumulées avec le temps et ne croit pas aux miracles, au pouvoir des médailles, à l'idéal ascétique, à la famille comme horizon indépassable de la sexualité, à la nécessité de convertir les peuples du Nouveau Monde, à la chasse aux sorcières, aux indulgences, il est un Moderne qui, suivant le moment et leur utilité, veut redonner leur lustre aux écoles de sagesses antiques : scepticisme, stoïcisme et épicurisme. Avec ce programme, il révolutionne la pensée, crée le monde moderne et incarne le premier l'esprit français.

Il écrit en français, il est clair et simple, il est drôle et, à lui tout seul, sans autre compagnie intellectuelle que celle des Anciens, plutôt romains que grecs d'ailleurs, il invente une forme nouvelle qui est celle de l'« essai ». L'essai abolit les formes impossibles pratiquées par l'université française. La scolastique expose en effet des propositions religieuses et philosophiques avec l'apparence de la logique en exploitant jusqu'au ridicule la pensée aristotélicienne. La *Somme théologique* de saint Thomas d'Aquin est un édifice aussi compliqué qu'une cathédrale avec ses articulations : article, objection à l'article en sens contraire de l'objection, réponse à cette remarque, solutions avant passage à l'article suivant, lui aussi suivi d'objection, etc. La pensée scolastique n'avance plus. Elle permet de prouver tout et le contraire de tout, les fantaisies les plus extravagantes. Pour moquer cette façon de faire devenue folle, Montaigne écrit : « Le jambon fait boire, le boire désaltère, par quoi le jambon désaltère » (*Essais*, livre I, chap. XXVI). On ne peut mieux faire s'effondrer l'édifice vermoulu de la pensée scolastique qu'en montrant avec cet apparent syllogisme que la logique médiévale est à dépasser au profit d'une liberté de ton qui est celle de l'essai – une forme typiquement française. Il est le promoteur de la ligne claire en philosophie.

Les *Essais* contiennent toute la modernité en puissance. On y trouve en effet matière à ce que notre modernité développera par la suite : la laïcisation de la pensée, la méthode introspective, le sujet moderne, la philosophie expérimentale, le relativisme culturel, l'homme nu, la sobriété heureuse, la religion rationnelle, l'antispécisme, le féminisme, l'amitié postchrétienne, la pédagogie, le corps postchrétien[1].

Contemporain de Montaigne et compagnon de route de cette liberté d'esprit inaugurée par l'essayiste, Rabelais joue un rôle majeur dans la construction de l'esprit français. Son œuvre a rendu possible l'épithète « rabelaisien » qui, nul n'en disconviendra, s'avère un marqueur fort de l'esprit français.

Rabelais invente le roman moderne dans la première moitié du XVIe siècle – *Don Quichotte*, c'est au siècle suivant... On a beaucoup écrit sur l'occultisme, le sens caché, le rôle de la cabale, le chiffrage des livres de Rabelais – *Pantagruel*, *Gargantua*, *Tiers Livre*, *Quart Livre*. Mais c'était une façon d'obscurcir ce qui se révèle simple à qui veut lire ce qu'il y a d'écrit !

---

1. Voir le développement de cette thèse dans « Savoir jouir loyalement de son être. Lire, lire encore et relire Montaigne », dans Montaigne, *Les Essais*, Robert Laffont, coll. « Bouquins », 2019

On ne dit pas que son œuvre formule le retour du refoulé chrétien sous forme de célébration du corps brimé par le judéo-christianisme : *il invente le corps épicurien français*. Alors que l'Église enseigne aux femmes à être vierges et mères en même temps, ce qui paraît bien périlleux et augure mal d'une érotique digne de ce nom, et aux hommes d'être soit semblables à Jésus qui est une métaphore qui ne mange ni ne boit, sauf des symboles (le pain signifiant le levain de l'Église à venir, le vin annonçant le sang de la Passion et le poisson jouant de l'homophonie en grec entre poisson et Christ), ne rit ni ne dort, ne « chie » ni ne « baise », pour utiliser les mots de notre auteur, soit semblable au Christ qui est un cadavre de supplicié, Rabelais jubile des flux du corps humain très humain. Les seigneurs de Baisecul – pas besoin de décoder – ou Humevesne – qui renifle les pets – côtoient Gargantua, dont le nom veut dire « grand gosier », car il demande à boire dès qu'il naît dans une grande débauche de matières gynécologiques, qui grimpe sur les tours de Notre-Dame, défait sa braguette, pisse et noie les Parisiens ; ailleurs, à Nantua, il lâche une crotte qui devient un mont, il utilise un torche-cul fait d'oiseaux au doux duvet, non sans avoir précisé quelles autres choses auraient pu servir à pareil usage ; les banquets ne sont pas symboliques ou allégoriques, comme dans les Évangiles, mais, *justement*, gargantuesques, c'est-à-dire démesurés, on y rit grassement, on fait des farces énormes, on multiplie les plaisanteries vulgaires, on accumule les jeux de mots, on y pratique les sous-entendus sexuels et scatologiques, le tout avec force victuailles englouties et quantité de vins bus !

Le même Gargantua fonde une république libertaire, la fameuse abbaye de Thélème, où les moines vivent selon un principe simple : « Fais ce que voudras. »

Rabelaisien, nous dit le dictionnaire, caractérise un personnage « qui est digne de Rabelais, a la gaieté libre et truculente que l'on trouve chez Rabelais ». *Avoir la gaieté libre et truculente*, voilà une autre pierre avec laquelle construire l'édifice de l'esprit français.

Voici une autre roche. C'est celle que taille René Descartes et qui nous permet de disposer de l'épithète « cartésien ». On dit des Français qu'ils le seraient. Là aussi, là encore, demandons au dictionnaire ce que signifie ce mot : les deux premiers sens disent : « Relatif à Descartes, à ses théories, à sa philosophie » et : « Partisan de la philosophie de Descartes ». Mais c'est ce troisième sens qui m'importe ici : « Esprit cartésien : qui présente les qualités intellectuelles considérées comme caractéristique de Descartes. » Et de renvoyer sèchement, sans plus de détails, à : « clair, logique, méthodique, rationnel, solide » – les antonymes, qui en disent autant sur ce mot, sont : « confus, mystique, obscur ».

Comme souvent avec les dictionnaires, si l'on connaît le sens du mot, on en comprend la définition ; mais si on l'ignore, on ne se trouve guère avancé ! Car quiconque cherche à savoir ce que signifie le mot « cartésien » ignore par hypothèse ce que sont « les qualités intellectuelles considérées comme caractéristiques de Descartes », sinon il ne lui viendrait pas à l'esprit de consulter le Robert...

Reprenons les choses au début.

Descartes passe pour le premier philosophe français de la modernité : il invente la raison critique. Mais cette proclamation est celle des professeurs, car pourquoi pas Montaigne qui, un siècle avant lui, publie le premier grand livre de philosophie française qui va rendre possible la philosophie européenne ? Parce que Montaigne propose une sagesse sans méthode et Descartes une méthode sans sagesse ; or la corporation philosophante préfère un fabricant de méthode à un apôtre de sagesse.

Il se fait que cette méthode passe pour qualifier l'esprit français. Quelle est-elle ?

Descartes n'est pas un professeur de philosophie, cette corporation fut celle des scolastiques avant lui, elle sera après lui celle des scolastiques à venir en Allemagne au XIXe siècle avec l'idéalisme allemand de Kant, Hegel et quelques autres, dont Heidegger.

Il était soldat et ne faisait nullement profession de philosophie.

Pour en finir avec la fausse méthode scolastique qui a sévi pendant mille ans et produit tant de choses inutiles, il se propose de partir de lui-même avec le projet d'obtenir une vérité sur laquelle, première pierre taillée de son édifice intellectuel, il entend bâtir l'édifice d'une pensée rationnelle.

Il se propose de faire table rase de tout son savoir passé, en prenant bien soin d'épargner « la religion de son roi et de sa nourrice » – autrement dit, de ne toucher ni au catholicisme ni à la monarchie. Prudent, il active le doute cher aux philosophes pyrrhoniens de l'Antiquité. Il faut douter, mais on ne peut douter qu'on doute quand on doute, écrit-il. Penser, c'est être – ce que dit son fameux : « Je pense, donc je suis. » Voilà la première vérité et elle ne doit rien à Dieu qu'elle laisse là où il est – car Descartes y croit et donne même la preuve dite ontologique de son existence en affirmant : qui d'autre que Lui pourrait mettre en chacun l'idée et la vérité de Lui, sinon Lui ?

À partir de cette première vérité, il propose de rechercher ce qui peut être dit vrai et le voit dans ce qui apparaît comme clair et distinct. Il s'agit de bien conduire sa raison selon les règles de la méthode : autrement dit ne rien prendre pour vrai qui n'ait été prouvé comme tel. Bien juger, distinguer le vrai du faux, savoir user correctement de sa raison, procéder avec méthode. Descartes ne prétend pas proposer *une* méthode, mais *sa* méthode : il se fait qu'elle deviendra *la* méthode d'une raison conduite indépendamment des impératifs de la religion. Montaigne laïcise la pensée et Descartes propose *une méthode pour donner à la Raison les pleins pouvoirs*, ce qui définit l'esprit cartésien. C'est ce qui constitue le cartésianisme et qui va permettre à la philosophie française de s'émanciper petit à petit des oukases catholiques et de la tyrannie de l'Église. Ce cartésianisme, via une cohorte de philosophes, dont des penseurs matérialistes, constituera la philosophie des Lumières[1].

Quatrième pierre constitutive du château de l'esprit français : *la pratique de l'ironie voltairienne*. Voltaire a beaucoup écrit : tragédies et poésies, histoires et contes, lettres et traités, et ce sur tous les sujets : science et religion, philosophie et politique, actualité et critique littéraire, etc. Il a cru laisser son nom à la postérité avec ses tragédies, que plus personne ne lit ou ne monte, alors qu'il est connu sur la planète entière pour ses combats en faveur de la tolérance parce qu'ils ont fait de lui le premier des intellectuels – une spécialité française aussi, cela soit dit en passant… Les affaires Sirven, Calas ou

1. Voir le détail de ce processus dans Michel Onfray, *Les Libertins baroques* et *Les Ultras des Lumières*. *Contre-histoire de la philosophie*, tomes III et IV, Grasset

du chevalier de La Barre, dans lesquelles il intervient pour fustiger le caractère intolérant de la religion catholique, ont beaucoup fait pour sa réputation.

Mais, quel que soit le sujet abordé par Voltaire, il y manifeste toujours un esprit français qui suppose la subtilité du langage et l'élégance rhétorique, la délicatesse d'expression et le sous-entendu ironique, l'humour léger ou l'ironie cinglante, le cynisme caustique ou la plume assassine. Des épigrammes ont sorti du néant quelques auteurs qui doivent leur survie au fait d'avoir été leurs victimes – je songe par exemple au critique littéraire Fréron[1]...

L'ironie table sur l'intelligence de l'auditeur : elle permet de dire sans dire tout en disant. Elle suppose le second degré, à savoir la capacité, pour celui à qui elle est destinée, de comprendre ce qui se trouve dissimulé derrière un voile que seul peut soulever l'intelligence – quand elle est là.

Voltaire est un Socrate français : il interroge et questionne sans en avoir l'air, il démolit des certitudes avec le sourire, il détruit des idées fausses avec un sarcasme, une boutade, un jeu de mots, une plaisanterie, il ruine la réputation d'un puissant avec un bon mot, il est drôle et moqueur, jamais grossier ni

1. L'autre jour, au fond d'un vallon
Un serpent mordit Jean Fréron
Que pensez-vous qu'il arriva ?
Ce fut le serpent qui creva !

vulgaire, nulle part épais ou gras, mais toujours fin et subtil.

Avec cette méthode, qui n'a rien à voir avec celle de Descartes qui a la faveur des philosophes de métier, il attaque tout aussi bien, mais avec légèreté et finesse, grâce et élégance, les préjugés et les lieux communs, les mythologies d'une époque et les mensonges sociaux du moment.

Cinquième pierre : *les feux d'artifice du marivaudage*. Le théâtre de Marivaux met en scène des personnages qui offrent un festival langagier dans lequel la conversation produit des effets de beauté tout autant que de sens – autrement dit, on y brille tout en convainquant.

Nous sommes avant la Révolution française qui ouvre grandes les portes au langage canaille et à la rhétorique militante, au pugilat verbal et à la dialectique guerrière dont le Hébert du *Père Duchesne* sera le héraut, et ce contre le dialogue policé présenté comme un reliquat de l'ancien monde.

Or, il y eut un art français de la conversation, c'était avant les têtes portées au bout des piques dès 1789. Cet art se manifestait dans les salons où les femmes tenaient un rôle majeur – Mme de Lambert, Mme de Tencin, Mme du Deffand, Mme Geoffrin, Mme de Lespinasse, Mme Helvétius, qui, toutes, ont en effet porté haut la flamme de la conversation intelligente.

Chez Marivaux, les personnages se trouvent au milieu d'intrigues nouées et dénouées par l'usage d'un langage subtil. Littré dit du marivaudage qu'il suppose « un style où l'on raffine sur le sentiment et l'expression ». Le théâtre de Marivaux cite les conversations des salons de Mme Lambert et de Mme de Tencin : les subtilités, les saillies, les brillances, les finesses, les grâces, les légèretés, les charmes, en un mot : l'intelligence de la conversation se trouve portée à son point d'incandescence.

Le *Dictionnaire historique de la langue française* quant à lui donne sa définition : « Propos, comportement de galanterie délicate et recherchée. » L'article renvoie à une citation de Diderot : « Préciosité, recherche dans le style et dans les sentiments, à la manière des pièces de Marivaux. » Avec cette délicatesse, Marivaux occupe l'extrémité du spectre dans lequel on trouve, à son opposé, Rabelais et son goût de l'énorme. Entre ces deux pôles, il y a matière à des variations de langage et de pensée qui permettent tout aussi bien le son du filet d'eau dans un ruisseau que le vacarme d'un torrent furieux, la séduction flûtée et la colère jupitérienne, les mots doux et le verbe dantesque.

Sixième pierre : *la geste hugolienne*. Victor Hugo est à la littérature ce que sont les volcans, les tremblements de terre, les raz-de-marée à la nature : un spectacle sublime.

Cet homme fut un ogre en tout, dans sa vie privée, sexuelle, amoureuse, familiale, tout autant que dans son activité d'écrivain qui le vit exceller comme romancier, dramaturge, poète, chroniqueur. Il fut aussi homme politique, monarchiste élu à la Chambre des pairs, puis républicain emblématique. À ceux qui se demandent quel écrivain pourrait incarner la France, il faut répondre Hugo.

Son enterrement fut l'occasion d'une cristallisation française, d'une sublimation ou d'un précipité, au sens chimique, qui a permis de réunir les puissants et les misérables, les ministres et les ouvriers, les autorités et les gens de peu. L'homme qui meurt après une longue agonie âgé de quatre-vingt-trois ans refuse l'extrême-onction ; cinq cents personnes attendent l'annonce de sa fin au pied de son appartement ; deux mille se retrouvent devant chez lui quand l'annonce est faite de son trépas ; près de deux millions assistent à ses obsèques ; on loue des balcons, des toits, des cheminées, des échelles, des escabeaux, des fenêtres, des vitrines de magasins vidés pour l'occasion et commercés à des prix faramineux à ceux qui veulent voir le cercueil passer ; les funérailles sont nationales ; le corps est exposé sur un immense catafalque placé sous l'Arc de triomphe ; dix-neuf discours sont prononcés ; l'église Sainte-Geneviève est désaffectée pour cette occasion afin de restaurer le Panthéon où le corps est déposé et où il repose depuis.

Qu'avait-il fait pour mériter cela ? Écrire et publier *Les Misérables*. Pas seulement, mais ce livre y est pour beaucoup. On trouve dans ce chef-d'œuvre de la littérature française deux pages dans lesquelles Hugo ramasse le programme de justice qui fait la grandeur de la France de la Déclaration des droits de l'homme et du citoyen.

À savoir ?

Le programme politique de Hugo est simple : il s'agit de « la question du bonheur ». Et le romancier de parler d'économie et de guerre, de droit de l'homme et de peine de mort, de droit des femmes, mais aussi de celui des enfants, de production et de répartition des richesses, donc du travail et du salaire, donc d'emploi des forces et de distribution des jouissances, de puissance publique et de bonheur individuel, d'égalité et d'équité, de prospérité sociale et de citoyen libre, mais aussi de nation grande. Hugo écrit contre le capitalisme anglais, contre le libéralisme qui paupérise, contre la grandeur de l'État qui entraîne la misère du peuple et la souffrance de l'individu – c'est le règne de l'égoïsme ; il écrit également contre le communisme dont la répartition tue la production et le partage détruit l'émulation, c'est-à-dire le travail.

Voici sa proposition : « Encouragez le riche et protégez le pauvre, supprimez la misère, mettez un terme à l'exploitation injuste du faible par le fort, mettez un frein à la jalousie inique de celui qui est en route contre celui qui est arrivé, ajustez mathématiquement et fraternellement le salaire au travail, mêlez l'enseignement gratuit et obligatoire à la croissance de l'enfance et faites de la science la base de la virilité, développez les intelligences tout en occupant les bras, soyez à la fois un peuple puissant et une famille d'hommes heureux, démocratisez la propriété non en l'abolissant, mais en l'universalisant, de façon que tout citoyen sans exception soit propriétaire, chose plus facile qu'on ne croit, en deux mots sachez produire la richesse et sachez la répartir ; et vous aurez tout ensemble la grandeur matérielle et la grandeur morale ; et vous serez dignes de vous appeler la France. » Cela, dit Hugo, se nomme « socialisme » : au XIXe siècle c'était une idée neuve, le XXe l'a détruite, elle reste un horizon au XXIe.

... et les choses

Vous l'aurez probablement compris, notre époque ne permet plus d'être rabelaisien, cartésien, voltairien, de pratiquer le marivaudage et de se réclamer de l'idéal de Victor Hugo. Ce qui faisait notre civilisation n'est plus défendable sauf à passer pour un conservateur, voire un réactionnaire – quand ça n'est pas pis : un vichyste, un pétainiste visant à réactiver l'atmosphère-nauséabonde-des-heures-les-plus-sombres-de-notre-histoire...

Le corps de Rabelais, qui manifestait le retour du refoulé chrétien, est redevenu une chair platonicienne, autrement dit, une chair désincarnée, dépouillée, vidée de sa substance, idéalisée, artificialisée. Elle n'est plus, comme dans *Gargantua,* la chair qui mange et boit, qui pisse et défèque à grand bruit, qui ripaille et couche, qui rote et pète et rit, elle n'est plus la chair d'un homme qui est un ogre ou d'une femme plantureuse, elle n'est plus sexuée ou sexuelle, avec braguette ou corsage, barbes ou poitrines, elle est une chair artificialisée présentée comme une cire vierge sur laquelle il suffirait d'apposer un tampon volontariste qui lui donnerait signe et sens.

Il n'existerait donc plus d'hommes ou de femmes naturellement : plus de mâle ou de femelle, plus d'homme avec un pénis et plus de femme avec une vulve, plus de phallus et plus de vagin. La haine de la nature, qui procède de sa méconnaissance orchestrée par des philosophes urbains et parisiens, ceux de l'existentialisme et du structuralisme, fait dire désormais qu'on choisit son sexe et qu'on a beau être né génétiquement, anatomiquement, physiologiquement homme, si l'on décide qu'on est une femme, on en a le droit ; on le veut, donc on l'est. Il suffit alors de subir un traitement... hormonal et une opération chirurgicale d'ablation des organes génitaux ou de prothèse des mêmes organes.

Cette indifférenciation sexuelle s'avère un premier pas vers une artificialisation des corps qui vise à long terme leur mécanisation afin d'en faire un jour pleinement commerce dans un univers homogène transformé en supermarché où tout s'achète et se vend. Ici apparaissent les prémices du transhumanisme qui exige dès à présent une chair mécanique, un corps machine, une viande conceptuelle – comme on en produit désormais : des steaks sans viande ou des viandes sans animaux issues de cultures tissulaires effectuées dans des boîtes de Petri et cuisinées à l'ancienne avec ail et persil écoresponsables.

La virtualisation de la sexualité se manifeste partout : la consommation de pornographie sur le Net est le premier motif de connexion ; les ventes de poupées en silicone dont la ressemblance avec des corps réels est poussée à son paroxysme explosent, à des prix faramineux ; les relations sexuelles virtuelles à distance ou avec des avatars se multiplient grâce à des casques et des gants, onanisme généralisé devant un écran de télévision, d'ordinateur ou de téléphone portable ; tout cela témoigne en faveur de la disparition de l'*être*, de l'autre qui n'est plus qu'une chose à *avoir*, à posséder.

La reproduction, sous prétexte d'égalité entre les hétérosexuels et les homosexuels, se trouve totalement artificialisée. À la présidente d'une association défendant les principes de la famille traditionnelle, autrement dit, un père et une mère pour un enfant, le président de la République Emmanuel Macron a dit : « Votre problème [*sic*], c'est que vous croyez qu'un père, c'est forcément [re-*sic*] un mâle [re-re-*sic*]. » Si c'est un problème de souscrire au réel et à l'évidence, la raison n'a plus droit de cité !

Cette artificialisation des naissances est le premier temps d'un État universel où le corps sera pure marchandise.

Notre époque ne permet plus non plus d'être cartésien. L'art de savoir conduire correctement sa raison n'est plus à l'ordre du jour. Une personne qui se dit antiraciste peut très bien fustiger un Blanc en lui interdisant l'accès à une salle sous prétexte qu'en tant que Blanc il est intrinsèquement responsable et coupable d'un colonialisme vieux de plusieurs siècles. Quiconque invoque l'antériorité de la pratique de la traite négrière chez... les musulmans, alors que le dossier s'avère amplement documenté, aggrave son cas et passe pour le seul et unique responsable du colonialisme planétaire. Ajoutons à cela que l'esclavagisme a duré deux siècles sous la férule des Blancs, deux siècles de trop, bien sûr, mais qu'il existe encore en régime d'islam, je songe à l'Arabie saoudite, au Pakistan, à l'Éthiopie, au Soudan, à la Mauritanie, à la république démocratique du Congo, et dans les trois quarts de l'Afrique, autrement dit, depuis quatorze siècles, soit sept fois plus longtemps que sous le régime des Blancs… Ajoutons à cela que l'esclavage n'existe plus dans aucun pays occidental.

Le schéma chrétien qui fait payer la faute d'Ève à la totalité des humains, à commencer par Adam qui n'en peut mais, reprend du service : on n'est pas coupable de *ce que l'on a fait*, mais de *ce que l'on est*, comme les aristocrates pendant la Révolution française ou les Juifs et les Tziganes sous le régime national-socialiste. L'essentialisation empêche de penser finement, elle astreint au manichéisme des couleurs de peau, elle contraint à la discrimination raciale.

De même, on peut aujourd'hui estimer que les femmes sont inférieures aux hommes, que l'homosexualité est une abomination, qu'il faut exterminer les Juifs, ce qui contredit la Déclaration des droits de l'homme, les valeurs de la République française et ses lois, pourvu que, dans ce programme intolérant emblématique, on se réclame du Coran… Le relativisme interdit qu'on pense sainement, il contraint au réductionnisme.

Ajoutons également qu'en matière d'écologie le réchauffisme est l'idéologie officielle. Rappeler que notre planète a connu une succession de périodes de réchauffement et de glaciations *alors même que les hommes n'étaient pas encore apparus*, et ce afin non pas de nier le réchauffement, mais d'inviter à faire la part des choses entre l'anthropisme – la responsabilité des hommes – et les cycles mesurés par l'astrophysique, la part du cosmos, voilà qui n'est plus possible. La causalité magique défend de penser vraiment, elle oblige au catéchisme.

Possibilité d'être raciste sous prétexte qu'on serait racisé, autrement dit victime du racisme, possibilité d'être misogyne, phallocrate, antisémite et homophobe, pourvu qu'on utilise la couverture de l'islam, possibilité de culpabiliser tous les hommes rendus responsables du réchauffement climatique en ignorant la puissance et le rôle des cycles du cosmos en la matière, mais aussi possibilité, si l'on est LGBT, de dire que le masculin et le féminin n'existent pas naturellement mais sont uniquement des constructions culturelles, c'est la fameuse théorie du genre, voilà qui permet de montrer que, si l'on est de couleur, si l'on est musulman, si l'on est LGBT, on peut s'affranchir du fonctionnement de la raison pour lui préférer l'accusation, l'imputation, l'inculpation, la diffamation. La raison est présentée comme un instrument des mâles blancs dominants – et rien d'autre. Descartes n'étant ni noir, ni transsexuel, ni musulman, sa méthode n'a plus droit de cité, elle n'est qu'un instrument de domination coloniale... Descartes est à jeter dans les poubelles de l'Histoire et le cartésianisme, l'outil d'une idéologie inhumaine.

Notre époque interdit désormais l'ironie voltairienne. Avant Voltaire, en effet, on ne pratique pas l'ironie comme une méthode philosophique. Certes Aristophane, Plaute et Térence, Lucien de Samosate en leur temps y ont eu recours. Mais c'est l'auteur des contes philosophiques qui, bravant le pouvoir des rois qui n'avait pas ses faveurs et celui du clergé qui lui semblait empêcher l'avènement du Dieu des déistes, remet au goût du jour cet art bien français d'enseigner en mettant les rieurs de son côté. Des siècles de philosophie scolastique docte et ennuyeuse, absconse et fumeuse, ont laissé place, avec Montaigne, qui ne manquait pas d'humour lui non plus, à une façon de philosopher claire et limpide, lucide et joyeuse – un « gai savoir » français.

Ainsi, quand il veut critiquer les fables chrétiennes, Voltaire recourt à l'humour, à l'ironie et non à l'attaque frontale et agressive. Par exemple, il consacre un article à « Inondation » dans son *Dictionnaire philosophique* – il s'agit bien sûr d'analyser le Déluge... Il estime en effet que c'est miracle que Noé ait pu rassembler tous les animaux du monde dans une seule arche, qu'ils aient pu y tenir pendant dix mois et qu'il ait embarqué assez de nourriture pour alimenter toute cette armada, qu'aucun animal ne soit mort, que tous aient trouvé de quoi manger juste après la descente des eaux – et de conclure : « Ce sont des mystères qu'on croit par la foi, et la foi consiste à croire ce que la raison ne croit pas ; ce qui est encore un autre miracle. » Où l'on comprend que l'exposé de ce qui est déraisonnable montre ce qu'est le raisonnable, donc révèle en même temps en quoi consiste un sain et bon usage de la raison !

Cet humour qui exige le sens des nuances et de la subtilité, de la demi-teinte et de l'intelligence – le fameux « esprit de finesse » de Pascal –, n'est plus possible. Car ces vertus ne sont plus enseignées et elles ne sont pas innées : on ne naît pas subtil, on le devient...

Lorsque le philosophe Alain Finkielkraut réagit à l'attaque d'une féministe qui lui reproche (avec raison) de défendre le viol en défendant Polanski qui s'en est rendu coupable, qu'il s'emballe (à tort) et recourt dans la foulée à l'ironie (il a raison) en disant que bien sûr il défend le viol et que d'ailleurs il viole sa femme tous les soirs, la féministe s'insurge (à tort) contre le fait qu'il persiste et signe en invitant à violer les femmes à l'exemple de la sienne... Le pire n'est pas que cette féministe, diplômée d'histoire à l'université, n'ait pas perçu l'humour et l'ironie, sinon le cynisme au sens grec du terme, c'est qu'une cohorte de gens avec elle ne l'aient pas mieux perçu et aient pris un trait d'esprit voltairien pour une affirmation péremptoire !

Or l'humour de Swift, l'ironie de Voltaire, le cynisme de Diogène, supposent que celui qui recourt à ces stratégies rhétoriques table sur l'intelligence de son interlocuteur. C'est parce que Swift sait que le lecteur corrigera qu'il affirme que, l'Irlande connaissant la famine et la surpopulation, on peut régler les deux problèmes en invitant à manger les enfants ! C'est parce qu'il sait que son lecteur comprendra que Voltaire peut accumuler les remarques drôles sur l'arche de Noé ! C'est parce qu'il sait que son public saisira les leçons philosophiques de ses jeux de mots, de ses plaisanteries, de ses gestes les plus connus – l'onanisme, le cannibalisme, la pétomanie… – que Diogène peut y recourir afin de donner des leçons de philosophie concrète.

Aujourd'hui, tout est pris au pied de la lettre, le second degré, ne parlons pas du troisième, s'avère obscur pour le plus grand nombre. Les références qui permettent de comprendre les plaisanteries ont disparu, ce qui se présente comme de l'humour ou de l'ironie n'est plus, la plupart du temps, qu'un festival de grossièretés gratuites ou d'attaques *ad hominem* contre les têtes de Turc choisies parmi les adversaires politiques – je songe aux rendez-vous quotidiens de France Inter, radio du service public, donc payée par le contribuable.

De même, notre époque ne permet plus le marivaudage. Le jeu de séduction est vieux comme le monde. Qu'on songe à *L'Art d'aimer* d'Ovide qui, au début de l'Empire romain, sous Auguste, détaille les techniques les plus éprouvées de ce que l'on nommera ensuite la drague. Le regard appuyé, le sourire esquissé, la conversation engagée, la discussion prolongée, jusqu'au moment où, le désir s'étant comme un plaisir cérébral et intellectuel, il peut devenir un plaisir sensuel et charnel.

Le marivaudage est l'art très français de cette séduction et de ses étapes. Il n'a rien à voir avec la drague lourde et vulgaire, sinon grossière, et encore moins avec des gestes engagés sur son corps sans l'avis du partenaire, je ne parle pas de la situation où cet engagement se ferait contre le partenaire – ce qui est purement et simplement un viol.

Là aussi, là encore, il faut le sens des nuances pour éviter de franchir ce qui sépare la séduction verbale des voies de fait. Toucher, tripoter, palper, tâter, effleurer, frôler, chatouiller, caresser sans l'assentiment de l'autre, ne relève pas du marivaudage mais bien du viol. La frontière est facile à distinguer : le jeu de séduction est envoi de signes, réactions aux signes et adaptation des autres signes aux réactions données. Tout le marivaudage est jeu de langage dans cette dialectique des signes donnés et rendus. « Oui » veut dire *oui*, « peut-être » veut dire *peut-être*, « non » veut dire *non*.

Mais le manque de maîtrise du langage, sinon de soi, interdit le marivaudage. De la même manière qu'il faut l'intelligence pour comprendre l'humour et l'ironie, il en faut aussi pour appréhender le je-ne-sais-quoi et le presque-rien, l'infime et l'ineffable, le minime et l'inframince qui sont les outils du marivaudage.

Nous sommes dans un temps qui, barbare parce que dépourvu de culture et d'intelligence, voit du viol partout : là où il est bien sûr, et c'est très bien, mais pas toujours là où il se trouve, ce qui se révèle dommageable. La promotion canapé – l'ancienneté de l'expression dit l'ancienneté de la chose… – est aussi vieille que le monde, ce qui n'est bien sûr pas une excuse. Elle n'a de toute évidence jamais été défendable, car elle engageait la plupart du temps un supérieur hiérarchique et une femme qui lui était professionnellement soumise.

L'inversion des choses fait que, la parole se libérant, nombre de femmes avouent qu'elles ont couché pour une promotion ou, dans le cinéma, pour un contrat – elles ont pu y consentir à l'époque, mais le consentement ayant changé de définition parce qu'on a changé d'époque, il est aujourd'hui considéré comme un viol. Pour certaines, soumises et contraintes par la force, c'était véritablement un viol, il n'y a pas à barguigner. Difficile de démêler l'écheveau avec celles qui ne voyaient rien à redire à une relation intime avec un mâle dominant porteur des attributs symboliques de la puissance de l'entreprise dans laquelle elles exerçaient – le contremaître, le directeur, le patron, le producteur, le riche, le puissant… Le cynisme, l'opportunisme, le carriérisme n'affectent pas un sexe plus qu'un autre. Dans un troupeau de mammifères, il y a toujours (eu) de la jouissance à partager la compagnie des mâles dominants.

Cette situation exécrable dans le passé donne naissance, en réaction, à une situation exécrable aujourd'hui puisqu'il est question, par exemple, d'assimiler un regard appuyé à un viol : un regard de désir, qui plus est un *regard du désir entendu comme un plaisir*, pas plus, pas moins, est désormais susceptible d'être perçu comme un viol : *eye rape*, comme il est dit dans le pays dont nous vient cette idéologie.

Le 14 juin 2019, à Genève, lors d'une marche pour les « droits des femmes » – c'est ainsi que la chose fut présentée… –, des adolescentes sont massivement descendues dans les rues en scandant, fixant les hommes qui baissaient la tête, un : « Ne nous regardez pas ! » sous prétexte que le regard d'un homme posé sur une femme était assimilable à un déshabillement non consenti, donc aux prodromes d'un viol, donc à un viol en bonne et due forme ! Bien sûr, ces cris étaient scandés à l'endroit d'hommes transformés *de facto* en violeurs parce que c'étaient des hommes et que ces jeunes filles estimaient qu'un homme (blanc bien sûr…) est *essentiellement* un violeur, non pas du fait qu'il aurait violé, ce qui, bien sûr, aurait été répréhensible et condamnable, mais du simple fait que, blanc et homme, il est dans les attributs de sa sexualité de ne concevoir la relation sexuelle que sur le principe de la domination violente imposée aux femmes ! De la même manière qu'un fantasme raciste prête aux Noirs un organe génital développé ou aux femmes noires des fureurs utérines sans nom, un même fantasme assimile l'homme blanc à un violeur – même s'il n'a jamais touché une seule jeune fille de sa vie...

La culpabilité ne se trouve plus associée à un acte délictueux dûment constaté, mais à l'être même de l'homme blanc, au fait que le Blanc soit blanc, et rien d'autre. Être blanc, voilà la faute, ne la cherchez pas ailleurs ! De la même manière que, dans le IIIe Reich, le Juif était coupable du simple fait d'être, quoi qu'il ait fait, chez celles qui se présentent comme féministes, un homme s'avère coupable de viol, fût-il totalement vierge !

Cette même idéologie dite de gauche, en fait foncièrement nihiliste, estime qu'un violeur de couleur qui a affectivement violé – je songe aux mille deux cents femmes dont cinq cents sexuellement abusées le 31 décembre 2015 par deux mille migrants issus d'Afrique du Nord à Cologne et à Hambourg – ne saurait être condamnable ou condamné puisque, de même que le Blanc est coupable parce qu'il est blanc, coupable d'être blanc, donc, le violeur de couleur étant racisé, c'est-à-dire victime de racisme lui-même, il ne saurait un jour être coupable, puisqu'il est essentialisé comme victime.

La personne de couleur est donc obligatoirement victime de racisme ! Mais dans l'hypothèse où elle n'aurait jamais rencontré une seule autre personne dans son existence, comme Robinson avant Vendredi, qu'en serait-il ? Les ressources de la psychanalyse sont sans fond puisque, au nom d'une transmission dite phylogénétique, autrement dite par l'espèce, quiconque n'aura pas été victime ontologiquement de racisme l'aura été phylogénétiquement : il portera dans son inconscient la trace de ce traumatisme originaire. Chez La Fontaine cela donnait : « Si ce n'est toi, c'est donc ton frère »...

Venons-en à Hugo et à la possibilité d'être hugolien. Car, qu'est-ce qu'être hugolien ? C'est estimer que le peuple est le moteur de l'Histoire et qu'il écrit en une grande geste romantique l'aventure d'un pays qui est aussi une nation et qui s'appelle la France.

L'œuvre de Hugo – le romancier et le poète, mais également l'essayiste et le journaliste, le parlementaire et le dramaturge – fait entendre la voix des plus petits, des humbles, des sans-grade. *Les Misérables* ne sont pas un chef-d'œuvre sans raison. Il raconte le destin terrible d'un homme qui avait faim et qui, de ce fait, a volé un pain dans une boulangerie. En dépit d'une existence exemplaire de sainteté laïque, Jean Valjean a dû expier son forfait toute sa vie malgré ses années de bagne.

Jusqu'en mai 1981, en France, on pouvait être hugolien, c'est-à-dire estimer que la politique était l'art de donner le plus grand bonheur possible au plus grand nombre. Classiquement, la droite, c'est-à-dire le capital, les propriétaires, estimait que les enfants, parce qu'ils étaient de petite taille, devaient travailler dans les mines et se retrouver dans les filons les plus étroits pour y extraire le plus de charbon possible alors que la gauche, disons : les socialistes, militait pour qu'ils sortent de cet enfer et aillent apprendre à lire, à écrire, à compter et à penser sur les bancs de l'école républicaine. L'argument des premiers était que, si les Français scolarisaient leurs enfants, leur charbonnage serait moins performant en Europe et qu'il n'en était pas question. Même s'il existe des droites et des gauches, les premières faisaient passer les profits d'abord et les secondes, l'humanité avant tout.

L'arrivée de François Mitterrand, avec un programme de gauche, à la tête de l'État français en mai 1981 rendait encore possible la geste hugolienne : la cérémonie d'investiture au Panthéon en hommage à Jaurès, une incontestable figure de gauche, à Schœlcher, qui abolit l'esclavage, et à Jean Moulin, l'homme de la Résistance à l'occupation nazie, installait symboliquement cette politique dans le flux hugolien.

Las ! François Mitterrand, qui n'a jamais été de gauche autrement que pour accéder au pouvoir, a vite montré son impéritie dans la gestion des affaires nationales. Au bord de la faillite du pays, Mitterrand décide d'une parenthèse libérale en mars 1983 : en fait, cette parenthèse ne se refermera pas, le libéralisme est devenu la ligne politique française depuis cette date jusqu'à aujourd'hui.

François Mitterrand rompt avec le socialisme, détruit la gauche, réduit à néant ses alliés communistes et radicaux de gauche et laisse organiser un culte de la personnalité qui se substitue à toute idéologie. Comme son programme politique était celui de son adversaire Valéry Giscard d'Estaing – le libéralisme, l'européisme, la dilution de la France dans un projet fédéraliste européen, l'atlantisme... – il lui a fallu trouver un marqueur sociétal pour laisser croire qu'il existait une ligne de partage entre gauche libérale, mitterrandienne, et droite libérale, giscardienne.

Pour ce faire, Mitterrand a ostensiblement instrumentalisé le Front national de Jean-Marie Le Pen afin de casser la droite en deux. Cela lui permettait d'être plus fort de la faiblesse de la droite que de ce qu'était devenue la gauche, laquelle vantait désormais les mérites de l'argent roi, de l'entreprise, de la réussite sociale clinquante, de la vulgarité des parvenus.

Si la droite et la gauche libérales communiaient dans ce même idéal, une ligne de fracture a été présentée comme un nouveau clivage : d'autoproclamés progressistes qui militaient en faveur du PACS, puis du mariage homosexuel, de l'adoption des enfants par des couples de même sexe, de la location d'utérus, de la vente d'embryons à des couples ayant les moyens de les acheter, de l'artificialisation des naissances (procréations médicalement assistées, puis gestations pour autrui), se sont opposés à des conservateurs qui défendaient, de leur côté, la famille traditionnelle et refusaient la marchandisation des corps.

Ces mêmes progressistes voulaient la disparition de l'État et de la France dans une Europe du marché libre et ce dans la perspective d'une nation maastrichienne appelée à jouer un rôle de rouage dans la machinerie d'un État universel, avec un gouvernement de capitalistes désireux d'économiser les peuples présentés comme détestables après qu'ils eurent été transformés en populace consumériste par le marché.

Dans cette perspective, l'immigration devenue émigration puis migration a permis d'abolir le peuple *old school* sur le marché du travail avec la production abondante d'une main-d'œuvre dépolitisée, acceptant de travailler à bas coût, sans papiers, aux conditions de vie exécrables, d'abord dans des bidonvilles, ensuite dans une couronne parisienne jadis tenue par le PCF, enfin dans des banlieues dirigées par des caïds musulmans et dans lesquelles s'est constitué un vivier pour les terroristes islamistes et leurs compagnons de route. La « gauche » compose avec ce monde-là sans que l'antisémitisme, l'homophobie, la misogynie, la phallocratie, le bellicisme, l'éloge du patriarcat consubstantiel à l'islam lui posent de problèmes…

Le *think tank* social-libéral Terra Nova avait, en 2012, estimé que le peuple que j'ai nommé *old school* était perdu et qu'il fallait le laisser à la famille Le Pen – les paysans, les employés, les marins, les mineurs, les fonctionnaires, les enseignants, etc., tout cela n'avait plus à être soutenu ni défendu par la « gauche ». Le nouveau moteur de l'Histoire se trouvait alors dans les marges célébrées par la French Theory : LGBTQ, immigrés, population carcérale, femmes féministes, blacks, beurs présentés comme racisés, et autres vedettes de Deleuze & Guattari : schizophrènes, camés, paranoïaques, criminels, etc.

Où l'on voit en effet que le peuple hugolien a péri sous les coups de boutoir nihilistes de cette fausse gauche qui a estimé que les marges seules avaient de l'intérêt. Le cœur battant d'une nation n'avait plus qu'à passer son tour : l'heure de la mondialisation venue, il fallait faire place nette pour le grand marché planétaire où l'on pourrait tout acheter et tout vendre sans souci des frontières. Une fois de plus dans l'Histoire, la gauche avait travaillé à la suppression des libertés, à la destruction des peuples et au triomphe du nihilisme.

LETTRE 2
SUR LA MORALINE

Les mots…

Comment en sommes-nous arrivés là ? me direz-vous.

Invoquons le mouvement des civilisations et le fait que nous nous trouvons en bout de course. Après presque deux mille ans, le judéo-christianisme a fait son temps. Comme chez tout organisme vivant, vient l'heure de la mort. Le mouvement qui affecte tout ce qui vit – des ravages du coronavirus aux actuelles fusions d'étoiles en passant par l'existence humaine… – suppose un même schéma. D'abord le temps de la vigueur : naissance, croissance, puissance. Puis le temps de l'épuisement : dégénérescence, sénescence, déliquescence.

À l'évidence, notre civilisation touche à sa fin. On pourrait presque créer une discipline historique dont la spécialité consisterait à expliquer l'effondrement des civilisations ! Chaque époque y va de son fantasme pour expliquer la chute de Rome : les anticléricaux du XVIIIe siècle avancent que Constantin a christianisé l'Empire, donc détruit Rome ; les nationalistes du XIXe siècle estiment que la citoyenneté dans l'Empire était devenue une formalité et que le ciment impérial ne pouvait plus prendre ; les écologistes du XXe siècle en appellent à l'impéritie des agriculteurs ou dénonce des campagnes militaires navales ayant occasionné la déforestation pour construire des bateaux, etc.

On peut, comme moi, estimer qu'il n'y aurait pas qu'une seule cause à mobiliser, d'autant plus que ces prétendues causes pourraient bien n'être que... des effets ! Ma lecture vitaliste me fait considérer les civilisations comme des organismes vivants qui, d'une certaine manière, se reproduisent, car aucune civilisation ne naît de rien et toutes procèdent d'un même tuilage – qu'on songe au monde gréco-romain ou à celui du judéo-christianisme, tous deux soumis au même processus...

Lascaux, Assur, Sumer, Babylone, l'Égypte, la Grèce, Rome, l'Europe – pour aller vite... – sont autant de civilisations qui ont obéi à ce schéma vitaliste. À Louxor, des hommes ont cru en Horus, Bastet ou Nout, mais plus personne n'y croit autour du Nil ni nulle part ailleurs. De même avec les autres dieux des autres civilisations, eux aussi soumis à la loi du vivant : ils sortent du néant, font ce qu'ils ont à faire, autrement dit vivent, puis retournent au néant.

Le délitement de la civilisation judéo-chrétienne s'est effectué au cours des siècles, car tout ce qui naît entame immédiatement son cheminement vers la tombe[1]. On peut bien sûr tracer, pister le mécanisme de la décadence et donner à chaque moment historique son rôle dans ce processus de dégradation – l'apparition du nominalisme qui attaque la possibilité du Dieu chrétien au Moyen Âge, la redécouverte de l'Antiquité à la Renaissance qui montre que le monde chrétien n'est pas le seul, le surgissement de Descartes qui laïcise la pensée et demande à la raison, plutôt qu'à Dieu, de rendre compte du monde, la philosophie des Lumières qui fait un usage abondant de la Raison contre le christianisme et son Dieu, la philosophie politique du XIXe qui, après la Révolution française, invente le socialisme, le communisme et l'anarchisme. Tout cela a travaillé l'édifice judéo-chrétien comme des termites la charpente d'une cathédrale. Un jour vient où la structure en bois de l'édifice part en poussière : les forces des poussées alors retenues et contenues ne le sont plus – le monument tombe.

Nietzsche a joué un rôle important dans ce travail de sape. Mais c'est un auteur complexe,

1. J'en ai raconté le détail dans *Décadence. Vie et mort du judéo-christianisme*, Flammarion, 2017, J'ai lu, 2018.

dialectique, dynamique, dont il faut, plus que chez tout autre – c'est ma méthode… –, lire l'œuvre complète et les lettres de façon chronologique en regard de ses biographies. Car il existe, bien sûr, un seul Nietzsche, mais diversement modifié : ce petit-fils et fils de pasteur était lui aussi destiné au presbytérat qu'il a refusé pour devenir philologue, spécialiste en grec, avant d'être le philosophe que l'on sait. On peut diviser sa vie, son œuvre et sa pensée en trois temps.

Premier temps. D'abord fasciné par Richard Wagner, il veut faire du drame musical du compositeur allemand le noyau dur de la construction d'une nouvelle Europe après la victoire de l'Allemagne lors de la guerre de 1870 – guerre qu'il a faite et durant laquelle il a été blessé. Il estime en effet que vaincre avec les armes c'est perdre, et qu'il faut bien plutôt conquérir par la culture. Sous l'influence de Schopenhauer, qui donne à l'esthétique une place majeure pour sauver l'individu, Nietzsche souhaite utiliser les opéras de Wagner comme la Grèce procédait avec ses tragédiens – Eschyle, Euripide, Sophocle – afin d'aristocratiser le peuple allemand pour qu'il soit capable d'entraîner derrière lui, ou avec lui, un peuple européen digne de ce nom.

Ce projet devait prendre corps à Bayreuth, en Bavière. La construction d'un opéra y était prévue. Il devait être le lieu de ce projet esthétique et politique. Pour faire sortir de terre un bâtiment pareil, il fallait trouver de l'argent, donc partir à la recherche de mécènes. Wagner a trouvé ces soutiens chez les aristocrates, les industriels, les riches, les bourgeois. L'impossible caractère de Wagner, qui était narcissique et mégalomane, les souffrances existentielles de Nietzsche qui étaient nombreuses – il a enduré toute sa vie une syphilis qui a débouché sur dix ans de folie avec prostration... –, ont fini par séparer les deux hommes. Nietzsche a quitté Wagner, alors devenu une cible intellectuelle contre laquelle il écrit – *Nietzsche contre Wagner* ou bien *Le Cas Wagner*.

Cette sortie du premier temps wagnérien se fait au profit d'un *deuxième temps* écrit sous le signe d'Épicure. Nietzsche veut se laver de Wagner, de Bayreuth, de l'Allemagne, de l'opéra germanique, du pessimisme de Schopenhauer aussi. Il a envie de soleil, de Méditerranée : il tombe amoureux de l'opéra de Bizet *Carmen*, il estime qu'Épicure et Voltaire sont des maîtres en vie heureuse, il aspire à une vie d'amitié avec Paul Rée et Lou von Salomé, il envisage avec eux un genre de communauté philosophique concrète dans une ferme où ils vivraient en autosubsistance. C'est, dans l'esprit des moralistes français qu'il apprécie plus que tout, l'époque de *Humain, trop humain*, un ouvrage voltairien, lucide sur la nature humaine. Mais il se fâche avec Paul et Lou qu'il aime secrètement et qu'il fait courtiser, à son profit, par Rée – lequel l'aime aussi...

Le *troisième temps* est celui de la philosophie nietzschéenne à proprement parler. Il n'évolue plus dans l'ombre de Schopenhauer et de Wagner, ni dans celle d'Épicure et de Voltaire, mais, imprégné de philosophie grecque, il propose une sagesse qui emprunte à l'Antiquité, notamment la théorie de l'éternel retour selon laquelle tout ce qui est a déjà été et sera à nouveau un nombre infini de fois, sous la même forme exactement.

Ainsi, avez-vous déjà lu un nombre infini de fois ce texte qu'un nombre indéfini de fois j'ai écrit sous la même forme. Ce qui suppose que nous avons déjà vécu cette même vie dans le détail et que nous la vivrons exactement de la même manière.

Cette théorie – qu'on trouve chez Héraclite, puis chez les stoïciens Zénon, Cléanthe, Chrysippe – part de l'idée que nous ne sommes pas libres : le libre arbitre, la possibilité de choisir dans notre vie ceci plutôt que cela, voilà autant de fictions judéo-chrétiennes selon Nietzsche. Nous n'avons pas le choix de vivre ce que nous avons déjà vécu et que nous vivrons encore un nombre infini de fois. Nous sommes soumis à cette fatalité, à ce déterminisme.

Savoir cette vérité, l'accepter et même, la vouloir : voilà ce qui constitue le surhomme. Un surhomme, chez Nietzsche, c'est donc une personne, homme ou femme, qui connaît la nature tragique des choses – tout se répète sans cesse sous la même forme, indéfiniment… –, qui aime ce qui est, sur le principe de l'*amor fati* – « aime ton destin » –, et qui, de ce fait, accède à la joie qui se confond au pur plaisir d'exister.

Dans son combat contre le christianisme, Nietzsche a beaucoup attaqué sa source judaïque – la figure de saint Paul en l'occurrence et son enseignement. La sœur du philosophe qui, au contraire de lui, était antisémite, a falsifié ses œuvres pour publier un jour un livre fait à la fois de vrais textes du penseur et de textes écrits par elle, de citations d'autres auteurs et présentées comme siennes – un livre qui a fait beaucoup de mal à Nietzsche : *La Volonté de puissance*. Or cet ouvrage est un faux. Tout philosophe qui s'appuie sur ces pages fautives pour écrire sur lui contribue à disséminer ce poison.

Elisabeth Förster, sa sœur, s'est rapprochée de Mussolini et d'Hitler – Nietzsche est devenu fou en 1889, il mourra en 1900 – dans les années 1920 et 1930. Elle a absolument voulu faire de son frère le précurseur philosophique du fascisme et du national-socialisme. De sorte qu'elle a falsifié son œuvre et que de ce faux on a pu faire, hélas, un travail qui semblait annoncer les fascismes, nazisme compris.

C'est oublier que la théorie du surhomme s'avère radicalement incompatible avec le national-socialisme : pour Nietzsche, totalement déterministe, le réel ne saurait être modifié par une révolution politique ; pour Hitler, la révolution nationale-socialiste se propose de changer le monde pour au moins mille ans ! Le surhomme, chez le philosophe, est une figure éthique de la soumission à ce qui est ; mais quand les fascismes se sont emparés de ce mot, ce fut pour en faire une figure politique que l'ontologie fataliste rendait totalement impossible. Si l'on ne peut rien faire contre ce qui est, comment peut-on appeler à le révolutionner ?

Cette lecture fautive d'un Nietzsche précurseur du fascisme a entaché la réception de son œuvre pendant la première moitié du XXe siècle.

Sa seconde moitié a été contaminée par une autre falsification : celle de la déconstruction. On la doit, entre autres philosophes, à Gilles Deleuze et Michel Foucault, qui ont, hélas, pris au sérieux *La Volonté de puissance*, mais également des fragments posthumes dont rien n'atteste qu'ils aient été vraiment du philosophe. Quand Nietzsche lisait, il prenait des notes, or sa sœur a estimé que tout ce qui était de sa main était de son cerveau…

Sur la question de la théorie de l'éternel retour, Nietzsche a beaucoup lu ; des textes scientifiques la plupart du temps. Il a parfois synthétisé, fait des notes de lecture, parfois essayé par écrit une idée pour en tester la force, la puissance, la validité, la vérité, l'efficacité, la justesse, sans forcément la retenir.

Mettre à égalité ce que Nietzsche a dûment validé lors de l'édition d'un livre pour lequel il donnait un « bon à tirer » à son éditeur et une malle de notes rédigées sur tous sujets, c'est aller au-devant des problèmes ! Ainsi en est-on arrivé à prendre une citation de Tolstoï (il y en a plus d'une vingtaine présentées comme des pensées de Nietzsche dans *La Volonté de puissance*...) pour une idée du philosophe !

C'est avec ce défaut de méthode, inhérent à l'époque structuraliste qui méprisait l'Histoire et la contextualisation, que Deleuze a donné une interprétation erronée tout à la fois de l'éternel retour et du surhomme dans des ouvrages qui ont fait date et des cours qui ont marqué toute une génération.

Deleuze enseigne en effet que l'éternel retour est un principe sélectif : il faut choisir dans la vie ce que l'on voudrait voir se répéter sans cesse, ce qui initie un genre de nietzschéo-gauchisme pour lequel « il ne faut jamais céder sur son désir », pour le dire avec les mots de Lacan. Or, la pensée du philosophe allemand interdit absolument cette lecture !

Car, dans la fatalité de l'éternel retour *du même*, il ne saurait y avoir de place pour la liberté, donc pour le choix ! Deleuze fait rentrer par la fenêtre le libre arbitre chrétien que Nietzsche avait sorti par la porte à grand bruit – qu'on lise *Le Crépuscule des idoles*.

Selon Deleuze, donc, le surhomme devient celui qui choisit dans son existence ce qu'il voudrait voir se répéter dans ses vies à venir – à savoir une vie sans contraintes, de pure jouissance, sans morale ni souci d'autrui, sans intérêt pour la communauté et la collectivité, tout à son égotisme et à son narcissisme. À défaut de surhomme, ce que Deleuze et les siens proposent est tout simplement une régression infantile – celle du moment où l'enfant se veut roi et qui entre en folie si aucun adulte ne le retient de succomber à un pareil délire...

Les quelques occurrences de l'éternel retour dans les livres publiés par Nietzsche de son vivant sont peu nombreuses : toutes, elles confirment qu'il s'agit d'un éternel retour *du même*. Je n'ai donc pas à vouloir dans ma vie ceci plutôt que cela – vieux prurit judéo-chrétien... – pour le voir revenir, puisque ce qui fut revient et sera pareillement, et ce de toute éternité. C'était faire dire à l'auteur du *Gai savoir* le contraire de ce qu'il enseigne – or ce point de doctrine fonctionne en clé de voûte de l'édifice nietzschéen.

Cette falsification, car c'en est une au sens propre du terme, n'est hélas pas la seule que l'on doive à la lecture déconstructionniste des années 1970. Il faut en effet compter avec une « théorie de la vérité » également fautive. Selon Deleuze, Foucault et leurs disciples, il n'y aurait plus de vérité chez Nietzsche, mais seulement des perspectives. D'où vient cette autre bêtise ?

Commençons par préciser qu'il n'existe pas de théorie du perspectivisme dans l'œuvre publiée de Nietzsche. La phrase : « Il n'y a pas de faits, seulement des interprétations », souvent présentée comme étant du philosophe, ne se trouve nulle part dans l'œuvre publiée avec l'assentiment du penseur.

En revanche, on la trouve dans le fatras des fragments posthumes qui sont à l'œuvre complète d'un auteur ce que les chantiers des maçons sur les parvis des cathédrales sont à la pose finale de la flèche. J'ai déjà dit qu'on ne pouvait donner à ce qui est amassé dans ces fragments quelque dignité philosophique que ce soit : ce sont des essais, des esquisses, des notes, des pistes, des ébauches de pensée jamais conduites à leurs fins et qui, de ce fait, n'ont pas été éprouvées par l'intelligence de Nietzsche, et donc pas du tout validées par lui.

Mais prenons tout de même en considération cette assertion. Ces mots font partie d'une réflexion d'une vingtaine de lignes dirigée contre le positivisme pour lequel il n'y aurait que des faits. Il n'est évidemment pas question de faire d'eux un genre de divinité telle une idée platonicienne. Nietzsche affirme donc que ce fait n'existe pas sans un sujet qui le nomme ; donc, qui l'interprète.

Les déconstructionnistes en ont tiré une théorie nihiliste selon laquelle il n'y aurait aucune vérité – le Soleil ne serait pas au centre de notre Système et la Terre ne tournerait pas sur elle-même et autour du Soleil, car ce ne serait qu'une interprétation ! Dès lors, une Terre plate au milieu de l'univers vaudrait tout autant du point de vue de la vérité que les certitudes scientifiques établies par Galilée… Quel esprit tordu a-t-il pu penser une seule seconde que Nietzsche affirmait une pareille chose ?

Certes la vérité a partie liée avec ce perspectivisme, mais pas en vertu du fait, puisqu'il n'y aurait que des interprétations, qu'il n'y aurait pas de vérité et que tout se vaudrait…

Je prends une image : la vérité d'une statue grecque se trouve dans la somme des perspectives qu'on a sur elle. Sa face n'est pas seule vraie, son dos l'est aussi, mais également ses côtés ou bien encore une vision qu'on aurait d'elle de haut en bas, ou de bas en haut, ou de trois quarts, etc. Un nombre incalculable de perspectives est possible sur une seule et même statue, mais ça n'est pas la preuve qu'elle n'a aucune vérité, voire qu'elle n'est pas vraie ! Sa vérité réside au contraire dans la somme de ces perspectives.

Le cubisme se propose, en les dépliant pour les aplatir, de figurer les volumes d'un objet, d'un visage, d'un corps, restitués sur une surface plane. Voilà une image pour comprendre ce que dit Nietzsche. La vérité existe bel et bien et elle se trouve dans la somme des perspectives possibles sur un objet.

Car, si la vérité n'existait pas, il faudrait alors tenir pour nulles et non avenues toutes les théories de Nietzsche sur le monisme de la volonté de puissance, la fatalité de l'éternel retour, la nécessité de consentir à ce qui est, la joie comme effet de ce consentement et signature du surhumain… Le philosophe croit à leur vérité et sûrement pas à leur nature hypothétique et perspectiviste. Nietzsche voulait dépasser le nihilisme ; dans un mouvement réactif, réactionnaire, Foucault et Deleuze y ramenaient.

D'où une notion intéressante et cardinale chez Nietzsche : *la généalogie*. Quand il existe des sources diverses à un même fleuve, le généalogiste fait un travail d'hydrologue : il remonte aux sources, voire à la source, de ce qui est, pour faire la description de ce premier surgissement.

Le philosophe allemand effectue ce travail pour la première fois en 1887 dans sa *Généalogie de la morale*. Il questionne : comment le Bien et le Mal se sont-ils constitués ? Qu'est-ce qui les distingue, les associe, les relie aux notions de Bon et de Mauvais ? De quelle manière sont-ils advenus ? Qui en a décidé ? Quand et comment ? Pour quelles raisons ? Qui sont les créateurs de valeurs et de vertus ? Que visent-ils en agissant ainsi ? Et ce, parmi une foultitude de questions. Nietzsche ne donne pas une source à la morale, mais des sources – ce n'est pas le lieu ici de développer ce sujet.

Cette méthode associée au nom de Nietzsche oblige à convoquer l'Histoire et les savoirs de façon encyclopédique. Le philosophe mène ensuite son travail de réflexion à partir des faisceaux relevés et qui, en remontant vers les sources, le conduisent au concept, à la notion, au fait ou à la vérité de ce qu'il interroge.

Pour sortir intellectuellement de l'idéalisme, lequel rabat tout sur des idées fumeuses qui existeraient dans un monde lui-même idéal, Nietzsche propose d'aller voir au plus près du réel concret, empirique, matériel. Pour ce faire, il réduit tout à la volonté de puissance qui est, dans la vie, le principe qui veut la vie. Le nietzschéisme est un vitalisme, c'est-à-dire ni un idéalisme ni un matérialisme. Car la vie n'est ni une idée ni un pur agencement d'atomes, mais ce qui lie et transcende l'idée et les atomes.

Cette révolution dans la pensée n'a pas encore été intégrée par les philosophes de profession qui, pour la plupart, chérissent encore les idées et sacrifient toujours à un univers inexistant... mais qui fait leurs délices ! C'est leur façon de ne pas rompre avec la théologie et d'en recycler les attendus ; c'est également pour eux l'occasion d'occuper la fonction du prêtre avec tous les avantages associés, surtout dans un monde où les curés catholiques ont disparu ; c'est enfin pour cette engeance la possibilité de se présenter comme une élite capable d'un contact avec un monde réservé à la fine fleur, dont bien sûr ils font partie. On comprend que le mythe du Roi-Philosophe ou du Philosophe-Roi, dont Platon entretient son lecteur dans la *République*, séduise la corporation ! Les professeurs de philosophie s'y voient, les dépeceurs de textes s'y croient.

La généalogie n'a donc pas la place qu'elle aurait dû prendre dans le domaine philosophique. En même temps, le tropisme théologique fait moins recette. Les verbiages d'antan, freudien, marxiste, freudo-marxiste, lacanien, structuraliste, phénoménologique, sont passés de mode.

Car la mode, aujourd'hui, c'est la moraline.

Ce concept a été inventé par Nietzsche. Il l'utilise à quatre reprises dans deux de ses dernières œuvres – *L'Antéchrist* et *Ecce Homo*. Il n'en fait pas une théorie à proprement parler et ne semble pas accorder à ce mot plus d'importance que cela. Il y recourt en passant pour caractériser l'effet moralisateur *à l'excès* de la morale judéo-chrétienne dominante.

Je dis « à l'excès », car la construction du mot nous l'apprend : le suffixe est commun à caféine, cocaïne, théine, théobromine, morphine, strychnine et caractérise le pouvoir puissant qu'ont ces substances sur le corps : elles en modifient le fonctionnement, elles en altèrent les fonctions alors que Nietzsche nous dit de ce corps qu'il est la « Grande Raison ». La moraline agit donc comme une drogue, un genre de substance hallucinogène, qui modifie le rapport au monde – qui l'abîme, le distord, en empêche une claire et vraie saisie. Une saisie que permettrait en revanche le bon usage de la méthode généalogique.

Une grande partie du travail philosophique de Nietzsche consiste à démonter le judéo-christianisme comme une machine deux fois millénaire et qui se trouve épuisée, essoufflée, en bout de course – Nietzsche pense cela dans la seconde moitié du XIXe siècle, plus précisément dans ses années 1880.

Le christianisme a muté : entre ce qu'il est au moment de Jésus et de ses disciples et ce qu'il est devenu au moment où Nietzsche le déconstruit, le monde n'est bien évidemment pas le même : il était à conquérir ; vingt siècles plus tard, il a été conquis.

Ce qui veut dire que notre civilisation est imbibée de judéo-christianisme y compris dans ce qui la nie ou la dépasse : la Révolution française, par exemple, recycle les schémas de la philosophie chrétienne de l'Histoire – péché originel de la propriété, révélation de la vérité révolutionnaire, parousie du citoyen, salut dans une cité revivifiée, « homme nouveau » (l'expression se trouve chez saint Paul) issu de cette société, paradis du contrat social réalisé, catéchisme des droits de l'homme et du citoyen, transfiguration du Dieu unique en Être suprême, Constitution civile du clergé et autres sottises sorties tout droit des cerveaux de Saint-Just et Robespierre... 1789 laïcise également les valeurs et les vertus chrétiennes : l'amour du prochain devient fraternité ; la communion des saints, égalité ; et l'hypothèse du libre arbitre exposée dans la Genèse, liberté.

Comme un jardin imbibé d'eau après la pluie d'orage, notre civilisation est chrétienne – y compris dans son athéisme qui, pour beaucoup, recourt à l'argutie de la théologie négative des scolastiques au Moyen Âge.

La moraline sature le jardin philosophique occidental détrempé par deux mille ans de morale chrétienne : amour du prochain, pardon des péchés, révolte des esclaves, triomphe du ressentiment, transformation des forts en faibles et des faibles en forts, ravages de l'idéal ascétique – haine des corps, mépris des désirs, détestation des femmes, négation de la chair, déconsidération de la sexualité, aversion pour le monde réel, dégoût des émotions, animosité contre tout ce qui rend agréable le séjour sur Terre, à savoir les sensations, les émotions, le plaisir, la volupté, la sensualité, le plaisir... Voilà qui empêche de voir le réel tel qu'il est.

La moraline, comme la morphine, perturbe la saisie correcte de ce qui est en intercalant de la morale moralisatrice entre ce qui est et ce dont on parle. L'un des signes de l'effondrement de notre civilisation est *l'incapacité à voir le réel tel qu'il est* et *sa reconstruction sous le signe du degré zéro d'un jugement de valeur* qui réduit le monde à des considérations binaires : bien & mal, bon & mauvais, beau & laid ou, dans le langage imagé et fleuri d'aujourd'hui : like & nique…

… et les choses

J'ai peine à choisir un exemple, car toute notre époque vit sous le joug de la moraline. Plutôt que de demander, ou de se demander : comment sont les choses ? de quelle manière en est-on arrivé là ? qu'est-ce qui explique que ceci se soit passé comme cela et pas autrement ? quelles causalités ont généré ces effets ? – ce qui serait entreprise généalogique –, les infectés de moraline, qui sont nombreux, se contentent de dire : « C'est bien » ou : « Ça n'est pas bien ». Puis ils partent en considérations larmoyantes, lénifiantes, sirupeuses, sucrées, poisseuses, visqueuses – pour tout dire : pathétiques…

Exemple tiré de mon expérience.

La France fait face depuis des années à des attaques terroristes commises par des individus s'appuyant sur un certain nombre de sourates du Coran qui justifient les égorgements, les crimes, les attentats meurtriers. Ils sont salafistes, intégristes, accompagnent leurs forfaits de cris du genre « *Allah akbar !* », et ils ôtent la vie à des gens, peu importe qui ils sont – des coreligionnaires en sont parfois les victimes... – en croyant que cette barbarie perpétrée au nom de l'islam leur vaudra l'entrée au paradis où quantité de vierges les attendraient, eux, leur famille et leurs amis choisis.

Le 13 novembre 2015, trois commandos qui se revendiquent de l'État islamique déclenchent des fusillades et des attaques suicide au stade de France, dans des rues de Paris, mais aussi au Bataclan où se donnait un concert de rock ; 138 personnes sont tuées et 413 blessées.

Je suis alors en Guyane où je donne une conférence. J'apprends cet attentat entre la partie exposé et la partie discussion de mon intervention. En sortant, je rédige un tweet qui dit, en substance : « Nous récoltons nationalement ce que nous avons semé internationalement. » Autrement dit, faisant mon travail de philosophe, je prenais acte des faits dans une logique généalogique. Je ne souhaitais pas commenter et dire du bien ou du mal, mais proposer une analyse généalogique en moins de cent quarante signes – quelque chose comme un aphorisme.

Que voulais-je dire avec un pareil raccourci ?

Ces choses longues... je voulais aborder les questions suivante : Comment ces individus ont-ils pu commettre ces forfaits ? Pour quelles raisons ? Avec quels objectifs ? Qu'est-ce qui pouvait bien expliquer pareils actes ? Y a-t-il *une explication* à cette barbarie ? ou plusieurs ? Je n'ai pas cru nécessaire de préciser que c'était effectivement une barbarie : qui pouvait en douter, excepté des sympathisants de ces terroristes, dont bien sûr je ne suis pas ?

Ce qui advenait sur le territoire était le fait de jeunes musulmans français qui haïssent d'autant plus la France que, via le pays d'origine de leurs parents et grands-parents, ils préfèrent leur communauté planétaire religieuse : l'oumma. La France est pour eux ce que les télévisons venues des pays musulmans, Algérie en tête, leur racontent en boucle : un pays coupable de crimes assimilables à ceux d'Adolf Hitler, comme est allé jusqu'à dire notre président de la République en exercice.

Ces éléments de langage sans cesse repris par les responsables algériens, même si le premier d'entre eux souffrant d'un cancer vient se faire soigner à Paris depuis des années, sont assenés à jet continu.

Il est absolument interdit de poser simplement cette question : qu'est-ce que l'Algérie a fait de son indépendance depuis un demisiècle[1] ? Interroger, c'est déjà être coupable ;

---

1. Dans *Tout compte fait*, en 1972, Simone de Beauvoir qui, avec Jean-Paul Sartre, n'a pas ménagé ses efforts pour soutenir la cause algérienne, a l'honnêteté d'une autocritique dans laquelle elle regrette que leur combat débouchant sur l'indépendance ait généré le confinement des épouses à la cuisine, la natalité galopante, le

vouloir réfléchir, c'est être fautif ; inviter à faire de l'histoire, c'est contribuer au « crime contre l'humanité » décrété par Emmanuel Macron ! Au lieu de déplorer qu'une mafia ait confisqué d'abondantes ressources pour les concentrer entre les mains de familles richissimes, pendant que le peuple algérien, spolié, connaît la misère, les médias d'État accablent la France coupable de ce qui est advenu à ce pays, même après un demi-siècle d'indépendance !

La France, tout à sa culpabilité, à sa résipiscence, à sa demande perpétuelle de pardon, ne fait pas, n'a pas fait, n'a jamais fait l'histoire de cette guerre d'Algérie dans laquelle les exactions furent condamnables *de part et d'autre*. On ne dit jamais, par exemple, que la majorité des morts algériens musulmans a été l'œuvre de leurs coreligionnaires qui voulaient obtenir par la terreur, les massacres, la torture, le monopole de la lutte contre le pouvoir de la métropole, et ce dans le dessein d'unifier le mouvement derrière le FLN.

Sur ce sujet, comme sur beaucoup d'autres, l'école de la République enseigne un catéchisme simple, simpliste et simplet : il n'est pas question de savoir *ce que fut le*

---

pouvoir des hommes sur les femmes, le port du voile islamique, le retour de la religion, la régression vers les traditions les plus rétrogrades – les « valeurs arabo-islamiques », le chômage, l'émigration, le nationalisme réactionnaire... Gallimard, coll. « Bibliothèque de la Pléiade », t. II, p. 916.

colonialisme, ce qui serait une entreprise généalogique, donc historique, mais d'asséner que le colonialisme *fut un crime contre l'humanité*, ce qui est triomphe de la moraline, donc porte ouverte aux jérémiades et aux lamentations, aux complaintes et aux doléances.

Ces jeunes terroristes musulmans français ont été inéduqués, si je puis me permettre ce néologisme, sous l'effet de cette propagande fabriquée par le pays de leur famille d'origine qui, en chœur avec le chef de l'État français, crie que la France dans l'Algérie du XIXe siècle s'est comportée comme l'Allemagne sous le IIIe Reich, ce qui est oublier que l'entreprise coloniale a été voulue par la gauche dans le souci d'universaliser les valeurs de la Révolution française, avec un certain Jules Ferry en tête. Les médias de leur pays de cœur fantasmé, où d'ailleurs cette jeunesse franco-maghrébine est mal vue, jouent ainsi la scie musicale d'un nazisme français chaque jour que leur Dieu fait. Et la France se fait une loi de professer regret et repentir en battant sa coulpe chaque fois que c'est possible.

Nourris de tels mensonges, comment ces individus n'en viendraient-ils pas à croire ces fariboles ? Le président de la République, l'école de la République, les médias de la République leur disent que la France n'est pas aimable, pis : qu'elle est détestable ! Comment pourraient-ils ne pas la détester ?

Ils la détestent donc et veulent, autant que faire se peut, lui nuire, l'abattre, en finir avec elle. Non contente de ne pas donner de raison de se faire aimer, la France multiplie les occasions de se faire détester.

Ajoutons à cela que, depuis des années, la France est incapable d'offrir un horizon éthique, spirituel, moral, aux jeunes hommes, dont ceux-là, et aux jeunes filles qui constituent ses forces vives. Depuis que notre pays est converti au libéralisme (en 1983 par Mitterrand...), il communie dans la religion du Veau d'or. Il fait de l'argent le fin mot de la réussite sociale. Le chanteur, le comédien, le footballeur deviennent des modèles : on ne veut plus être Voltaire mais Hanouna, Jean Moulin mais Benzema, Simone de Beauvoir mais Kim Kardashian.

Dans ce monde-là, il y a beaucoup d'appelés mais peu d'élus, donc quantité de ressentiment. Laisser croire que chacun peut, c'est le credo libéral, devenir une vedette adulée quand la plupart des impétrants finissent au fossé, c'est créer un ghetto de jeunes qui fonctionnent à la haine, à la rancune, à l'antipathie, et qui se trouvent gorgés d'une violence en quête de victimes.

Le basculement vers la radicalisation concerne des jeunes qui n'ont pas trouvé leur place dans le monde, un sens à leur vie, une direction existentielle, un horizon spirituel. L'État libéral a failli. Ils ne sont rien, ils se cherchent, un iman salafiste les trouve. Clés en main, avec un islam fait pour satisfaire les caractères ressentimenteux, belliqueux, haineux, et les esprits étroits, ces prêcheurs hameçonnent les petits poissons qui font les grandes rivières de sang. La France leur dit qu'elle n'est pas aimable et leur fournit des raisons de ne pas l'aimer : ces âmes en peine la prennent au mot et lui montrent combien elle a raison !

La France se rend détestable en ne contextualisant pas son passé colonial pour préférer la pommade de la morale moralisatrice. Mais elle le montre également avec un passé récent où, cette fois-ci vraiment, le pays s'est montré exécrable. Quand ? En 1991, avec le président de la République François Mitterrand, encore lui, lorsqu'il a engagé la France dans une guerre du Golfe qui était une guerre colonialiste américaine destinée, pour les USA, à s'assurer le contrôle du pétrole arabe afin de faire fonctionner son industrie et abreuver son parc automobile.

La France, déjà chargée par la mythologie de son passé algérien, se créait un présent islamophobe : comment en effet penser l'engagement français dans la coalisation états-unienne autrement que comme une déclaration de guerre faite à la totalité d'un monde musulman soudé derrière l'un des pays de l'oumma : l'Irak de Saddam Hussein ?

Autrement dit, de la même manière que ce qui se passe dans les intifadas entre

Palestiniens et Israéliens affecte les musulmans qui méprisent la France dans laquelle ils vivent, ce qui s'est passé en Irak a blessé la totalité de la communauté musulmane qui s'est ainsi constituée en un camp antifrançais au cœur même de la France.

Ajoutons à cela le même travail de sape d'un autre pays musulman, la Libye du colonel Kadhafi, un forfait qui a enfoncé le coin plus profondément encore. Sur ses écrans de télévision, le monde entier a vu la pendaison de Saddam Hussein, il a également pu assister au spectacle du corps criblé de balles de Kadhafi après son exécution : comment peut-on imaginer que les musulmans de la planète n'en aient pas conçu une puissante haine contre l'Occident – dont la France qui avait clairement rejoint ce camp belliciste ?

L'Occident poursuivait ainsi sa politique coloniale planétaire en jonchant de cadavres le sol de pays musulmans et en se partageant les dépouilles de terres dont il administre les biens afin de pouvoir mieux en piller les sous-sols, le pétrole bien sûr, mais aussi les métaux précieux indispensables à la fabrication des portables, des ordinateurs, des voitures électriques et autres objets de la servitude volontaire postmoderne.

Tout à son masochisme, la France vit donc le colonialisme en Algérie comme une perpétuelle occasion d'inviter à ce qu'on la frappe pour la punir, elle demande pardon, elle appelle à nouveau les coups, elle veut souffrir – elle souffre… Elle n'est plus qu'un coupable, et ce pour l'éternité – et elle acquiesce, consent, dit oui, en redemande. La France est une France faible avec les forts, et les forts exigent des excuses.

En même temps, tout à son bellicisme, le pays participe à toutes les expéditions punitives de la planète, au côté des Américains, depuis des décennies – sauf parenthèse chiraquienne. Afghanistan, Irak, Libye, Mali, Syrie, la France se montre d'autant plus islamophobe dans le monde qu'elle se montre éhontément islamophile sur son territoire ! Comme si ceci expliquait cela : tabassage planétaire des peuples et câlinothérapie des *borderline* dans les banlieues… Avec ses alliés, la France tue à Bagdad, rase Tripoli, assassine à Kandahar, bombarde Damas, elle contribue donc au massacre d'innocents, des femmes, des enfants, des vieillards, des gens dont le tort est de se trouver dans cette rue, ce quartier, cette ville, ce village. La France est sur le globe forte avec les faibles, et les faibles sont ceux qui ne disposent pas des moyens militaires d'une riposte. De fait : à quand des attaques contre l'Iran, la Turquie ou l'Arabie saoudite ?

Les responsables politiques français interdisaient qu'on parle de l'État islamique – sous prétexte qu'il n'y avait pas d'État et que ses combattants se réclamaient indûment de l'islam… Or cet État avait tout d'un État : territoire, drapeau, hymne, monnaie, impôts, armée, police, devise, services secrets ; et il avait tout d'islamique puisque la charia était sa Constitution !

Avec les journalistes, leurs amis fidèles, ces politiciens préféraient le mot DAESH – sans se douter une seule seconde que c'était l'acronyme de *Dawlat islamiya fi 'iraq wa sham* qui veut dire en français : « L'État islamique en Irak et au Levant ». Le président de la République socialiste François Hollande prononçait « Dash », comme la lessive…

Résumons : la France refuse d'écrire l'histoire de la guerre d'Algérie et, ce faisant, elle souscrit à la mythologie du FLN en la matière – elle laisse le vainqueur imposer sa version ; elle avoue comme un mantra un crime contre l'humanité et, du même coup, elle se range aux côtés des tyrannies les plus sanglantes du XXe siècle, dont celle d'Hitler et de ses chambres à gaz ; elle invite ainsi à ce qu'on la place plus bas que terre ; par idéologie, elle a cassé l'école républicaine – Maastricht oblige, il faut en finir avec les pays, les nations, les États jugés fascistoïdes… – qui propage les mythes algériens et les fictions du FLN ; la France ne s'aime pas et ne veut pas qu'on l'aime, elle jouit même qu'on la déteste, elle demande pardon à genoux, elle se couvre la tête de cendres, elle se lacère le visage ; elle se trouve incapable de transmettre des valeurs – c'est fascistoïde aussi… – que des jeunes sans horizon éthique trouvent chez le premier vendeur d'arrière-monde venu – il se fait que, la plupart du temps, c'est un imam qui bredouille un prêche radical fait de bric et de broc, sûrement pas après l'exégèse du Coran et des hadith ; elle se fait éhontément islamophile sur son territoire, croyant se faire pardonner un passé dont on dit qu'il ne passe pas et, parce qu'il ne passe pas, le pardon ne vient pas et ne viendra jamais ; pendant ce temps, sur le reste de la planète, la France épouse tous les combats islamophobes impérialistes américains qui, à cette heure, ont causé la bagatelle de *cinq millions de morts*. Peut-on imaginer que ce soit une broutille pour l'oumma partout sur la planète ?

Voilà ce que, en substance, disait mon tweet : « Nous récoltons nationalement ce que nous avons semé internationalement. » C'était, j'en conviens, un aphorisme un peu raide et austère, concentré et quintessencié ; il nécessitait quelques informations pour être compris – donc discuté...

J'eus droit à un déluge de haine sur Internet – un torrent... Un journaliste du site Atlantico titra : « Onfray crache sur les morts du Bataclan » ; la presse maastrichienne, jamais en retard d'une insulte, s'y mit avec gourmandise ; un communiqué de l'État islamique me cita en disant que l'infidèle et le mécréant notoire que j'étais avait donné une lecture géopolitique à laquelle il souscrivait. Tout cela, bien sûr, relevait de la moraline. À leur décharge, ces mots étaient à la fois trop et trop peu. J'ai expliqué ma position dans un texte de plus de dix mille signes, puis par un livre intitulé *Penser l'islam*. En vain.

À la question posée : « Pourquoi le Bataclan ? », j'avais apporté ma réponse sur le principe de la méthode généalogique, elle valait ce qu'elle valait. On pouvait la critiquer, la commenter, la réfuter, l'amender, y souscrire. C'était une contribution à un débat intellectuel – dont la France ne veut plus.

Qu'ont fait de leur côté les tenants de la moraline ? Ils ont allumé des bougies, déposé des peluches, accroché des dessins sur lesquels étaient écrits des messages d'amour, d'empathie, de sympathie aussi denses que les dessins d'enfant accrochés eux aussi, réalisé une quantité obscène de selfies ! Ils ont dit : « Plus jamais ça », « L'amour triomphe de la haine », « Vous n'aurez pas ma haine. » Il y a eu des défilés avec banderoles, calicots, drapeaux, slogans. Des discours creux. Ils ont rédigé des textes que des journaux ont publiés pour dire que, vraiment, *tout ça n'était pas bien*…

Et puis ? Et puis rien…

Ce qui n'est pas pensé ne saurait être dépassé. On ne peut lutter contre ce qu'on n'a pas compris. Quelle stratégie et quelle tactique opposer au terrorisme si l'on ne sait d'où il vient, ce qu'il est, pourquoi il surgit, comment et de quelle manière il se nourrit ? Donc, comment on pourrait en tarir la source, en détruire les causes, en empêcher le retour.

La généalogie ne rend pas possible le même monde que la moraline : une civilisation qui meurt rejette la première, elle fait de la seconde son catéchisme. De sorte que ce qui a eu lieu aura lieu à nouveau : et le sang versé et les peluches et les bougies placées sur le lieu du drame…

LETTRE 3
SUR L'INFANTILISATION

Les mots…

Quand il arrive à New York, le 29 août 1909, alors qu'ils se trouvent sur le pont du bateau et que la ville est en vue, Freud dit à Jung qui l'accompagne : « Ils ne savent pas que nous leur apportons la peste ! » Il ignorait à quel point il avait raison.

Que voulait-il dire ?

On ne saurait opter pour de l'humour, ça n'est pas le principal trait de caractère de Freud. Dans *Le Mot d'esprit et ses rapports avec l'inconscient*, il présente une hypothèse sur le mécanisme du rire. On ne s'étonnera pas qu'elle soit sexuelle – car, chez Freud, tout, absolument tout, se rabat sur du sexuel.

Envisageons bien plutôt qu'il imagine que, dans un pays puritain comme celui-ci, ses théories vont produire des dégâts comme la peste sur un continent : il vient pour ravager l'idéologie protestante du Nouveau Monde. Il réussira au-delà de tous ses espoirs, car ce mal va recouvrir la totalité du monde occidental. Nous vivons encore sous ce régime pesteux.

Mais commençons par le commencement. Qu'est-ce que la psychanalyse ?

À la fin du XIXe siècle, à Vienne, en Autriche, une poignée d'individus créent cette nouvelle discipline. Parmi eux, un certain Sigmund Freud. Josef Breuer met au point une méthode dont Freud dira dans *Contribution à l'histoire du mouvement psychanalytique* (1904) qu'elle fait de lui l'inventeur de la psychanalyse, avant de regretter ce propos et d'affirmer plus tard dans *Ma vie et la psychanalyse* (1925) que, finalement, non, c'est bien lui son inventeur ! Ce changement de pied montre que Freud était bien décidé à effacer la généalogie collective de la psychanalyse afin de prétendre, sur le principe d'un coup d'État, que c'était lui et lui seul qui avait révélé ce nouveau continent.

Pour ce faire, il s'est comparé à Christophe Colomb découvrant l'Amérique sous prétexte qu'il aurait démontré l'existence de l'inconscient. Freud a lu Schopenhauer et Nietzsche, il connaît, du premier, la théorie du vouloir et, du second, celle de la volonté de puissance. Dans *Ainsi parlait Zarathoustra*, Nietzsche parle du corps comme d'une « Grande Raison » et de la conscience conduite par cette grande raison. Freud ne dira pas mieux.

Qu'est-ce que l'inconscient freudien ? L'inconscient de Freud... Formellement, si l'on peut dire, c'est, dans le corps, mais hors du corps, car nulle part repérable en lui, une instance métapsychique – donc, au-delà du psychique qui s'avère déjà un éther très volatile ! Il n'en existe pas de localisation possible : sûrement pas dans le cerveau… Freud écrit qu'il s'agit d'une métaphore mais, très vite, il transforme ce postulat en certitude, puis en vérité scientifique.

Que trouve-t-on dans cet inconscient métapsychique sans réalité physique, anatomique, corporelle, matérielle – mais qui existerait tout de même ? Des souvenirs de scènes remontant à la préhistoire qui ont été conservés de façon phylogénétique, c'est-à-dire en passant d'un individu l'autre via l'espèce, et qui guident la vie de chacun.

Par exemple : il y eut, à l'époque des hordes primitives, une domination de quelques mâles sur les femelles. Les fils ligués contre le père, le mâle dominant de la horde primitive, ont voulu abolir cette situation. Pour ce faire, ils ont tué le père et mangé son corps dans un festin cannibale ! Se rendant compte de l'énormité de leur crime, les assassins ont inventé la loi, donc toutes les organisations sociales, les restrictions morales, les interdits de la religion et ceux de la société… Freud n'apporte aucune preuve pour valider ce récit, il croit que sa parole suffit : il fonctionne sur le train performatif, *ce qu'il dit est* du simple fait qu'il l'a dit ! Voilà comment une fiction extrapolée par ses soins devient une vérité présentée comme scientifique et universelle.

Autre exemple : lors d'un voyage en train de nuit, alors qu'enfant il est accompagné par sa mère, Freud écrit qu'il n'a pas pu ne pas voir sa mère nue (ce qui reste à démontrer, mais ne le sera jamais...), il ajoute qu'il n'a pas pu ne pas la désirer (ce qui paraît probable, mais ne s'en trouve pas plus démontrable pour autant...) et il conclut qu'il en va ainsi chez tous les garçons (ce qui est une totale ineptie). Il précise que quiconque affirmerait que c'est une ineptie prouverait que c'est une vérité de par sa résistance pathologique à en convenir !

Pour créditer cette fiction baroque, il utilise l'histoire d'Œdipe racontée par Sophocle : Œdipe apprend par l'oracle qu'il va tuer son père et s'unir sexuellement à sa mère. Pour éviter cette tragédie, il s'enfuit. Mais, plus tard, il couche avec sa mère en ignorant qu'il s'agit d'elle et tue son père sans savoir qui est cet homme pour lui.

Pour le tragédien, cette histoire montre qu'on ne saurait échapper à son destin ; pour Freud, que le destin d'un garçon consiste à désirer coucher avec sa mère et à tuer son père... Il théorise donc un complexe d'Œdipe qui fait de ce désir de Freud pour sa mère une vérité universelle et scientifique extrapolée à tous les hommes.

Exemples encore : Freud avance que le beau-fils désire sexuellement sa belle-mère ;

que le premier acte sexuel entre un homme et une femme fut un viol, ce dont toutes les femmes se souviennent depuis lors, ce qui déterminerait la violence des relations entre les deux sexes ; que les hommes préhistoriques urinaient sur le feu pour l'éteindre en ayant l'impression de pisser sur des phallus, ce qui relevait d'une compétition homosexuelle ; que tous les pères ont violé leur fille dans leur enfance – la fameuse théorie de la séduction ; que les homosexuels sont des malades dont l'évolution libidinale s'est arrêtée en route – et beaucoup d'autres saillies « scientifiques » du même acabit.

Il y a donc dans l'inconscient de chacun un nombre incroyable de « souvenirs » de ce genre qui déterminent, selon Freud, les comportements quotidiens – meurtre du père, banquet cannibale, complexe d'Œdipe, viol primitif, théorie de la séduction ou de l'urine sur les braises. Cette mémoire n'a pas besoin d'un support anatomique ou physiologique puisqu'elle est métapsychologique – autrement dit, faite de l'étoffe des songes avec laquelle on crée les dieux et les fictions, les romans et les fables, les contes et les légendes.

Freud assimile cette prétendue découverte (ce qui fait la loi en nous n'est pas la conscience mais l'inconscient) à celle du géocentrisme par Galilée (le Soleil se trouve au centre de notre Système et la Terre tourne autour de lui) et de l'évolutionnisme par Darwin (l'homme n'a pas été créé par Dieu, mais il est le produit de l'évolution d'un singe). Ce seraient, nous dit-il, autant de blessures narcissiques infligées à l'homme : il n'est plus au centre de l'univers, il n'est plus au sommet de la création, il n'est plus maître de lui-même.

Cet inconscient présent nulle part mais actif partout, Freud nous dit qu'on peut y accéder grâce à une analyse – une psychanalyse.

Qu'est-ce que : faire une psychanalyse ?

C'est réactiver un dispositif qui existe déjà chez le sophiste Antiphon d'Athènes au Ve siècle avant l'ère commune. Celui-ci prétendait qu'en interprétant les rêves qu'on lui racontait, il guérissait le rêveur de ses souffrances existentielles... moyennant finances bien sûr !

On peut aussi faire une analyse didactique : dans ce cas, on ne vient pas à cause de souffrances, encore que ce soit un bon prétexte pour (se) cacher le véritable motif desdites souffrances, mais pour apprendre comment on fonctionne afin de devenir soi-même psychanalyste – la profession n'en exige guère plus : expérimenter le malaise et essayer de s'en faire guérir ! D'aucuns qui ne vont pas bien croient que, en soignant autrui, ils iront mieux...

Dans le cabinet viennois de Freud, le patient s'allonge sur un divan avec le psychanalyste derrière lui. Il parle librement sans aucun souci de cohérence, de moralité ou de sens – la méthode est dite d'association. Il raconte ; il se raconte. Pendant ce temps, le psychanalyste se tait. Il interrompt la séance après un temps convenu, encaisse la somme due – tout rendez-vous qui n'est pas honoré est tout de même à payer... La transaction se fait en liquide : théoriquement pour que le patient se rende compte de ce que ça lui « coûte », aux deux sens du terme. Pratiquement, c'est aussi une façon de court-circuiter le fisc, car cette entreprise s'avère très rentable. Freud interdit toute empathie avec son patient. L'analyse peut durer de longues années – une, deux décennies, voire plus...

Dans *Technique de la psychanalyse*, il explique qu'il est derrière le patient qui ne le voit pas parce qu'il peut ainsi s'assoupir. Il estime que, même s'il dort, « une attention flottante » permet tout de même aux inconscients de communiquer !

Sur ce divan, le patient raconte ses rêves, ses lapsus, ses actes manqués, ses oublis de mots ou de noms propres, ses erreurs de calcul. Freud finit toujours par en donner une explication sexuelle. Au bout du compte, quelle que soit ce qu'il nomme la psychopathologie, elle s'explique par un désir œdipien refoulé.

Freud donne une explication à l'origine des névroses : dans notre inconscient nous avons des désirs dont certains sont exprimables et réalisables ; une fois exprimés et réalisés, ils ne posent aucun problème. En revanche, nous sommes également travaillés par des désirs socialement inacceptables, donc indicibles. Deux hypothèses s'offrent alors à ces désirs. Soit la sublimation : le sujet transforme ce désir asocial en produit socialement acceptable – c'est l'origine de l'œuvre d'art. Soit le refoulement : ce désir ne passe pas la barrière de la censure et, comme la balle qui rebondit sur un mur, il produit une névrose.

Freud prétend que, lors de la psychanalyse, il cherche le motif de ce refoulement créateur de névrose et que le fait de le nommer fait disparaître les souffrances associées. Conscientiser, c'est donc guérir !

Mais, sans surprise, toute les serrures, quelles qu'en soient la complexité et la singularité, s'ouvrent chez lui avec une seule clé : le complexe d'Œdipe... Ce qui se trouve refoulé dans les névroses, c'est le désir de coucher avec celui des deux parents du sexe opposé et de tuer celui du sexe identique ! Une fois la chose dite, mais il faut parfois plusieurs années pour s'en apercevoir, les symptômes s'envolent tels des papillons et le patient recouvre sa santé psychique comme par miracle !

Sur le papier, Freud raconte un certain nombre de psychanalyses pour nous expliquer que sa méthode est formidable, qu'elle soigne et guérit : Anna O., l'homme aux rats, le petit Hans, l'homme aux loups, le président Schreiber. En long, en large et en travers, Freud détaille les symptômes et leur envol après quantité de séances.

Or, les historiens de la psychanalyse ont montré que Freud a menti toute sa vie : il a inventé des cas avec plusieurs patients, il a enjolivé, il a falsifié des résultats, il a transformé des échecs en succès, il a passé sous silence les insuccès qu'il savait nombreux… Lui-même n'écrivait-il pas à Ludwig Binswanger, le 28 mai 1911, que la psychanalyse est « un blanchiment de nègres » ? Autrement dit : une activité vaine.

Alors qu'il a réussi à imposer la psychanalyse partout en Occident, et termine sa vie avec un cancer de la bouche qui le fait affreusement souffrir, il devient enfin sincère. Au bord de la tombe, mentir ne sert plus à rien… En 1937, dans *Analyse avec fin, analyse sans fin,* il écrit qu'on n'en finit jamais avec une revendication pulsionnelle – autrement dit : on ne guérit jamais.

C'est ce que l'on constate avec Sergueï Pankejeff, mieux connu comme l'« homme au loup », un cas dont Freud nous dit dans *Cinq psychanalyses* qu'il a été suivi, soigné et guéri par lui. Or, Pankejeff s'est confié à un journaliste à quatre-vingt-sept ans passés, il n'allait toujours pas bien et assurait qu'après tant d'années il était encore et toujours dans la souffrance et que, bien sûr, Freud ne l'avait jamais guéri bien qu'il ait prétendu le contraire. Chaque jour, sauf le dimanche, Pankejeff se rendait chez le chamane viennois pour une séance d'une heure et ce pendant quatre ans. Son analyse lui a coûté l'équivalent de 500 000 euros. Ce qui n'a pas empêché Freud, qui collectionnait les antiquités égyptiennes, de suggérer à son patient qu'il pouvait, en plus, lui offrir un cadeau – ce qui fut fait. Le même Freud qui prohibait les médicaments à ses patients sur le papier en prescrivait tout de même à l'homme aux loups. Quand la femme de Pankejeff s'est suicidée, et que celui-ci a demandé à le rencontrer, Freud a refusé de le recevoir.

Freud voulait être riche et célèbre, il n'a cessé de le dire. Il a tout essayé en matière de thérapie pour réaliser cette ambition : l'électricité, les bains, l'imposition des mains, la cocaïne. Alors qu'il écrit partout que la psychanalyse soigne et guérit, il prescrit *tout de même* l'usage du « psychrophore », une sonde urétrale permettant l'injection d'eau glacée dans la verge afin de soigner l'onanisme – une pratique sexuelle qu'il semblait, pour lui-même, placer au-dessus de tout ! L'année où il prescrit cette médication surréaliste, il publie *Cinq leçons sur la psychanalyse* pour vanter l'efficacité de sa méthode et de son divan. Pourquoi dès lors cette sonde urétérale ?

Pour testament intellectuel, Freud laisse une théorie dont aucun de ses thuriféraires n'a rien fait. En juillet 1938, il écrit en effet dans son *Abrégé de psychanalyse* :

« Il se peut que l'avenir nous apprenne à agir directement, à l'aide de certaines substances chimiques, sur les quantités d'énergie et leur répartition dans l'appareil psychique. Peut-être découvrirons-nous d'autres possibilités thérapeutiques encore insoupçonnées. » De la chimie ? Il faut donc bien que l'inconscient ne relève pas de la métapsychologie mais de la physiologie – sauf à réinvestir dans une autre fiction comme l'homéopathie...

La psychanalyse est devenue une affaire tellement rentable qu'on comprend que pareille idée dévastatrice pour leur business n'ait jamais été reprise par ses petits soldats...

Freud révolutionne les idées de l'Occident sur l'enfant. Sa théorie la plus choquante à l'époque est qu'il est lui aussi un être sexué. Les premières années, chacun les oublie, alors qu'elles sont bien plus déterminantes pour le caractère et le tempérament que l'hérédité. Ce que nous avons oublié laisse des traces fondamentales.

Quelles sont les manifestations de la sexualité infantile ? Le suçotement qui est autoérotique. Freud postule que les nourrices masturbent les enfants pour qu'ils s'endorment plus vite et que, si elles ne s'acquittent pas de cette tâche, ils s'en chargent eux-mêmes. De même, elles bercent les enfants. Ils associent leur bouche à la tétée qui induit le plaisir de la réplétion après la faim. Cette zone devient alors érogène.

Après la période buccale, l'enfant connaît le plaisir en sollicitant sa zone anale. La maîtrise des selles par la contraction ou la décontraction des sphincters est un autre facteur de plaisir. Libérer les matières fécales, c'est offrir un cadeau aux parents ; les retenir, c'est générer en soi et pour soi un plaisir onaniste concentré sur cette zone.

Après le stade oral et le stade anal, l'enfant accède au stade génital : le petit garçon se masturbe manuellement, la petite fille, en serrant les cuisses. Dans *La Sexualité infantile*, en 1905, Freud décrète que l'enfant est un « pervers polymorphe », autrement dit qu'il est capable d'érotiser toutes les zones de son corps. Chez lui, les digues morales ne sont pas encore mises en place. Dès lors, tout se trouve possible, car il ignore la pudeur ou le dégoût. Le psychanalyste fait ensuite entrer l'adulte dans le monde de l'enfant en posant qu'ils entretiennent mutuellement une relation de séduction. Le petit aime se montrer et regarder, voir et être vu par le grand.

Freud développe une théorie spécifique de la sexualité des filles : lors d'une comparaison avec le petit garçon, elles constatent qu'il leur manque un pénis et elles subissent douloureusement les effets de ce manque. Elles croient qu'à l'origine elles avaient un membre perdu par castration. Elles aspirent alors à recouvrer ce pénis perdu. Les jeunes filles souhaitent donc devenir de petits garçons.

Leur zone érogène est le clitoris, un substitut du gland. Il leur faut obtenir que celui-ci ne soit plus le lieu de la zone érogène prioritaire pour investir le vagin. Si cette translation libidinale ne s'effectue pas, l'hystérie surgit.

Les enfants recherchent les excitations mécaniques : ils ont plaisir à s'exciter sexuellement dans des jeux de vertige : bercements, balançoires, jeux dans les airs avec des adultes, plaisir aux vibrations des chemins de fer. Ce sont les plaisirs de l'autoérotisme. Il existe aussi des plaisirs liés à l'activité musculaire avec la bagarre, le sport. Ce sont les plaisirs sadiques. De même avec l'activité intellectuelle qui associe concentration et attention mentale au plaisir. Ce sont les plaisirs cérébraux. Les structures autoérotiques, sadiques ou cérébrales se constituent dans ces moments où un léger trauma peut fixer un certain type de plaisir déterminant dans une psyché.

En dernier lieu, l'enfant parvient au stade génital qui est aussi celui de l'altruisme : il polarise le plaisir sur ses organes sexuels et vise l'union avec l'autre sexe.

Si cette évolution se trouve entravée, le sujet sera homosexuel : Freud pense en effet cette modalité de la sexualité comme un arrêt du processus évolutif libidinal... Il estime qu'un foyer dans lequel manque le père prédispose à la généalogie de ce qui est pour lui une pathologie.

Freud développe également une théorie de la bisexualité réactivée en nos temps nihilistes : il n'y aurait pas de pure masculinité ni de pure féminité, mais du masculin et du féminin en quantités inégalement réparties en chaque personne.

On sait enfin que, vers l'âge de cinq ou six ans, Freud postule un complexe d'Œdipe dont j'ai déjà parlé.

Où l'on voit après ce trajet que la théorie freudienne suppose une construction de la sexualité : il existe bien une libido, une énergie sexuelle, mais ses fixations s'effectuent à partir d'événements vécus dans ces fameuses premières années dont notre conscience a tout oublié mais dont notre inconscient, lui, a tout retenu.

On ne naît donc pas sadique ou masochiste, sinon sadomasochiste, hétérosexuel ou homosexuel, narcissique ou altruiste, on le devient. Infliger ou s'infliger la douleur, voire s'infliger de la douleur en l'infligcant, préférer l'autre sexe ou son propre sexe, sinon les deux, retourner sa libido vers soi ou vers autrui, voilà ce qui procède d'un trajet existentiel personnel. Les expériences créent un déterminisme dont la plupart du temps le sujet ne s'affranchit pas. La fille est un garçon dont le développement sexuel s'est arrêté en cours de route. Elle aspire à devenir un garçon. Le garçon, travaillé par le complexe d'Œdipe, construit sa vision des femmes sur le modèle de sa mère, *idem* pour les filles avec leur père.

Freud est une chose, le freudisme en est une autre. Car Freud qui défendait la sexualité encadrée dans le couple monogame, fidèle et reproducteur, qui n'a jamais cru qu'il fallait libérer la sexualité dans des pratiques affranchies parce qu'il préférait une sublimation de ces pulsions dans des créations, notamment esthétiques, Freud, donc, aurait vu d'un très mauvais œil ce qui s'est appelé le freudo-marxisme, une paternité adultérine qui a contribué à faire sa réputation.

Qu'est-ce que le freudo-marxisme ?

C'est une chimère intellectuelle qui associe la pensée de Freud, selon laquelle tout procède de notre inconscient, ce qui évacue l'Histoire, et la pensée de Marx pour qui tout découle des rapports de productions économiques, ce qui évacue la subjectivité. Pour Freud, l'Histoire avec une majuscule n'a aucune importance sur le développement psychique d'un individu qui reste ontologique – autrement dit : une affaire entre soi et soi ; pour Marx, la subjectivité n'existe pas, elle est juste un reflet de la situation de classe occupée dans la société. On est soit un bourgeois, parce qu'on possède les moyens de production, soit un prolétaire, parce qu'on ne les possède pas –, il s'agit donc d'une affaire sociologique entre la société et soi.

Freud était incontestablement un homme d'une droite radicale, on pourrait même dire d'extrême droite – il ne soigne pas les pauvres sous prétexte qu'ils auraient un bénéfice à la maladie, notamment avec les aides sociales, car il préfère s'assurer d'interminables analyses auprès d'une clientèle fortunée ; il soutient les régimes fascistes austro-hongrois et italien ; il rédige une dédicace élogieuse à Mussolini sur la page de garde de son article *Pourquoi la guerre ?* ; il n'a jamais écrit de mal du national-socialisme, mais il a publié des pages hostiles au marxisme-léninisme ; il mandate l'un des siens, Ludwig Binswanger, pour mener des tractations avec les nazis alors au pouvoir pour que la psychanalyse puisse continuer à exister dans le Reich ; il évince de son groupe Wilhelm Reich, un psychanalyste juif et communiste, en pleine tourmente nazie – or, ruse de la raison, c'est justement Reich qui s'avère le maître à penser du freudo-marxisme pour qui l'inconscient est corporel et interactif avec l'Histoire.

Le freudo-marxisme est le second temps de la pénétration de Freud en France. Le premier date des années inaugurales du XXe siècle et utilise le canal littéraire. L'écrivain pédophile André Gide, auteur d'un *Corydon* (1911 en version privée, 1924 pour l'édition publique) explicite sur ce sujet, apprécie grandement le freudisme pour une raison bien simple : la théorie qui fait de l'enfant un être sexué et sexuel, capable d'une érotisation de la totalité de son corps, pervers polymorphe et soucieux de séduire l'adulte, légitime et justifie ses propres pratiques sexuelles. Gide, qui est alors un homme puissant chez son éditeur, incite avec succès Gaston Gallimard à traduire Freud en France à la NRF.

Le pape du surréalisme, André Breton, s'emballe lui aussi. Non pas tant pour le pansexualisme freudien qui englobe les enfants, mais pour la théorie du rêve et de l'inconscient. Éprouvé par la Grande Guerre qu'il fit comme médecin, Breton élabore le surréalisme qui veut détruire la raison et la méthode, la religion judéo-chrétienne, l'ordre moral, la précellence de l'Occident, sa philosophie, son art, sa métaphysique. Pour ce faire, il défend l'occultisme, la magie, la parapsychologie, le spiritisme, l'art nègre, l'imaginaire, le rêve. Ce que Breton aime chez Freud, c'est l'idée que l'inconscient psychique conduit le monde ! Le rêve est-il pour Freud la voie d'accès à l'inconscient ? Il devient pour Breton la voie royale qui conduit à son monde alternatif.

La première pénétration de Freud en France se fait donc sous le signe de la littérature – le pansexualisme, dont la libido des enfants pour Gide, le nouveau monde de l'imaginaire et les perspectives ouvertes par le rêve pour Breton, voilà de quoi assurer l'avènement d'un monde d'après la Première Guerre mondiale que la Seconde nourrira plus encore : le nihilisme.

Un certain nombre de philosophes passent pour avoir produit Mai 68 alors qu'ils en sont les produits – Foucault, Deleuze & Guattari. Mai 68 fut l'occasion de mettre en avant des figures politiques – Marx, Mao, Trotski, Guevara, Hô Chi Minh –, mais également des figures philosophiques – Herbert Marcuse, Henri Lefebvre ou Wilhelm Reich.

Reich, on l'a vu, fut l'instigateur en Europe du freudo-marxisme. Pour préserver son originalité, un philosophe efface souvent les traces de ceux qui l'ont inspiré, voire de ceux qu'il a pillés. Les thèses du freudo-marxisme telles qu'elles apparaissent chez Deleuze & Guattari, par exemple, sont démarquées. Ce qui change, c'est le style, le ton, la façon d'exprimer, de dire. La fumée de l'époque, son goût pour la secte et ses règles, sa passion pour les glossolalies.

Reich avait écrit que l'inconscient n'était pas métapsychique mais énergétique ; il souhaitait dépasser Freud, tout en le conservant, en estimant que le complexe d'Œdipe n'était pas le fin mot de l'étiologie des névroses, mais qu'il fallait aller la chercher du côté de l'interaction du sujet avec la société ; il affirmait de ce fait la nécessité d'articuler sexualité et politique ; il assurait que le capitalisme était mortifère parce qu'il produisait le fascisme par la répression des instincts sexuels ; il prétendait que la libération de cette énergie libidinale par une sexualité épanouie permettrait l'avènement d'une société radieuse ; il assignait à la gauche la tâche de réaliser cette utopie libidinale – tout cela se trouve dans *L'Anti-Œdipe* (1972) de Deleuze & Guattari, mais formulé dans le vocabulaire déjanté de qui commenterait librement Reich après avoir tiré trop longtemps sur son pétard et bu beaucoup d'alcool...

Reich défend également une pédagogie libertaire inspirée des premiers temps de l'expérience soviétique. Il estime qu'il faut apprendre aux enfants à libérer leur sexualité afin d'éviter les frustrations constitutives d'une cuirasse caractérielle qui, en contraignant la circulation de l'énergie sexuelle, génère les névroses. En Russie soviétique, le pouvoir subodora des expériences sexuelles menées avec les enfants. Il y mit donc fin.

Mai 68, au dire même de quelques-uns de ses anciens acteurs, a produit beaucoup de délires... Parmi ceux-là, le combat pour la pédophilie. La plupart des têtes de gondole de la gauche intellectuelle post-soixante-huitarde[1] ont combattu en faveur d'une dépénalisation, donc d'une justification, des relations sexuelles entre les adultes et les enfants. Gabriel Matzneff écrivit le manifeste de cette cause dite « progressiste » sous un

1. Une pétition en faveur de la cause pédophile parue dans *Le Monde* (1977) a, parmi d'autres, réuni les signatures suivantes : Aragon, Sartre & Beauvoir, Barthes, Glucksmann, Deleuze & Guattari, Châtelet, Sollers, Henric, et mais aussi Jack Lang, Bernard Kouchner, etc. Le journal *Libération* avait lui aussi pris fait et cause pour la pédophilie. On pourrait ajouter à cette liste les noms de Bruckner & Finkielkraut dans *Le Nouveau Désordre amoureux* (1977) ou de Daniel Cohn-Bendit dans *Le Grand Bazar* (1975).

titre qui affiche la couleur : *Les Moins de seize ans* (1974).

Cette fascination pour les enfants est une pathologie d'adultes qui ne le sont jamais devenus. De la même manière que le nécrophile ou le zoophile, le pédophile ne jouit que dans l'usage, qui est un abus, d'un partenaire qui n'a pas son mot à dire – le mort, l'animal ou l'enfant. L'étymologie d'enfant, *infans*, signale celui qui ne parle pas encore. Or parler c'est plus que parler, c'est comprendre ce que l'autre dit quand il parle et ce que l'on dit soi-même quand on parle.

La pédophilie est une pathologie régressive active chez qui a tué le père en Mai 68, avec de Gaulle en bouc émissaire du principe d'autorité, un général chef d'État symboliquement assassiné en 1969 par son éviction du pouvoir, et qui se retrouve comme un enfant devant le cadavre.

Que Cohn-Bendit, qui passe pour emblématique du mouvement, ait pu écrire ses expériences pédophiliques dans un livre (1975), avant de les réitérer verbalement, goguenard et avachi dans son fauteuil sur le plateau de télévision d'*Apostrophes* de Bernard Pivot (1982), renseigne sur l'époque...

Cette incapacité à penser l'enfant comme tel, dans sa singularité, se double d'un paralogisme qui consiste à croire qu'il est un adulte comme les autres. Or, pour que cette supposée égalité, que le réel contredit aussi évidemment que le nez au milieu de la figure, se fasse visible, il est plus facile à l'adulte de se faire enfant qu'à l'enfant de devenir adulte. Malheureusement, avec un adulte enfant comme père, un enfant ne devient jamais adulte, il reste toute sa vie un enfant.

Après la mort de l'autorité obtenue sur les barricades du printemps 68, faute de pères, une génération d'adultes sur le papier s'est trouvée affligée du complexe de Peter Pan : elle n'a pas voulu grandir. Le modèle paternel d'antan était à détruire. Il fallait en finir avec le patriarcat. L'époque n'était pas encore à le remplacer par le matriarcat, une marotte contemporaine, mais par l'*infantilisation* – et non pas la féminisation comme il est parfois dit.

Je parlais tout à l'heure d'une incapacité à penser l'enfant comme tel : cette impéritie eut sa doctrinaire, il s'agit de Françoise Dolto – la mère du chanteur Carlos bien connu pour ses pitreries vestimentaires, verbales, publicitaires et télévisuelles. Cet homme jovial et au premier abord sympathique a brillé avec des chansons ayant pour titres *Le Tirelipimpon*, *Papayou* ou *Big Bisou*, dans des émissions de télévision pour enfants tel *Le Club Dorothée*, sinon lors de pantalonnades comme la parodie de mariage de Thierry Le Luron et Coluche où il est apparu... en enfant habillé d'une couche-culotte et arborant un hochet !

Qui était Françoise Dolto ? Elle dira avoir eu une enfance malheureuse, bien qu'ayant été choyée dans une vie faite de bords de mer et de parties de tennis, de vacances à Deauville dans des hôtels de luxe, de parents à ses ordres et de jeunesse à la Tanguy – ce jeune homme qui n'entend pas quitter le domicile familial où il pourrit la vie de ses parents.

Quand elle ne s'apitoie pas sur sa pauvre jeunesse de petite fille riche, elle omet par exemple de signaler qu'elle lisait assidûment *L'Action française*, le journal de Maurras ; qu'elle a suivi une psychanalyse de trois ans, de 1934 à 1937, avec René Laforgue, un homme qui sera collaborationniste ; qu'elle a travaillé en 1941 dans un « centre de la mère et de l'enfant » de la fondation Alexis-Carrel, dont l'éponyme était un eugéniste qui avait pour projet de supprimer les handicapés en les gazant, fondation financée par Vichy. Elle écrit, bien sûr, dans un journal communiste, en 1946, tout en se prétendant trotskiste. Après la guerre elle dira n'avoir rien su de l'antisémitisme du régime de Vichy – comment cela eût-il été possible à une lectrice de *L'Action française* ? Elle a même dit qu'elle croyait que la rafle du Vél'd'Hiv avait été menée pour faire échapper les Juifs au régime nazi !

Les biographies de psychanalystes qui abondent sur le Net sont ripolinées par la corporation qui efface tout ce qui n'entre pas dans la légende d'une psychanalyse progressiste, libératrice et libertaire, pour tout dire :

« de gauche » ! Voilà pourquoi on y verra rarement que cette catholique était contre l'avortement qu'elle assimilait à l'euthanasie, qu'elle s'est opposée à sa légalisation par la loi Veil, ni qu'elle défendait le vote familial qui permettrait à un couple ayant deux enfants de disposer de quatre bulletins de vote, une vieille revendication familialiste des catholiques intégristes.

Françoise Dolto est plus connue comme psychanalyste ayant vulgarisé le freudisme dans les médias, notamment sur France Inter dans une émission qui empruntait son titre à un vers de Hugo : *Lorsque l'enfant paraît*. Plus tard, elle en fit deux livres qui furent des *best-sellers*. Pendant deux années, elle a répondu aux questions que lui posaient les auditeurs, la plupart du temps des femmes, avec la boîte à outil freudienne.

C'est à cette occasion qu'elle développe des thèses extravagantes auxquelles adhère un grand public séduit et abusé par son allure de grand-mère sécurisante – elle était alors la mère Denis de la psychanalyse. Selon elle, un traumatisme qui aurait eu lieu dans une famille unie, deux ou plusieurs générations en amont, se transmettrait, via les inconscients métapsychiques, chez un descendant qui s'en trouverait affecté – un crime commis dans la famille deux cents ans plus tôt générerait ainsi des souffrances chez son descendant ; l'autisme des enfants s'expliquerait par le refus inconscient des mères de leurs progénitures ; la mort subite du nourrisson serait l'accomplissement du vœu, chez le petit mort, d'un retour à l'état fœtal ; dans le cas des violences conjugales, c'est l'homme qu'il faut aider, pas la femme ; les angines à répétition s'expliqueraient par « le désir d'appeler quelqu'un qui ne vient pas » ; l'anorexie était présentée comme un refus de devenir femme. Et puis ceci, peut-être le plus grave : le viol d'une petite fille par son père est toujours une relation sexuelle à laquelle l'enfant a consenti, un vague raccommodage de la théorie freudienne de la séduction… Cette façon de dédouaner les pères du crime pédophile et d'accabler l'enfant qui ne lui a pas dit non s'avère aussi assassine que le crime lui-même. Cette thèse se trouve développée par elle dans une revue féministe, *Choisir la cause des femmes*, en 1979.

Ce que l'on doit de plus terrible à cette femme, c'est la légitimation théorique de l'enfant-roi. Dans *Les Étapes majeures de l'enfance*, elle assène l'impératif catégorique de son éthique : « Un enfant, aidez-le à être égoïste ! » On tremble de lire pareille saillie chez une femme qui avait obtenu un statut médiatique de gourou de la psychologie sous couvert de bon sens !

Car l'enfant est naturellement égoïste et ce depuis toujours ! Le rôle de l'éducation consiste à lui donner les moyens de dépasser cet *égoïsme naturel* en lui fournissant les armes avec lesquelles il pourra construire une *empathie culturelle*. C'est seulement ainsi qu'il pourra envisager une vie d'adulte – à savoir construire des intersubjectivités rationnelles...

Entretenir l'égoïsme naturel des enfants, c'est empêcher, chez l'adulte qu'il deviendra, toute relation mûre et responsable : un égoïste ne saurait construire un couple et le faire durer, fonder une famille et la sublimer, conduire une vie privée, intime et affective, car il se révèle un tyran domestique au quotidien, un violeur potentiel au lit et un onaniste affectif en tout. De même, cet individu narcissique et égotiste sera incapable de solidarité, d'empathie, de fraternité, de partage, de don, de générosité ; il se montrera inapte à toute communauté, donc à toute société, de la plus petite, le couple, à la plus grande, la république, l'État ; il ne sera ni citoyen ni civique, mais profiteur et cynique. Son souci dans une relation sera : à quoi peut-elle bien me servir ? En présence d'un individu : comment peut-il m'être utile ? D'un faible : comment le détruire ? D'un fort : comment le séduire ou le circonvenir ? Avec son partenaire en couple : flatte-t-il ou augmente-t-il mon narcissisme ? Face à l'État : que puis-je lui extorquer ? Cet égotiste revendique tous les droits et ne se reconnaît aucun devoir : tout lui est dû, il ne doit jamais rien à personne. Il prend mais ne donne pas. Il exige mais veut qu'on lui fiche la paix. Il se sert mais ne sert jamais.

Le pire dans cette pédagogie est qu'elle ne fut pas confinée dans d'épars foyers de bobos mais qu'elle est devenue pédagogie d'État. Elle ne s'est pas contentée de faire des ravages dans les familles, elle en a aussi fait dans la société – donc dans la civilisation.

Après Mai 68, l'instituteur qui représentait l'ordre et l'autorité, qui faisait régner la terreur souvent avec une discipline de fer n'excluant pas les sévices corporels, qui était reconnu dans le village comme une autorité au même titre que le curé, le vétérinaire ou le maire, cet instituteur formé dans des écoles normales a laissé place à ce qui est devenu un professeur des écoles formaté dans des Instituts universitaires de formation des maîtres (IUFM). On a appelé par son prénom celui qu'on nommait monsieur, on a tutoyé celui qu'on vouvoyait, on a copiné avec celui qui punissait.

En même temps qu'on en finissait avec la méthode syllabique, les dates et la chronologie, les rédactions, les dictées et les questions, les tables de multiplication et le calcul mental au profit de la méthode globale, des dictées à trous ou des autodictées, de l'apprentissage de l'usage des calculatrices, on a laissé tomber la politesse, la courtoisie afférentes à toute relation inégalitaire dans laquelle on convenait que l'adulte savait, l'enfant pas, et que la relation pédagogique consistait à transmettre un savoir à qui n'en disposait pas. Il fut professé *ex cathedra* par les inspecteurs, fraîchement diplômés en sciences [sic] de l'éducation, que les enfants avaient à apprendre aux enseignants autant, sinon plus, que l'inverse...

Dolto fut la grande prêtresse de cette dérive. Elle présentait l'école comme inadaptée non plus à l'élève mais à l'« apprenant », ses programmes étaient caducs, ses enseignants inaptes parce qu'ils ignoraient la mystique freudienne.

À quoi ressemblait son catéchisme ?

Tout enseignant qui souhaite transmettre un contenu à un enfant le braque, le traumatise, le brutalise... S'il demande de la ponctualité, c'est pour imposer sa toute-puissance, car il n'aspire qu'à briser les subjectivités. S'il s'adresse à toute la classe de la même manière – dit Dolto qui eut droit à des précepteurs privés dans la maison familiale... –, c'est parce qu'il veut fabriquer un troupeau de moutons de Panurge. S'il enseigne des choses ardues, austères, pas faciles, c'est parce que ce gougnafier n'a pas compris qu'on doit apprendre dans le plaisir et la joie. Si dans la journée il a choisi l'ordre d'exposition des matières, c'est tout simplement parce qu'il veut imposer sa loi alors que les horaires et les contenus devraient être libres. S'il se trouve sur une estrade, c'est parce que cette place est celle du castrateur. Et puis, ce sommet de l'indigence intellectuelle et de la dénégation : si l'enfant se trouve en échec scolaire, c'est parce que personne n'a compris qu'il était surdoué ! Quasimodo, c'est Einstein que l'on n'a pas reconnu…

Dans *La Cause des enfants*, Dolto écrit : « Le principal défaut de l'instruction publique, c'est d'être obligatoire. Ce qui est obligatoire prend le caractère du travail forcé. Le bagne existe toujours… dans les esprits. » Une marche au-dessus, formulé dans le langage du soixante-huitard de base qui voyait des SS partout, cela donne : « Tout enseignant est un fasciste. » À quoi on peut ajouter : « Tout élève, entre ses mains, est une victime de ce fascisme-là » ! Si l'école est un bagne, un camp de concentration, un goulag, la liberté c'est la possibilité pour l'enfant de devenir le centre du monde en n'en faisant qu'à sa tête. Ce fut entendu comme un horizon progressiste alors que c'était une invitation régressive !

En cinquante ans, cette pédagogie a fini par produire ses effets, elle a eu le temps de formater une ou deux générations. Les enfants-rois ainsi pondus sont en âge d'être parents et de participer à la conduite du pays – voire d'être président de la République…

Le propre de l'enfant-roi est de disposer d'une personnalité narcissique, égotique, égocentrique, sinon autiste – au sens second du dictionnaire qui permet d'extrapoler la pathologie dommageable à une incapacité structurelle d'entretenir des relations avec autrui.

Il se distingue également par une intolérance à la frustration : il ne supporte pas qu'on résiste à son caprice. Dans une confiserie, il veut tous les bonbons *en même temps* et fait une crise quand on les lui refuse, même si on lui a offert un sachet déjà bien rempli.

Il se montre narcissique, croit que le monde commence et se terminera avec lui. En dehors de son *ego*, rien n'existe. L'univers tourne autour de son moi. Il a des potes, des amis sur Internet, des copains, il croit avoir des « amis » parce que son compte le lui dit, mais il ignore ce qui a lié Montaigne et La Boétie.

Où l'on voit que, dans son cabinet viennois du 19 Berggasse, Freud a dégoupillé une grenade qui, via le freudo-marxiste Wilhelm Reich, mais également le pédophile Gide accoquiné à la NRF, l'amateur de tables tournantes André Breton et ses amis surréalistes, les soixante-huitards aveuglés par l'incendie qu'ils ont allumé, l'agenouillement devant la pythie freudienne que fut Françoise Dolto, ce dégoupillage de grenade, donc, a généré une terrible déflagration !

En Mai, donc, le père s'est trouvé tué. On a voulu en finir avec de Gaulle et toutes les figures d'autorité pourvu qu'elles soient masculines ou paternelles – l'instituteur, le prêtre, le patron, le professeur, le mari, le chef, le contremaître, le cadre, le maire... Restait alors, debout sur les barricades, un fils sans père, autrement dit : un enfant.

Que Greta Thunberg puisse disposer d'une telle aura dans le monde occidental – je crois bien qu'en dehors des mégapoles on se moque bien de son prêche, par exemple sur les hauts plateaux d'Érythrée ou dans les montagnes du Tibet, dans les forêts de Papouasie-Nouvelle-Guinée ou dans le désert du Biafra, sinon à Chambois, mon village natal dans le département de l'Orne... –, une telle fascination ne se comprend que dans la configuration de l'infantilisation de notre société.

De la même manière que l'enfant qui fut un adulte radieux et puissant devient un jour un vieillard vidé de son énergie dans une maison de retraite, une civilisation connaît elle aussi ces croissances et ces décadences, ces puissances et ces sénescences. L'Ancien Testament le prédisait : « Malheur à la ville dont le prince est un enfant » (Ecclésiaste, 10, 16). Nous y sommes. Devenus trop frêles et fragiles, les adultes, fatigués, se reposent en redevenant des enfants. Comme leur civilisation, ils obéissent à ce tropisme qui les rétrécit, les rabougrit, les recroqueville, les rapetisse, les rétracte, les raccourcit, tel un linge lavé à mauvaise température...

La chanson d'Alain Souchon, *Allô maman bobo* (1977, ça n'est pas un hasard !) s'avère programmatique : « J'suis mal en homme dur », se plaint-il à sa maman... Le héros de ces années-là, c'est donc l'homme qui retrouve les jupes de sa mère parce que le monde est trop cruel et qu'il se montre incapable de s'y comporter en adulte. Le temps de Jean Gabin et de Lino Ventura est passé. C'était aussi celui du général de Gaulle. Arrive alors celui de la jérémiade et des pleurnicheries.

Car en quoi consiste donc le magistère de Greta Thunberg ?

Je laisse de côté le « contenu » de ses discours, auquel je consacrerai une autre lettre, pour m'attarder à la rhétorique qui est celle non pas de la généalogie, vous savez désormais ce qu'il en est (quelles sont *toutes* les causes du réchauffement climatique ? et pas seulement celles qu'isole le GIEC...), mais celle de la moraline.

Greta Thunberg invective les adultes, elle pleure, elle crie, elle grimace, elle insulte, elle les culpabilise, elle les met en demeure, elle fait de sa jeunesse un argument : les jeunes (filles de préférence...) savent ce qu'est « LA science », comme elle dit en ne pouvant s'empêcher de souligner le mot par le geste à la mode de guillemets esquissés avec les doigts. En revanche les vieux (hommes et blancs de préférence...) sont égoïstes, méchants, détestables, exécrables : ils n'ont de cesse d'exterminer chaque matin une nouvelle espèce animale, de pratiquer la déforestation à grande échelle, d'émettre des gaz à effet de serre, de tout faire pour déclencher des tsunamis.

Elle s'est fait connaître en pratiquant la grève des écoles : Françoise Dolto aurait adoré, elle qui estimait que le professeur ne savait jouer qu'une partition tyrannique ! À quoi bon en effet apprendre encore quelque chose quand, à seize ans, on sait déjà tout sur tout ? Pourquoi prendre son cartable et rejoindre la classe où un enseignant adulte donne un cours de sciences de la vie et de la Terre (SVT) puisque en lisant un résumé du GIEC fourni par ses parents et leurs amis bien intentionnés on peut s'exprimer au nom de LA science ! *La* science ? Oui, la science… C'est-à-dire les mathématiques, la géométrie, la logique, l'astronomie, la géographie, la géologie, les statistiques, la géomorphologie, la climatologie, la topographie, la physique, la biologie, l'astrophysique, la chimie, la cosmologie, la médecine, la démographie, mais également, bien sûr, l'épistémologie qui est la science de la constitution de la science – autant de disciplines qu'à seize ans, bien sûr, on connaît sur le bout des doigts, surtout depuis qu'on ne va plus à l'école…

Pour pouvoir dire que, quand on parle, on est *la* science, il faut être sûr de maîtriser, restons dans la modernité, la relativité générale et la relativité restreinte, la logique des fractales, la géographie chorématique, la physique quantique, la tectonique des plaques, l'astrophysique des multivers, l'analyse fonctionnelle, la géométrie non communicative, la morphogenèse des sols, la méthode géodésique, etc. À défaut, on n'est pas *la* science, on ne parle pas au nom de *la* science – guillemets avec les doigts... –, et l'on avance avec plus de modestie.

Or, la modestie, c'est la dernière des vertus de « GT ». Elle apostrophe des députés français qui la reçoivent au Palais-Bourbon et applaudissent à l'engueulade qu'ils viennent de se prendre, elle invective des chefs d'État en leur présence dans l'enceinte des Nations unies dans un discours où elle déborde largement le temps qu'on lui a imparti sans être interrompue, elle invite le pape, qui la reçoit en audience restreinte, à rejoindre sa cause, elle porte plainte contre des pays écocides, dont la France, mais pas la Chine, avec un groupe d'enfants dont le plus jeune a... huit ans ! Les journalistes du politiquement correct lui déroulent le tapis rouge, ou vert, et justifient que sa mère puisse dire que, douée d'un pouvoir magique, elle *voit* à l'œil nu le CO_2 là où il est, bien qu'il s'agisse d'un gaz – par définition incolore et invisible ! Voir un gaz, voilà qui devrait mériter la rubrique « Intox » des journaux du système, mais c'est dans ces mêmes colonnes que des journalistes prétendent qu'elle l'a dit, sans le dire, tout en le disant, mais pas comme les climato-réalistes – nommés par eux climato-sceptiques... – disent qu'elle l'a dit...

Voilà donc une enfant de seize ans, qui ne va plus à l'école, qui prétend, quand elle admoneste et peste, vitupère et menace, qu'elle est *la* science, devant qui des adultes parmi les plus puissants du monde s'agenouillent et demandent pardon... Le pape lui-même, jamais avare de moraline, on est jésuite ou on ne l'est pas, se fend d'un message planétaire dans lequel il la remercie pour son combat...

Qui dira que l'Occident est devenu un Empire dont la princesse est une jeune fille autiste déscolarisée ? On peut en effet signaler son trouble du comportement, mais si et seulement si c'est pour gravir un degré de plus sur l'échelle compassionnelle du politiquement correct[1]. En revanche, il faut le taire si c'est juste pour le dire comme on informerait qu'elle porte des tresses. Le réel ne doit pas avoir lieu là où triomphe la pensée magique et les chamanes postmodernes.

Tenons-nous-en là avec Greta Thunberg.

Mais posons-nous tout de même la question : pourquoi cette enfant parvient-elle à faire la loi à des adultes, et ce sur le mode menaçant et autoritaire ? Des adultes qui adoptent des postures de soumission, présentent des excuses, mendient leur pardon, assurent qu'ils ont bien compris et promettent, honteux, qu'ils ne recommenceront

1. Marcel Gauchet dans *Causeur* : « Greta Thunberg est à la fois autiste, juvénile et femme. Toutes les cases étant cochées, on ne peut rien dire sur son compte sans passer pour un atroce antihumain ! » (29 juillet 2019)

pas – excepté quelques chefs d'État planétaires bien décidés à ne pas se laisser dicter par une enfant ce qu'ils doivent faire, je songe à un récent ex-président des États-Unis, à celui de la Russie ou du Brésil...

Greta Thunberg réactive pourtant tout ce que Mai 68 avait mis au feu : le discours d'autorité, le recours à la menace, l'admonestation sur un ton ferme, la verte réprimande, le blâme et le reproche. Tout ce qui est désormais interdit à un enseignant lorsqu'il s'adresse à l'un de ses élèves dans la plus petite classe de campagne, Greta Thunberg peut y recourir contre le pape, des chefs d'État réunis à l'ONU, des élus de la nation et leurs présidents, des journalistes et leurs rédacteurs en chef, des pays qu'elle punit en portant plainte contre eux. Et eux, frappés d'anathème, battent leur coulpe en confessant, comme dans la Chine de la révolution culturelle, avoir mérité les coups...

Inversion des valeurs et tropisme masochiste des civilisations qui s'effondrent !

Le bien c'est le mal et le mal c'est le bien, disaient les thuriféraires du marquis de Sade – Bataille, Klossowski, Foucault, Lacan, Deleuze, Barthes, Sollers ; le normal c'est le pathologique et le pathologique c'est le normal – proclamait Georges Canguilhem, médecin et philosophe, qui eut... Deleuze et Foucault comme disciples zélés, l'homme était aussi, en effet, inspecteur général, ce qui facilite les carrières… Sade eût aimé une jeune fille autiste obtenant l'acquiescement du pape sur sa perception du réel !

Quant au masochisme, qui est jouissance dans l'abjection et la souffrance, jubilation dans le mal et la mort, délectation dans le sang et les matières fécales, il est tout à fait la pathologie adéquate d'une civilisation qui entre dans son stade terminal. Une enfant qui frappe l'Occident au sang et un Occident qui lui demande pardon : c'est bien dans l'ordre des choses quand le nihilisme fait la loi.

Quelques mots pour conclure sur ce retour à l'enfance, sur cette régression d'adultes incapables de sortir de leur condition infantile.

À quoi ressemblent ces grands garçons élevés comme des enfants-rois ? Ils suçotent, comme le nourrisson le sein de sa mère. Ils tétouillent une bouteille d'eau qui les accompagne comme un doudou. Ils peuvent aussi, plus classe, faire de même avec une gourde écoresponsable comme Greta. Le tétouillage concerne également soit les fumeurs de cigarettes à l'ancienne, parfois roulées, soit les vapoteurs qui préfèrent obtenir leur dose de nicotine avec un objet de la technologie nouvelle.

S'ils ont les moyens de se rendre dans des restaurants gastronomiques, on leur propose avec force falbalas de quoi sucer, suçoter, aspirer, lécher, tétouiller, téter. D'où le succès dans la cuisine française des déconstructions, des espumas, des écumes, des mousses, des gelées, des décoctions, des tisanes, des infusions, des bouillons. Ni les dents ni le dentier ne sont désormais nécessaires pour manger. Le chamallow grillé a remplacé le pâté de sanglier...

Ils ne se déplacent pas sans leur objet transitionnel, mi-coin d'oreiller, mi-nounours : leur smartphone. Ils ont le plus possible l'œil sur l'écran et le doigt sur le clavier, même et surtout en présence d'autrui. Cet objet leur permet d'abolir le réel au profit d'un virtuel à la carte. Ils sont physiquement en présence d'un être de chair et d'os, ou de plusieurs, mais ils préfèrent un être de pixel, une image numérique. Pas étonnant que, du film pornographique (la cause majeure des connexions planétaires...) aux sexualités avec des poupées de silicone hyperréalistes, ils construisent un monde qui leur obéit au doigt et à l'œil. Je prends, je consomme, je jette, je zappe, pas même la peine de parler. La dématérialisation du monde leur permet d'en reconstruire un autre selon leur caprice : ils vivent heureux, mais dans un monde qui n'existe pas.

Cette ivresse de la virtualité leur permet d'accumuler des amis qu'ils n'ont jamais vus et ne verront jamais. Ces amis numériques contribuent au narcissisme des propriétaires de comptes à partir de leur seul nombre : le règne de la quantité plutôt que la qualité.

Ils préfèrent ces créatures immatérielles aux vivants qui se trouvent pourtant juste à côté d'eux.

L'érotisation de ce fétiche numérique déplace l'éros sur le terrain d'un monde virtuel que maîtrisent pourtant de façon très réelle les patrons des GAFAM. Se détourner du monde réel au profit de ce monde virtuel permet aux tenants de l'État profond de conduire les existences sur le terrain de la consommation.

La consommation étant celle qui répond aux besoins narcissiques créés par ce monde-là. Ainsi tout ce qui satisfait le « vertige » de l'enfant qu'on berce ou qui se balance, sinon, comme dirait Freud, qui se masturbe : le surf, la planche à voile, le skate, ex-planche à roulettes, le roller, ex-patin à roulettes, la trottinette, le vélo électrique, ex-solex, le mur d'escalade, autrement dit une minimontagne de résine installée dans une salle polyvalente, le vélo tout-terrain (VTT). Les références ne manquent pas.

Dans *Les Jeux et les hommes*, Caillois faisait de l'*ilinx*, ou vertige, l'un des composants des jeux avec *aléa*, le hasard, *agôn*, le combat, et *mimicry*, le déguisement. On ne niera pas que l'un des signes distinctifs des adultes élevés comme des enfants-rois soit leur addiction aux jeux... Jeux vidéo à la maison, enfouis dans le canapé, mais également jeux nomades sur le fameux objet transitionnel qu'est le smartphone.

La tétouille avec le vapoteur, le vertige avec la trottinette, la virtualisation du monde avec le smartphone, la fuite hors de ce même monde avec les jeux, le portrait s'esquisse... Continuons.

L'impossible adulte arbore également des tatouages comme les hommes préhistoriques, les peuples premiers, ou, jadis, les mauvais garçons. Les jeunes hommes qui croient qu'en suivant la mode ils manifestent leur originalité peuvent ainsi arborer des tatouages à la façon maorie sur les jambes, ce qui justifiera le port du bermuda, une variation sur le thème de la culotte courte, ou sur les bras, ce qui légitimera le marcel, afin que personne ne passe à côté. Alors que, dans la société polynésienne, le tatouage signale la place occupée dans la hiérarchie du système tribal, dans la société nihiliste, il ne signifie rien d'autre que le désir d'appartenir au troupeau en pensant que c'est justement ainsi qu'on y échappe.

Quand les femmes souscrivent à cette pratique grégaire, elles peuvent se faire tatouer le prénom de leur mari, en n'imaginant pas que, sociologiquement, il risque un jour de ne plus être le même, ou celui de ses enfants, dans le cas où, souffrant de maladie d'Alzheimer, elle ne s'en souviendrait plus. Elle peut aussi tatouer une date avec des lettres romaines pour afficher un moment hautement mémorable dans sa riche vie – perte de sa virginité, mariage, premier enfant...

Le latin, surtout chez ceux qui ne l'ont jamais étudié, ou les lettres gothiques, de préférence chez ceux qui ignorent l'allemand, mais également les caractères chinois ou japonais, notamment chez ceux qui ne connaissaient que les mots « sushi » ou « saké », sont bien portés. Le tatoué est volontiers polyglotte, mais juste pour un mot ou une courte phrase.

Dans la plupart des cas, le tatouage est inscription à l'encre dans sa peau de ce qu'on exhibe aux autres de l'idée qu'on se fait de soi ou qu'on aimerait que l'autre ait de soi. J'ai vu un jour, sur l'avant-bras d'un jeune homme qui affectait la virilité lui faisant défaut, un tatouage en lettres gothiques d'un texte latin qui affichait une sentence sur le temps qui aurait fait merveille dans sa copie de philo au bac.

C'est aussi parfois un franc aveu de qui l'on est. Il m'est arrivé de voir, chez des personnes pas finies, des tatouages eux aussi inachevés en attente d'une suite improbable, ou bien, chez une jeune fille à la psyché explosée, la copine du précédent, des tatouages sans queue ni tête disséminés partout sur le corps.

Par ailleurs, ce monde régressif parle de moins en moins bien le français et recourt volontiers au parler bébé. Le président socialiste François Hollande a beaucoup fait pour populariser cette régression linguistique avec des formules du genre : « La France, elle est grande », « Mon projet, il est socialiste » ...

Des journalistes : « Le président, il a dit », etc. Des adultes qui s'expriment publiquement disent « mon papa » ou « ma maman », incapables de dire « mon père » ou « ma mère ».

Brisons là...

Une civilisation qui s'effondre connaît un moment de sénescence assimilable à un retour à l'enfance. On a parfois entendu des vieillards appeler « maman » dans leurs délires. De même des soldats de la Première Guerre mondiale qui, les témoignages abondent, dans leurs derniers moments de vie, semblaient boucler leur existence par un retour à leurs plus jeunes années.

En ces temps régressifs, tout ce qui rappelle le monde adulte est honni, tout ce qui témoigne une figure d'autorité ou d'ordre est détesté, tout ce qui pourrait être une punition – de l'amende à l'emprisonnement en passant par la réprimande ou la simple remarque – est contesté. C'est le tropisme de l'enfant qui veut tout tout de suite et qui, sinon, larmoie, couine, crie, pleure. Notre époque, pleine de moraline, est aussi saturée de pleurnicherie.

L'enfant devenu prince consacre le triomphe du tiers sexe que les pédophiles prétendent rechercher : le garçon n'est pas un homme, la fille n'est pas une femme, et l'androgynat fait la loi dans une indétermination où l'abolition des sexes passe pour un idéal de civilisation.

En son temps, la féministe Élisabeth Badinter faisait l'éloge de cet androgynat dans un ouvrage intitulé de façon programmatique *L'un est l'autre* (1986), suivi de *XY. De l'identité masculine* (1994) : elle estimait que, pour en finir avec la guerre des sexes, il fallait en finir avec les sexes ! Il ne lui est point venu à l'idée qu'on pouvait peut-être plus raisonnablement condamner la guerre plutôt que les sexes afin de parvenir au même résultat...

LETTRE 4

SUR LE NÉO-FÉMINISME

Les mots...

Nombreux sont ceux qui, du *Deuxième Sexe* de Simone de Beauvoir, n'ont lu que le titre et retenu le slogan : « On ne naît pas femme, on le devient. » Ce texte qui, loin du féminisme, était à son époque, 1949, une invitation marxiste à instaurer l'égalité des sexes dans, par et pour une société de type soviétique, est devenu le manifeste du féminisme.

Pourtant, celui qui, au-delà du titre, aurait eu l'audace de lire ne serait-ce que la première page de cet opus qui en compte près de mille, aurait découvert une assertion qui ne manque pas de piquant. Simone de Beauvoir écrit en effet : « La querelle du féminisme a fait couler assez d'encre, à présent elle est à peu près close : n'en parlons plus. » C'est la troisième phrase du livre. Dès lors, *Le Deuxième Sexe* ne saurait être un livre féministe – *c'est son auteur qui le dit !*

Alors pourquoi et comment l'est-il devenu, avec l'assentiment de Beauvoir bien heureuse de se retrouver ainsi propulsée sur le devant de la scène planétaire ? Elle récusait le féminisme, l'estimant dépassé, mais, dès lors qu'elle en devient l'icône mondiale, via les États-Unis, pays détesté par les philosophes de gauche qui ne rêvent pourtant que d'en obtenir l'onction, elle proclame que c'est le combat du présent et du futur !

Le projet du livre est… sartrien ! Beauvoir cherche un sujet sur lequel écrire, elle penche pour un projet autobiographique : parler d'elle. Dans ses *Mémoires*, elle réécrit son passé pour montrer qu'elle en est la créatrice. Selon les attendus de l'existentialisme, il faut que, libre, elle ait voulu ce qui est advenu et l'a constituée. Elle dit que, réfléchissant à la question autobiographique, elle a buté sur une interrogation généalogique : qu'a signifié pour elle être une femme ? Elle se présente alors dans la lumière crue d'une philosophe qui décide, choisit, veut, et débouche tout de suite sur cette énigme.

Cet ouvrage de femme qui défend les femmes est un exerce philosophique rendu possible par la théorie d'un homme : Jean-Paul Sartre. *Le Deuxième Sexe* est en effet l'application de la pensée existentialiste à la question des femmes ! Je sais que certaines amazones de papier fulminent face à une pareille vérité, mais que serait le

« On ne naît pas femme, on le devient » sans une autre formule, à laquelle on réduit l'existentialisme sartrien : « L'existence précède l'essence » ?

Cette dernière thèse se trouve développée par Jean-Paul Sartre dans un pavé philosophique de cinq cents pages rédigées dans le sabir de la phénoménologie allemande intitulé *L'Être et le néant* qui date de 1943 ; elle est popularisée et vendue comme une lessive nouvelle lors d'une conférence ayant fait grand bruit le 29 octobre *1945*, événement mondain magnifiquement brocardé par Boris Vian dans *L'Écume des jours* ; elle a été publiée sous le titre *L'existentialisme est un humanisme* en *1946*. Le premier tome du *Deuxième Sexe* paraît en juin *1949* et, le second, en novembre de la même année.

Ça n'est pas faire honte à Simone de Beauvoir d'affirmer que la fréquentation quotidienne d'un homme qu'elle aimait alors depuis plus de vingt ans a compté dans l'élaboration de son projet ! Ni même que, après avoir vécu à ses côtés la folie parisienne de l'existentialisme à Saint-Germain-des-Prés pendant six années (le meilleur : incarner la vitalité intellectuelle française ; le pire : la célébrité et son cortège de haine des médiocres), elle ait pu être sensible à la puissance de cette pensée créée par un homme au cerveau génial – parfois mis au service, hélas, de pitoyables desseins, notamment politiques...

Tout chez ces deux-là fut fait ensemble : les séductions, le sexe, les voyages, les coucheries, les « fiestas » pour utiliser leur mot, les compagnonnages avec des amis transformés en ennemis, je songe à Camus ou à Merleau-Ponty, les engagements politiques, l'élaboration de stratégies de carrière, mais aussi et surtout le travail intellectuel – sauf quand Sartre, très affaibli dans une fin de vie où il paie ses excès d'alcool, de tabac, d'amphétamines, lui tourne le dos au profit d'un ancien maoïste, Benny Lévy, qui use, sinon abuse du philosophe pour lui faire porter la cause talmudique et sioniste qui est la sienne. Beauvoir écrit alors un livre magnifique, *La Cérémonie des adieux*, pour déplorer ce détournement de vieillard qui marque une séparation de leur vivant…

Sartre ne procède pas de rien : sans les travaux de Heidegger ou de Husserl, son œuvre philosophique n'aurait pas existé ; sans les travaux de Marx, ses engagements politiques n'auraient jamais été les mêmes. Mais Heidegger et Marx eux non plus n'auraient pas existé sans des influences qui, elles-mêmes, s'abreuvent à d'autres sources. L'histoire de la philosophie n'est jamais que l'histoire de ces influences, avouées ou cachées, depuis les présocratiques – eux-mêmes marqués par l'Orient.

Le plus intéressant n'est pas de nier les influences en philosophie, mais de résoudre cette question : comment passe-t-on de

« L'existence précède l'essence » à « On ne naît pas femme, on le devient » ? De quelle manière l'existentialisme devient-il féminisme ?

Qu'est-ce que l'existentialisme ? Une machine de guerre philosophique contre le christianisme, l'idéalisme, le spiritualisme et toutes les pensées dominantes du moment, le bergsonisme par exemple. C'est aussi, paradoxalement, une machine de guerre contre le marxisme et le freudisme.

Sartre affirme en effet que nous disposons d'une liberté totale qui peut tout et nous permet de vouloir ce que nous devenons après l'avoir choisi, décidé. *A priori*, je suis libre, et, libre, je choisis ce que je deviens ; je deviens alors ce que je suis et je suis celui que je deviens. Autrement dit, il n'y a pas une essence de ce que je suis avant que je sois ou que je le devienne, mais, en choisissant, donc en existant, je deviens ce que je suis. L'existence qui est la mienne ne découle donc pas d'une essence de moi-même qui me précéderait, mais d'une existence que j'ai créée avec mes choix. « L'existence précède l'essence » veut donc dire : je ne suis rien d'autre que ce que j'ai voulu être et que j'ai fait après usage de ma liberté.

Pour se faire comprendre, Sartre prend l'exemple d'un coupe-papier : cet objet est créé par un artisan pour accomplir ce à quoi il est destiné : ouvrir une lettre ou couper les pages d'un livre en bibliophilie. Son essence (il est fait pour couper du papier) précède donc son existence (il est un produit manufacturé par un artisan). Au contraire, l'homme n'est prédestiné à rien ; il deviendra ce qu'il décidera de vouloir être après avoir fait usage de sa liberté qui rend tout possible.

On comprend en quoi l'existentialisme fonctionne comme une machine de guerre contre le marxisme et le freudisme, car Marx pense que l'homme est déterminé par le type de rapports de production économique dans lequel il vit et Freud, qu'il est le produit d'un inconscient métapsychique qui le détermine. De même, les chrétiens ne sauraient apprécier cette philosophie qui nie le péché originel qui prédestine, et fait de l'usage de la liberté le seul principe de son éthique.

Cette philosophie de la liberté arrive dans un Paris d'après-guerre où l'on ne pense qu'à rattraper le temps perdu pendant les quatre années de l'Occupation. Elle s'accompagne d'une mythologie : les cafés de Saint-Germain-des-Prés, les caves où l'on fume, où l'on boit, où l'on danse sur des musiques de jazz, où l'on séduit aussi sans souci de la morale traditionnelle. Sartre ne divise pas le monde entre les bons et les méchants, mais entre les authentiques et les salauds : une personne authentique sait qu'elle est libre, choisit sa vie et assume les conséquences de ses choix ; une personne inauthentique, un « salaud » dans son vocabulaire, prétend n'avoir pas eu le choix en arguant de prétextes pour se disculper de n'avoir pas choisi.

Le premier est un héros de la liberté ; le second, un salaud de mauvaise foi.

Que veut dire : « On ne naît pas femme, on le devient » ? Très exactement que l'existence des femmes précède leur essence... Il ne saurait donc y avoir de destin tracé pour les femmes, de prédétermination à être ce qu'elles sont, car il leur faut exercer cette liberté pour devenir ce qu'elles seront. Tout le féminisme est là : une femme n'est pas destinée ou prédestinée à devenir une mère, une épouse, une secrétaire, elle peut devenir ce qu'elle voudra être sans souci de ce que le mari, les parents, le prêtre, le patron, la famille peuvent bien penser. *L'Être et le néant*, et sa formule allégée *L'existentialisme est un humanisme*, nourrissent la pensée que propose Simone de Beauvoir dans *Le Deuxième Sexe*. Dès les premières pages, elle affirme : « La perspective que nous adoptons, c'est celle de la morale existentialiste » (I, 31).

Beauvoir commence son maître ouvrage en parlant de « la femme ». Pas question dès lors, même si elle estime que les femmes, comme les hommes d'ailleurs, sont les produits d'une société, d'une éducation, d'une époque, d'un milieu, d'une culture, de nier qu'il existe d'une part des hommes, d'autre part des femmes... Rien qui ressemble à un effacement, un évincement ou une négation des sexes. La première phrase du *Deuxième Sexe* est en effet : « J'ai longtemps hésité à écrire un livre sur la [*sic*] femme » – et non, on l'aura remarqué, sur les femmes…

Elle affirme qu'il existe, à l'évidence, une différence sexuelle qui peut, bien sûr, se manifester par des signes culturels, les vêtements, les coiffures, les intérêts, mais également par des signes naturels. Elle écrit clairement : « La division des sexes est en effet une donnée biologique, et non un moment de l'histoire humaine » (I, 19). Ou bien, de façon plus concise : les femmes « sont femmes par leur structure physiologique ». La division sexuelle est donc biologique.

C'est dans la première partie de son opus majeur intitulée « Destin » que Simone de Beauvoir ouvre le premier chapitre intitulé « les données [*sic*] de la biologie »… On ne saurait être plus clair ! Et Beauvoir de disserter sur les notions de mâle et de femelle dans la nature, lors de la conception, pendant mitose et méiose. Elle développe longuement sur la puberté et les règles, ses odeurs, les migraines, l'instabilité d'humeur qu'elles entraînent, les souffrances, les troubles psychiques parfois. De même, elle affirme que le corps de la femme est fait pour la reproduction de l'espèce via la maternité. Le corps féminin subit donc la tyrannie de l'espèce, il en est l'aveugle instrument. D'où ses réflexions sur la gestation et ses nausées, l'accouchement et ses souffrances, l'allaitement et ses servitudes, et, plus tard, la ménopause et ses pathologies – prise de poids, bouffées de chaleur, dépression, hypertension, nervosité, virilisation. Enfin Beauvoir parle de la puissance des hormones.

On ne pourra donc pas dire que le corps somatique n'existe pas chez Simone de Beauvoir. Elle n'évacue pas la biologie, la physiologie, l'anatomie mais, en bonne existentialiste, elle en fait des situations sur lesquelles, ou contre lesquelles, les femmes ont la liberté d'agir : la femme est faite pour la reproduction, elle est contrainte par l'espèce, elle est destinée à s'accoupler avec un homme pour enfanter et créer une famille qui assure la continuité de l'espèce, mais elle peut se soustraire à ce destin.

Le féminisme de Beauvoir suppose donc une dialectique entre la nature, qu'elle ne nie pas – mais qu'elle exècre – et la volonté individuelle. Le projet existentiel d'une femme peut la libérer de cet arraisonnement à la maternité. Il lui suffit de ne pas faire un destin de cette situation en décidant de mener une vie qui ne laisse aucune place à la puissance de l'espèce.

Que veut la philosophe ? Un individu construit, une subjectivité voulue, une personnalité créée, peu importe son sexe. L'instinct maternel n'existe pas, il est une construction sociale. Les hommes ont fait le monde à leur image ; elle aspire à ce que les femmes contribuent à son infléchissement vers l'égalité. Parlant des hommes, Beauvoir termine son livre en écrivant :

« C'est seulement en s'assimilant à eux qu'elle s'affranchira » (II, 559).

Mais cette « égalité par l'assimilation » ne se fait pas autrement qu'avec le socialisme (II, 522) qui permet, via le travail des femmes, de leur conférer une indépendance économique et financière avec laquelle elles peuvent construire leur vie pour elles-mêmes, par elles-mêmes.

Ce *féminisme existentialiste* de Simone de Beauvoir va se trouver radicalement perverti par un *féminisme structuraliste* issu de ce que l'on nomme aux États-Unis la French Theory, un nom de baptême repris comme tel en France...

Qu'est-ce que le structuralisme ?

Disons-le en un mot : une autre machine de guerre, mais cette fois-ci lancée contre le magistère de Jean-Paul Sartre dans les années 1970. On imagine mal ce que fut en son temps la puissance de Sartre à Paris, en France, en Europe, mais également sur le restant de la planète. Il fut une vedette philosophique et médiatique, politique et mondaine, intellectuelle et critique qui a dominé la totalité du champ culturel. Il était alors le philosophe de l'engagement et de la liberté, l'homme des combats marxistes pour la libération des peuples, le dramaturge et romancier qui a refusé le prix Nobel de littérature, le bulldozer de la psychanalyse existentielle, le héros d'un couple nouveau et libertin, le penseur reçu par les chefs d'État marxistes de la planète. C'était la légende.

L'Histoire a depuis fait le lit de ce récit en montrant qu'il a vécu la collaboration sans grand dommage, y trouvant même certains avantages, qu'il a soutenu des libérations populaires payées au prix de nouvelles tyrannies, que dans son refus du Nobel il entre une part majeure de calcul médiatique, que sa psychanalyse existentielle démarque celle de Ludwig Binswanger, que son couple fut d'un cynisme sans nom et qu'il a laissé plus d'une victime de ses jeux sexuels au fossé, que sa conversion au marxisme fut fort opportune après la Libération quand il fallait faire oublier le temps collaborationniste du PCF (pendant le pacte germano-soviétique de 1939 à 1941) et que cette part pesait alors un quart de l'électorat en France – une stratégie adoptée par beaucoup d'intellectuels français ayant connu les mêmes errances sous l'Occupation...

C'est donc contre Sartre et son magistère qui prend toute la place que les structuralistes se dressent.

Le structuralisme est un mouvement d'idées qui donne tous ses feux dans les années 1960-1970. Il réunit le psychanalyste Jacques Lacan, le linguiste Roland Barthes, l'ethnologue Claude Lévi-Strauss, le marxiste Louis Althusser, le philosophe Michel Foucault. Quelques autres philosophes sont évidemment marqués par cette mode à des degrés divers – Jacques Derrida, Gilles Deleuze, par exemple. Outre-Atlantique, le corpus de théories de ces penseurs a été regroupé sous l'appellation French Theory. C'est ainsi qu'on les qualifie en France !

Ce qui, au premier abord, caractérise lesdits penseurs, c'est, au dire même de certains quand ils s'expriment en privé sur les ouvrages des autres, qu'ils écrivent une langue obscure apparentée à la glossolalie. L'invention de néologismes passe alors pour un signe de profondeur philosophique. Deleuze, universitaire sans cravate, mais universitaire tout de même, définira le philosophe comme celui qui crée des concepts, autrement dit, la plupart du temps, celui qui crée des néologismes comme le fou un langage qu'il est seul à parler...

Un ouvrage sur Lacan répertorie des centaines de ses néologismes : comment peut-on croire que cette langue fabriquée de toutes pièces par ses soins soit faite pour communiquer ? Cette langue du maître est construite pour sélectionner des esclaves, pour obtenir des perroquets qui répètent sans comprendre ce que dit le mâle dominant – or le psittacisme est une pathologie, pas une philosophie.

Cette critique de la forme n'est pas gratuite, car la façon d'obscurcir les choses accompagne un contenu lui aussi obscur : comme pour réactiver la scolastique des philosophes médiévaux, ces philosophes nous entretiennent de la *Structure* sans pouvoir vraiment nous dire ce qu'elle est. Elle est partout active mais nulle part visible. Elle est indicible, car, si l'on s'y essaie, elle échappe à la définition. Elle fait l'économie des hommes et de l'Histoire bien qu'elle conduise et les hommes et l'Histoire.

Ainsi, Roland Barthes annonce la mort de l'auteur dès 1967 (en anglais) et l'année suivante en français. Le texte est sans contexte, l'auteur est une fiction, car seul le lecteur crée le texte par sa lecture. Peu importe ce qu'écrit Proust, car l'essentiel se trouve dans ce que monsieur Quidam va faire de *La Recherche* !

De même, pour Louis Althusser, philosophe communiste et marxiste, ce qui importe est moins l'exploitation du prolétaire par le capitalisme dans une usine que la nature des structures (mystérieuses) qui lient le travail et le capital, la production et la plus-value, la valeur et la marchandise, une interrogation d'intellectuel qui n'a pas grand'chance d'améliorer un jour la condition ouvrière la plus concrète...

Ou bien encore, dans sa thèse intitulée *Histoire de la folie à l'âge classique*, Michel Foucault s'intéresse moins aux fous réels et concrets qu'à l'archive qui dit la folie et aux discours tenus sur ce sujet dont il se demande quelles sont les conditions de leur possibilité et comment ils se constituent. Ce qui est n'existe que parce qu'il a été l'objet d'une archive, et cette archive n'a d'intérêt que dans la recherche des modalités épistémologiques de sa production.

Lacan, quant à lui, pour ce qui semble clair dans son galimatias, s'avère un psychanalyste qui n'a aucun souci du patient à soigner ou à guérir – bien qu'il exige un paiement faramineux en liquide pour ses séances qui durent parfois cinq minutes et peuvent consister dans le partage silencieux d'une course en taxi... Il est bien plutôt intéressé par une épistémologie de l'inconscient qu'il estime structuré comme un langage. La vérité du freudisme se trouve donc dans la linguistique !

Dans son anthropologie structurale, Lévi-Strauss a moins le souci des us et coutumes d'une peuplade que des modalités structurelles qui lient tel ou tel dans des schémas de parenté aussi complexes que des équations de mathématiques pratiquées au plus haut niveau. Dans *Tristes tropiques* (1955), un très grand livre du XXe siècle qui fit beaucoup pour sa réputation, Lévi-Strauss montre ce que peut l'ethnologie d'avant sa contamination par le structuralisme.

Sartre a bien perçu que l'idée maîtresse du structuralisme, sous les fumées verbales et conceptuelles qui l'accompagnent, était la disparition de l'Histoire. Le vieux philosophe marxiste analyse justement les choses : cette école portée par de jeunes philosophes qui veulent le pousser vers la sortie afin de débarrasser le terrain de la statue du

Commandeur se révèle un auxiliaire fabuleux du capitalisme !

L'éviction de l'Homme, dont Foucault annonce la mort dans *Les Mots et les choses* (1966), en même temps que celle de l'Histoire, se met en travers de tout projet révolutionnaire. Il n'y a plus d'ouvrier exploité chez le marxiste Althusser, plus de patient en souffrance chez Lacan, plus d'autre fou que l'archive du fou – *idem* avec les prisonniers, les parricides, les hermaphrodites, les homosexuels qui ne valent que par les discours tenus sur eux via les archives... chez Foucault – plus de vie quotidienne du sauvage chez Lévi-Strauss, mais des diagrammes expliquant leurs relations, des signes agencés comme dans une formule algébrique : le capitalisme se frotte les mains. On sait d'ailleurs que la CIA se réjouissait de cette philosophie nouvelle si peu menaçante pour l'ordre capitaliste puisqu'elle le laissait tranquillement faire ses affaires...

On se doute que, pour des raisons théoriques et affectives, Simone de Beauvoir ne pouvait souscrire au structuralisme qui avait le projet d'en finir avec Jean-Paul Sartre. Son *féminisme existentialiste* qui laisse à l'Histoire toute sa place et fait du sujet un acteur de cette histoire et de lui-même, allait tout de même se trouver bien abîmé par le *féminisme structuraliste* qui s'est constitué avec des lectures de ses penseurs emblématiques.

Il n'est venu à l'idée d'aucun de ces structuralistes américains tardifs que les structuralistes français eux-mêmes avaient tourné la page *de leur vivant* et fait revenir par la fenêtre ce qu'ils avaient congédié par la grande porte.

Le nouveau roman, qui est la formule structuraliste appliquée au roman, connaît le même trajet. *Pour un nouveau roman* date de 1963. Alain Robbe-Grillet veut un roman sans personnages, sans intrigues, sans psychologie. En 1985, avec *Le miroir qui revient*, il inaugure une série de « fictions à caractère autobiographique » avec personnages, intrigues et psychologie.

En 1975, Barthes publie un *Roland Barthes par Roland Barthes* dans lequel l'auteur qui n'existait pas la veille raconte maintenant sa vie, son papa, sa maman, ses grand-mères, sa tante, ses premiers pas sur la plage, etc., on y voit des photos de lui en toutes circonstances... On y apprend qu'il aime le fromage et marcher en sandales, le champagne et « les positions légères en politique », mais qu'en revanche il n'aime pas la fidélité et les loulous blancs, les géraniums et les fraises... Il ne dit pas s'il aime ou n'aime pas les structures. Althusser, après avoir étranglé sa femme, se livre à l'autobiographie avec *L'avenir dure longtemps* (il meurt en 1990, le livre paraît de façon posthume en 1992). Penché sur les textes gréco-latins, malade du sida qui va l'emporter, Foucault consacre les dernières années de sa vie à réhabiliter le sujet dans *Le Souci de soi* et *L'Usage des plaisirs* (1984). Lacan meurt trop tôt, en 1981, pour changer son fusil d'épaule. Lévi-Strauss publie *Le Regard éloigné* (1983), mais son titre est une litote : c'est une réflexion sur l'effondrement de notre civilisation, on ne fait pas regard plus proche...

La pensée française, avariée même pour ses concepteurs, devient une pensée fraîche pour les Américains qui, le temps que les textes soient traduits et traversent l'Atlantique, apprennent à la France ce qu'elle n'enseigne déjà plus depuis 1975 – si l'on prend le texte de Barthes comme repère.

On imagine ce que le sabir structuraliste français, passé à la moulinette de la traduction US, haché menu par l'herméneutique des campus de la côte ouest, ventilé façon puzzle par les médias américains, peut produire comme fumées augmentées ! C'est tout simplement le pot-au-feu idéologique du « politiquement correct »...

Le féminisme haut de gamme de Simone de Beauvoir devient une justification intellectuelle du ressentiment des femmes. Certes, le machisme existe, la phallocratie existe, le patriarcat existe, la domination masculine existe, la sujétion aux mâles existe, les inégalités fondées sur la différence des sexes existent, il serait intellectuellement malhonnête de le nier.

Pour abolir ces dispositifs culturels et sociologiques, politiques et civilisationnels, le *féminisme existentialiste* de Simone de Beauvoir invitait au triomphe des subjectivités féminines. Elle en appelait à la mobilisation de la liberté individuelle en même temps qu'au combat socialiste fraternel. Pour ce faire, elle ne niait ni la biologie ni l'Histoire, elle voulait même qu'avec la biologie et dans l'Histoire, la cause des femmes soit celle de leur émancipation non pas contre les hommes, mais avec eux pour une égalité enfin réalisée.

Le féminisme structuraliste met à mal l'édifice féministe existentialiste. Avec presque un demi-siècle de retard – *Trouble dans le genre* de Judith Butler date de 1990 – le féminisme structuraliste, appuyé sur Foucault et Lacan, Derrida et Lévi-Strauss, autant de garanties de sérieux pour les perroquets, ajoute des pelletées de terre sur le cercueil de l'Histoire. On peut imaginer qu'avec des intellectuels de ce genre, si je puis me permettre, la CIA se réjouit que la scène intellectuelle américaine soit si peu sérieuse. Pendant ce temps, les acteurs capitalistes de l'État profond prennent en charge cette Histoire délaissée par les néo-structuralistes !

Que dit ce féminisme structuraliste ?

Qu'il n'y a ni hommes ni femmes, mieux : qu'il n'y a ni Hommes ni Femmes, sinon : ni Homme, ni Femme. Ce qui ne l'empêche pas de prétendre lutter pour la cause des femmes, ni de se dire féministe – en ajoutant, bien sûr, que ce combat fait partie d'un front plus large qui réunit les « LGBTQ ».

Le navire amiral de cette armada combattante, Judith Butler, aborde ces questions avec les travers de ses maîtres : pour elle, le réel existe moins en tant que tel qu'à travers les livres qui le disent. Elle commente les auteurs canoniques, mais elle glose aussi sur les commentaires des auteurs canoniques. La gent universitaire adore, les campus gloussent, les étudiants gobent, les thèses abondent, mais, en dehors de ce petit monde, le lecteur souffre sur des pages amphigouriques qui, une fois la fumée dispersée, révèlent des idées pures, voire de pures idées, totalement déconnectées du réel.

Lesquelles ?

Il n'y a pas d'hommes, pas de femmes, la nature n'existe pas, on est homme si l'on veut, ou femme si on le souhaite. Judith Butler estime que c'est la loi qui fait surgir la séparation entre homosexualité et hétérosexualité, qui, sinon, n'existent pas naturellement. Mais la loi est celle de Lacan et la fumée redouble alors d'épaisseur... Il n'y a donc pas d'identités binaires, ni homme ni femme, ni homosexualité ni hétérosexualité, mais une multiplicité de combinaisons possibles – la chose sent son Deleuze, la dame a lu *L'Anti-Œdipe* et *Mille plateaux*... Le genre n'est pas fixe il est fluide, mobile, fuyant.

Il n'y a donc pas d'identité sexuelle. Voilà pourquoi il y a trouble dans le genre.

Peut-être aussi trouble dans l'être...

Car, quand ceux qui nient l'existence du genre veulent changer de sexe, la lecture même à haute dose de *Glas* de Derrida, de l'*Herculine Barbin, dite Alexina B.* de Foucault, voire des œuvres complètes de Judith Butler ne suffit pas. Il leur faut recourir à un traitement hormonal et à des opérations chirurgicales. La médecine sollicite donc les glandes endocrines à quoi elle ajoute les ablations ou les constructions plastiques pour que le corps haï et honni disparaisse au profit du corps désiré et fantasmé. Or, ces corps haïs et honnis ou désirés et fantasmés sont... des corps genrés !

Pour répondre de façon empirique à ces élucubrations, il suffit de renvoyer au cas très concret de David Reimer. Il est le retour du refoulé biologique qui met à mal toute spéculation purement théorique – théorétique... – sur le sujet.

À l'âge de huit mois, David Reimer, qui avait des difficultés à uriner, a été opéré d'un phimosis. La technique de cautérisation utilisée par le chirurgien a endommagé le sexe de l'enfant. Un « psychologue » néo-zélandais, spécialisé dans la question du genre, a proposé une ablation du pénis et des testicules. Les parents y ont consenti. L'enfant avait alors vingt et un mois. C'était le 22 août 1965. Puis, toujours sur prescription « médicale », l'enfant a été débaptisé, rebaptisé Brenda et élevé comme une petite fille. Pendant des années, privé d'orifice excréteur des urines, l'enfant subit une poche. Le docteur Money, défenseur de la théorie du genre, a souhaité faire de ce cas un exemple pour prouver que le genre n'avait rien à voir avec la biologie et la physiologie, l'anatomie et la nature, mais tout avec la culture. L'expérience lui semblait d'autant plus féconde que David avait un frère jumeau homozygote, ce qui lui permettait de comparer les évolutions. À quinze ans, il est soumis à une prise régulière d'œstrogène. Le médecin projette une opération de construction d'un vagin. David Reimer vit mal cette « réattribution sexuelle », il déclenche une dépression nerveuse, menace ses parents de se suicider et souhaite restaurer son identité masculine. Ses parents stoppent le projet. Il se fait alors appeler David. Il entreprend un traitement inverse : injection d'hormones mâles, ablation chirurgicale des deux seins, reconstruction d'un sexe avec deux opérations. On lui diagnostique alors… une schizophrénie ! Il épouse une femme et adopte ses trois enfants. Devenu lui-même psychologue, il publie un livre pour raconter sa déplorable histoire. En 2004, il se suicide à l'âge de trente-huit ans.

Dans *Défaire le genre*, Judith Butler commente cette affaire : pour elle, le problème n'est pas la vie gâchée de David Reimer, une broutille sur laquelle il n'est pas utile de s'attarder, mais les techniques et les méthodes inappropriées du docteur Money ! Il n'y a donc aucune leçon à tirer de toute cette misérable affaire sur le déterminisme chromosomique, sur la toute-puissance de la nature, sur les usages de la testostérone (un produit naturel genré mâle...) ou des œstrogènes (un produit naturel genré femelle...) obligatoires pour faire passer d'un sexe à l'autre, sur l'impossibilité de réussir cette transition – non, rien de tout cela n'est intellectuellement pensé puisque, bien sûr, la théorie du genre s'en trouverait invalidée.

Mais, pour les déconstructionnistes, le réel n'existe pas, l'Histoire non plus ; il n'y a que des effets de langage – structuralisme oblige... Le suicide de cet homme dont la vie fut un calvaire ne saurait être une invitation à réfléchir à la validité des thèses sur le genre – Judith Butler nous dit d'ailleurs qu'on ne sait pas pourquoi il s'est ôté la vie : il avait perdu son frère jumeau deux ans plus tôt, sa femme l'avait quitté, il buvait beaucoup trop et consommait des psychotropes en excès... Le docteur Money est donc coupable d'avoir été un boucher, mais pas d'avoir pensé ce qu'il a pensé : il faut sauver la théorie du genre à tout prix. Quant à David Reimer, extrapolons un peu, rien ne nous dit qu'il ne s'est pas suicidé parce que l'équipe de base-ball qu'il soutenait avait perdu un match quelques heures avant son geste fatal !

Dans l'école tenue par les gouvernements maastrichiens de droite et de gauche, on n'a plus forcément le souci d'apprendre aux enfants les fondamentaux avec lesquels on construisait jadis des identités, on se propose bien plutôt maintenant de les déconstruire.

Sous la présidence de François Hollande, en 2012, l'Éducation nationale proposait d'initier par un cinéma militant les élèves de la grande section maternelle et du primaire – autrement dit, entre cinq et dix ans...

Pour ce faire, un film de Céline Sciamma est choisi, promu par le pouvoir et présenté au jeune public. La projection dure quatre-vingt-deux minutes. La réalisatrice, qui fut un temps la compagne d'Adèle Haenel, y raconte l'histoire d'une jeune fille de dix ans, malheureuse dans sa famille, qui l'a bien sûr arraisonnée à son genre, mais qui s'épanouit pleinement dans sa nouvelle identité.

Pour goûter plus précisément la chose, voici la notice Wikipédia du film :

Laure, une fille de dix ans, « garçon manqué » (tomboy *en anglais), s'installe dans une nouvelle ville avec ses parents et sa sœur Jeanne au cours des vacances d'été, mais elle se sent exclue. Un jour elle rencontre Lisa qui la prend pour un garçon, trompée par ses cheveux courts, sa façon de s'habiller et ses allures garçonnières. Laure la laisse croire et dit qu'elle s'appelle Mickaël. Lisa introduit alors ce « Mickaël » auprès des enfants de son groupe d'immeubles et « il » fait rapidement partie de la bande.*

Elle a encore si peu de poitrine qu'elle peut, torse nu, jouer avec eux au football et nager : pour rendre la chose vraisemblable, elle a pris soin de couper le haut de son maillot de bain, ne gardant que le slip, et de mettre un morceau de pâte à modeler dans sa culotte pour faire croire qu'elle a un pénis. En jouant au football avec les garçons, alors que ces derniers urinent près du terrain, elle ressent elle-même un besoin pressant, et part dans les buissons pour se soulager. Surprise accroupie par un des garçons, elle se lève brusquement et urine sur son short. Laure observe le garçon qui l'a surprise raconter aux autres comment « il » (c'est-à-dire Laure) s'est « pissé dessus ». Elle est humiliée, mais pas découverte, et l'affaire semble bientôt oubliée. La situation se complique car Lisa semble de plus en plus tomber amoureuse de celle qu'elle prend pour un garçon, et un jour l'embrasse, « Mickaël » réciproquant. Plus tard, Lisa s'étonne que « Mickaël » ne figure pas sur la liste des élèves pour la prochaine année scolaire.

En l'absence de Laure, Lisa vient chez elle, c'est Jeanne qui lui ouvre et elle lui demande à voir Mickaël. Jeanne ne vend pas la mèche mais, au retour de Laure, elle menace sa sœur de tout raconter à leurs parents, cependant elles conviennent qu'elle jouera le jeu et qu'en échange Laure l'emmènera avec elle quand elle ira jouer avec les autres enfants.

Bientôt cependant la supercherie est découverte après que, pour protéger sa petite sœur, Laure s'est battue avec un des garçons. La mère de ce dernier vient se plaindre à celle de Laure, lui parlant de Laure comme son fils. La mère de Laure comprend ce qui s'est passé et joue d'abord le jeu, mais ensuite force Laure à enfiler une robe et, ainsi habillée, l'emmène pour qu'elle avoue son secret au garçon et à Lisa, laquelle est choquée. Quelques jours plus tard, Laure observe, cachée, les autres enfants jouer dans la forêt. Ces derniers la découvrent et poussent Lisa (d'abord réticente, mais s'exécutant après qu'on lui a fait remarquer qu'elle avait embrassé une fille, ce qu'elle reconnaît être « dégoûtant ») à vérifier le sexe de Laure en la déculottant. Après cette humiliation, Laure reste quelques jours enfermée chez elle. Mais en voyant Lisa seule dans le jardin devant l'immeuble, près de l'endroit où elles s'étaient rencontrées la première fois, elle la rejoint, et lorsque cette dernière lui demande à nouveau comment elle s'appelle, lui divulgue son prénom de naissance.

Un dossier pédagogique rédigé par le Conseil national du cinéma accompagne ce film. Il enfonce bien le clou pour que les enseignants comprennent le message à délivrer aux milliers d'enfants appelés à le visionner : « Le regard que nous portons sur cet(te) enfant détermine ce que nous voulons qu'elle (il) soit. » Bien sûr, l'écriture inclusive fait partie de la propagande…

En 2013, alors qu'elle est le ministre de l'Éducation nationale franco-marocain du gouvernement socialiste de François Hollande, Najat Vallaud-Belkacem affirme éhontément : « La théorie du genre, ça n'existe pas » – bien qu'elle en assure la propagande dès qu'elle le peut et que cette théorie imprègne l'Éducation nationale en régime maastrichien depuis des décennies. La preuve, *Tomboy*…

C'est pourtant la même personne qui, en 2011, expliquait que cette théorie, parce qu'elle permet de comprendre que le genre est un produit culturel, présentait une grande utilité pour « aborder la question des inadmissibles inégalités persistantes entre les hommes et les femmes ou encore de l'homosexualité, et de faire œuvre pédagogique sur ces sujets ».

Pour quelles raisons quelqu'un qui croit une chose en 2011 peut-il dire le contraire en 2013, une fois devenu ministre il est vrai, tout en faisant de cette théorie la colonne vertébrale de son idéologie pédagogiste ? Dans le dessein de *dissimuler* qu'effectivement la théorie du genre agit bien en ligne de force doctrinaire de ce qui se présente aujourd'hui comme un féminisme.

Selon cette théorie, il n'y a donc *naturellement* ni hommes ni femmes, ni hétérosexuels ni homosexuels ; en revanche, *culturellement*, la société construit les hommes et les femmes, les homosexuels et les hétérosexuels ; dès lors, *politiquement*, il faut travailler à la propagande de cette idée qu'il n'existerait pas d'identité donnée, mais qu'elle serait en revanche à construire.

Dévoiement structuraliste du : « On ne naît pas femme, on le devient » ! Car, si on ne naît pas femme, pourquoi le devenir alors qu'on peut choisir dans un éventail beaucoup plus large de possibilités : lesbienne, gay, bisexuel, transgenre, en questionnement, bispirituel, agenre, asexuel, aromatique, pansexuel, voire « + » pour ceux qui, malgré l'offre, ne s'y retrouveraient pas – ce qui donne cet acronyme très utile pour faciliter la mémorisation : LGBTQQIAAAP+...

J'ajoute pour qui voudrait élargir encore ce qui s'est déjà, de ce fait, trouvé fort échancré en matière de possibles, qu'un philosophe trans devenu femme ayant son rond de serviette à *Libération*, journal emblématique du progrès dans la régression, Beatriz Preciado, devenu homme depuis, a listé de nouveaux possibles. Le texte publié en 2000 s'intitule *Manifeste contra-sexuel* et son auteur, dans une tribune de *Libération* du 17 janvier 2014, invite à la « décolonisation de l'utérus ». Il s'agit de priver cet organe du « sperme national catholique » pour lui préférer l'abstinence ou l'homosexualité, la masturbation ou la sodomie, l'avortement (sauf à Nazareth, on se demande comment un tel prodige est possible sans sperme…), mais aussi, j'ai gardé le meilleur pour la fin : « la coprophagie, la zoophilie ». Autrement dit, pour utiliser le vocabulaire châtié du journal : bouffer de la merde et enculer des pangolins… Qu'en auriez-vous pensé, chère Simone de Beauvoir ?

L'idéologie maastrichienne dispose d'un volet sociétal, lui aussi structuraliste à sa manière : il s'agit d'évacuer l'Histoire, de ne pas tenir compte du réel, d'effacer la nature au profit de l'artifice, d'abolir l'Homme dans sa définition classique plurimillénaire pour le remplacer par un consommateur planétaire, androgyne et décérébré. Sous Maastricht, l'école a pour mission de travailler à la production de cet Homme nouveau, vieux fantasme révolutionnaire fasciste, rouge ou brun, revu et corrigé avec les couleurs du jour.

Or, comment mieux réussir une propagande d'État qu'en commençant dès le plus jeune âge ? Tous les régimes autoritaires, dictatoriaux, tyranniques, mais aussi démocratiques, savent que les enfants sont des cires vierges sur lesquelles on peut facilement apposer le sceau doctrinaire.

Jadis, l'école se proposait de constituer des identités. Pour ce faire, elle apprenait à lire, écrire, compter, mémoriser ; donc, penser. On peut légitimement mettre en cause certains contenus jadis enseignés. Les livres de morale enseignaient en effet qu'un homme était fait pour le travail salarié, la paternité, la religion catholique, le service militaire et la guerre en cas de besoin. Les femmes étaient destinées à la cuisine, aux travaux ménagers, à la maternité, à la constitution d'une famille, à la messe. L'homme était fort, puissant, viril, solide, il ne pleurait jamais, rapportait l'argent au foyer, partait à la guerre quand on le lui demandait ; la femme était douce, faible, soumise, tendre, affectueuse, réservée, économe, raisonnable, obéissante. On comprend que la trilogie millénaire Travail, Famille, Patrie soit devenue caduque.

Mais une fois détruites les valeurs traditionnelles, quelles autres pour les remplacer ? Si la construction des hommes et des femmes s'est évidemment faite avec des stéréotypes qu'il est légitime de questionner, modifier, dépasser, abolir, faut-il pour autant estimer que tout vaudrait tout, que nous pourrions envisager la vie sur le principe de la déambulation dans un supermarché où l'on choisirait ce que l'on veut, quand on veut, comme on veut, pangolin compris, quitte à remettre le produit dans le rayonnage pour en choisir un autre selon ses caprices ?

Dans la théorie du genre, le modèle consumériste fait la loi, et avec lui triomphe le caprice. L'hypothèse que le « en questionnement » puisse être une identité renseigne sur le caractère profondément nihiliste de cette théorie. Si l'on est structuraliste, le droit à être perdu comme façon d'être quelque part paraît théoriquement fondé : mais peut-il pour autant devenir la loi pour des enfants que leurs enseignants, jadis chargés d'aider à constituer leur identité civique, éduqueraient au... *trouble dans le genre* ?

N'y aurait-il pas mieux à faire, à l'école, que d'enseigner aux petits garçons que, s'ils le *désirent*, ils peuvent ne pas être des garçons et aux petites filles que, si elles le *veulent*, elles peuvent ne pas être des filles, et que, s'ils ou elles le *décident*, ils ou elles peuvent *choisir* pour le garçon d'être une fille, et, pour la fille, si elle le *souhaite*, d'être un garçon, voire également de choisir n'importe quelle autre identité et n'importe quelle autre sexualité ? Ce « triomphe de la volonté », comme disait Leni Riefenstahl, est symptomatique d'une pathologie nihiliste.

Faut-il que l'école républicaine se mêle de troubler l'identité sexuelle naturelle des enfants sous prétexte d'en finir avec les stéréotypes de genre et de produire des artefacts sexuels dans l'esprit du docteur Money ?

Que la notice dite pédagogique distribuée par l'Éducation nationale pour accompagner ce film utilise l'écriture inclusive procède de la même idéologie et du même endoctrinement.

Le projet consiste à détruire la langue française – ce qui renvoie au propos de Barthes qui prétendait, en 1977, sans craindre le ridicule, que la langue était fasciste, et ce en plein discours de réception au Collège de France – combien de morts a fait ce fascisme-là ? Si la langue est fasciste, la déconstruire s'avère antifasciste ! L'orthographe ? C'est Mussolini. La grammaire ? C'est Franco. La syntaxe ? C'est Pinochet. Le style ? C'est Hitler. Les conjugaisons ? C'est Pétain... Dès lors, faire des fautes d'orthographe, de grammaire, de syntaxe, de style, c'est être Jean Moulin et le général de Gaulle en même temps...

Or, comment mieux organiser cette résistance en peau de lapin qu'en planifiant cette mise à mort de la langue ? Dans *1984*, Orwell montre comment ce projet est constitutif du régime totalitaire ; dans *Fahrenheit 451*, Ray Bradbury raconte un monde dans lequel le pouvoir détruit les livres. Nous y sommes...

Le combat du féminisme structuraliste justifie l'interdiction de certains livres dans des bibliothèques si l'on juge qu'ils véhiculent les stéréotypes de genre. À cette aune, de la Bible à *Belle du Seigneur* en passant par *Roméo et Juliette* ou *Madame Bovary*, sans oublier les tragédies de Racine et de Corneille, ce sont tous les chefs-d'œuvre de la littérature occidentale qu'il faudra mettre au pilon, sinon caviarder ou réécrire ! Il faudrait faire de même avec la philosophie occidentale : au feu Montaigne et Voltaire,

Schopenhauer et Nietzsche, Freud et Sartre. *Idem* avec tous les grands opéras : à la poubelle le Mozart de *Così fan tutte*, le Puccini de *Tosca*, le Wagner des *Maîtres chanteurs*, le Berg de *Lulu*... À l'incinérateur la poésie de l'amour, du Ronsard de *Mignonne allons voir si la rose* au Neruda de *Mon amour, si je meurs*... en passant par *L'Art d'être grand-père* de Victor Hugo.

Les livres pour enfants de la collection *Le Club des cinq* ont déjà été réécrits : le passé simple a été remplacé par le présent ; les descriptions ont été raccourcies, sinon coupées, les censeurs et les inquisiteurs composent avec le nouveau cerveau fabriqué par les écrans qui ne peut se concentrer plus de deux ou trois minutes ; le vocabulaire a été appauvri, pas question, avec un riche lexique, de disposer des moyens d'affiner, de préciser une pensée en nommant mieux les choses...

Les stéréotypes de genre ne se trouvent pas que dans le fond, ils concernent également la forme. Certes, le petit garçon qui grimpe aux arbres ou joue au soldat et la petite fille qui se fait ménagère qui cuisine et mère de famille qui berce sa poupée sont parmi les plus visibles. Il faut supprimer tout cela, car un petit garçon doit pouvoir devenir manucure et une petite fille bûcheron, voire un petit transgenre manucure après qu'il eut suivi une formation de bûcheron.

La langue véhicule les stéréotypes de genre, car, en plus d'être fasciste, elle est machiste, misogyne, phallocrate, patriarcale. Ne dit-on pas, preuve irréfutable, *le* soleil et *la* lune ? répètent les perroquets. Même si l'on dit aussi *le* vice et *la* vertu, sauf à croire à cet autre stéréotype de genre selon lequel le vice serait toujours masculin et la vertu toujours féminine, ce qu'infirme toute expérience, même modeste.

L'écriture inclusive est une autre machine de guerre du féminisme structuraliste. Nonobstant la contradiction qu'il y a à dire qu'il n'y a ni masculin ni féminin mais qu'il faut féminiser les noms et créer des substantifs… féminins, les tenants de cette idéologie veulent que les hommes (qui n'existent pas, rappelons-le…) puissent être des auteurs, des pompiers ou des colonels mais que les femmes (qui n'existent pas non plus…) puissent se dire autrices, pompières ou colonelles.

Par ailleurs, selon ces idéologues, il faut abolir la règle de grammaire qui enseigne que le masculin l'emporte sur le féminin. Ceux-là souhaitent donc par exemple qu'on en finisse avec l'expression « les droits de l'homme » (une formule qu'ils tronquent d'ailleurs toujours en oubliant, comme c'est bizarre, de préciser qu'il s'agit de la déclaration des droits de l'homme *et du citoyen*…) au profit d'une nouvelle formulation présentée comme neutre : « droits de la personne », voire « droits humains ».

Or cette exigence procède d'une double ignorance.

La première : le mot « homme » est générique et ne concerne pas le seul genre masculin – la femme relève de l'homme entendu comme « être appartenant à l'espèce animale la plus évoluée de la Terre », *dixit* le dictionnaire dans sa première définition. Celle-ci exclut le pangolin. Ensuite, car les mots sont polysémiques, un deuxième sens donne : « Être humain mâle ». Celui-ci exclut la femme. Il est bien évident que, quand les révolutionnaires de 1789 proclament leur déclaration, elle renvoie à la première acception, nullement à la seconde.

Dans la deuxième qui préfére « droits humains » à « droits de l'homme », ces idéologues valident et confirment le double sens détaillé dans le dictionnaire : car l'humain des droits humains revoie à l'homme, que je sache ! Même si c'est dans son sens premier.

Dans le même ordre d'idées, on ne dira pas : « Je remercie ceux qui sont là » devant une assemblée composée d'hommes et de femmes, mais : « Je remercie celles et ceux » en créant un syntagme nouveau, *selzésseu*...

À l'écrit, on évitera une formulation du genre « les agriculteurs et les agricultrices » pour écrire « les agriculteur.ice.s » – une formulation qu'on trouve dans un manuel scolaire édité par Hatier en mars 2017 pour le cours élémentaire de deuxième année, à savoir pour des enfants de huit ans. L'éditeur a fait savoir qu'il obéissait ainsi aux instructions du Haut Conseil à l'égalité entre les femmes et les hommes. Chacun verra que cette formulation évite de parler d'un Haut Conseil à l'égalité entre les hommes et les femmes, ce qui eût constitué une offense sexiste.

Concluons...

Je ne suis pas bien sûr que la théorie du genre, qui affirme qu'il n'existe ni hommes ni femmes, ni masculin ni féminin, mais qu'il faut aux femmes mener un combat contre les hommes et la domination masculine, avant d'affirmer qu'il n'y a pas de théorie du genre ; que le cinéma doctrinaire de la propagande LGBT diffusé dans les classes primaires dès l'âge de cinq ans pour jeter le *trouble dans le genre* des cervelles d'enfant ; que « la grève du sperme national catholique » qui promeut l'avortement dans un utérus qui n'a pas connu le sperme ; que l'invitation à manger les matières fécales de son partenaire ou à gratifier d'une fellation son berger allemand, sinon d'un cunnilingus son poisson rouge ; que la publication d'une liste Otto dans les bibliothèques – vu ce jour un reportage télévisé sur une médiathèque baptisée... Alexandre-Jardin à Asnières-sur-Seine ! – avec invitation à l'autodafé des livres prohibés ; que la réécriture des ouvrages d'Enid Blyton, dont la phrase n'a jamais été très proustienne, avec un lexique de bigorneau ; que l'écriture inclusive qu'on voudrait apprendre à des enfants à qui on n'apprend plus l'orthographe – que tout cela, donc, serve la cause des femmes qui méritent mieux que ça...

LETTRE 5
SUR LE DÉCOLONIALISME

> *« C'est le colonialisme déchu qui nous possède, c'est lui qui nous chevauchera bientôt. »*
>
> Jean-Paul SARTRE, *Situation, V*, p. 191.

Les mots...

En septembre 1961, Jean-Paul Sartre rédige une préface au livre de Frantz Fanon *Les Damnés de la terre*. Cette poignée de pages, vingt-six dans le cinquième volume de *Situations* où elles sont reprises en 1964, a fonctionné comme un séisme planétaire.

L'année qui a précédé l'écriture de ce texte devenu manifeste, le général de Gaulle a massivement décolonisé en Afrique : le Dahomey (Bénin), la Côte d'Ivoire, le Soudan français (Mali), la Haute-Volta (Burkina), la Mauritanie, le Niger, le Sénégal, l'Oubangui-Chari (République centrafricaine), le Moyen-Congo (république du Congo), le Gabon, le

Tchad, le Togo, le Cameroun, Madagascar sont devenus des pays indépendants.

Mais la France est en guerre contre l'Algérie, qui deviendra indépendante l'année suivante, en 1962. Or le philosophe se soucie moins de ce qui a été fait que de jouer sa carte personnelle en prenant cette actualité en otage dans un bras de fer qui l'oppose au Parti communiste français... Sartre n'y va pas par quatre chemins, il choisit la radicalité la plus nihiliste : il appelle à verser le sang sans compter.

Puisqu'il est question de politique, il n'est pas sans intérêt de se demander ce que fut le trajet de Jean-Paul Sartre en la matière.

Dans les années 1930, il ne se soucie pas de politique. Il ne voit rien à redire, par exemple, au fait de prendre des vacances à Rome l'été 1933 grâce à des réductions sur les tarifs de billets de train offerts par le régime fasciste de Mussolini – à la condition que les voyageurs se rendent à une exposition qui vante les mérites du régime. Beauvoir et lui prennent les billets, vont à Rome, visitent l'exposition et profitent de l'Italie ! Dans les longues lettres qu'il envoie lors de son séjour, pas un mot contre le régime du Duce. En 1936, il ne vote pas pour le Front populaire.

Pendant la guerre, Sartre fait jouer ses pièces de théâtre auxquelles la censure allemande ne voit rien à redire – et pour cause : leur contenu n'était pas, comme il fut abondamment raconté plus tard, un acte de résistance.

Entretenir de la liberté ontologique pour dire qu'elle est totale ne pose aucun problème aux autorités d'occupation qui ont aboli les libertés politiques. D'où la fameuse phrase que le philosophe écrit dans *Les Lettres françaises* en septembre 1944 : « Jamais nous n'avons été aussi libres que sous l'occupation allemande »... Sartre donne des articles à un journal collaborationniste, *Comœdia*, en 1941, 1943 et 1944... En 1943, le journal en question l'élit auteur de l'année. Il a publié *L'Être et le néant* qui est un éloge de la liberté ontologique auquel l'occupant allemand ne trouve rien, là non plus, à reprocher. En 1944, il pistonne Simone de Beauvoir pour qu'elle travaille à Radio-Vichy, la radio du régime sur laquelle existent des émissions antisémites d'une grande brutalité verbale, quelques semaines avant le débarquement.

Après-guerre, Simone de Beauvoir écrit la légende du couple dans ses *Mémoires*, notamment *La Force de l'âge* (1960) et *La Force des choses* (1963) : ils auraient été résistants, mais Sartre n'a aucun état d'âme à prendre la place d'un professeur récusé parce qu'il est juif à la khâgne de Condorcet, ni même à signer un formulaire attestant qu'il ne l'est pas lui-même, ni franc-maçon – ce qui ne l'empêchera pas plus tard de sermonner Beauvoir parce qu'elle aussi l'avait signé. Il aurait rédigé une Constitution pour l'après-guerre qu'il aurait envoyée au général de Gaulle, mais dont bien sûr, on ne trouve aucune trace – on imagine mal de Gaulle, qui avait le respect des écrivains, et plus encore quand ils se souciaient de la France, n'en faire état nulle part. Beauvoir aurait été expulsée de l'Éducation nationale par le régime de Vichy pour résistance au régime ; en fait, elle a été mise à la porte pour avoir couché avec une élève. Sartre se serait évadé du camp de prisonniers dans lequel il se trouvait en passant la porte qui, miraculeusement, était restée ouverte ; en fait, il paraît plus probable que Pierre Drieu la Rochelle, collaborateur notoire, directeur de la NRF, ait fait le nécessaire pour obtenir sa libération. Après-guerre, Sartre entre dans des comités d'épuration pour attester que son éditeur, qui a publié des auteurs collaborationnistes, s'est comporté de façon honorable. L'éditeur lui renvoie l'ascenseur et assure qu'il en fut de même de son auteur !

Sauf rares exceptions, les communistes, fidèles à Moscou et au pacte germano soviétique, ont collaboré avec l'occupant jusqu'à l'opération Barbarossa qui voit Hitler rompre le pacte de façon unilatérale le 22 juin 1941. L'épuration évite de prendre cette collaboration de deux années en considération sous prétexte qu'elle fut suivie d'une résistance de deux années. Le PCF d'après-guerre a réussi à effacer cette tache indélébile sur son drapeau rouge, puis, avec force propagande, il est parvenu à passer pour le parti de la Résistance et des 75 000 fusillés

– il y en a eu près de cinq cents au total et tous n'étaient pas communistes…

Dans l'immédiat après-guerre et jusqu'en 1956, Sartre devient donc fort opportunément le compagnon de route du PCF, un parti qui pèse un quart de l'électorat français. Il est marxiste et rencontre nombre des dictateurs marxistes-léninistes de la planète – Khrouchtchev, Castro, Che Guevara, Tito, un ministre de Mao en Chine.

Pas plus que pendant la période de l'Occupation, le comportement du PCF sur la question de l'Algérie ne correspond à l'hagiographie habituellement débitée. En 1945, alors qu'à Sétif et Guelma des Algériens fêtent la Libération avec des youyous et des drapeaux de leur pays, une fusillade éclate. Elle est suivie d'une terrible répression qui fait des dizaines de morts – certains disent des centaines, voire des milliers. Le journal *L'Humanité* qualifie les manifestants massacrés par l'armée d'« hitléro-trotskistes » ! En 1954, les communistes condamnent les attentats du FLN et excluent du Parti ceux qui les soutiennent. Deux ans plus tard, en 1956, ils votent les pouvoirs spéciaux au gouvernement socialiste, ce qui donne aux militaires la possibilité de recourir à tous les moyens, torture comprise, pour parvenir à leurs fins. Le ministre de la Justice s'appelle alors François Mitterrand. En 1961, des intellectuels rédigent le *Manifeste des 121* dans lequel ils invitent à l'insoumission, à l'arrêt de cette guerre et à l'aide aux militants du FLN : le PCF n'en est pas... En revanche Sartre et Beauvoir, si. Les communistes récusent cette initiative. Le PCF se rallie à la cause des nationalistes algériens : en 1961 pour être précis, quelques mois avant les accords d'Évian. Le Parti sait prendre le train en marche, car, du temps de Maurice Thorez, il était opposé à l'avortement, à la contraception et à l'homosexualité, du temps de Georges Marchais à l'immigration, avant de se présenter désormais comme le Parti de la Résistance, du féminisme et des libérations LGBT.

C'est dans cette configuration jusqu'au-boutiste que Sartre écrit son texte : il radicalise sa position en espérant que le PCF lui emboîtera le pas. Contre Jean Kanapa, l'éminence grise du PC qui fut son élève au lycée de Neuilly, Sartre se voudrait l'intellectuel qui souffle à l'oreille du Parti – mais le PCF n'a d'ouïe que pour le Kominterm à Moscou.

Que dit cette fameuse préface au livre de Fanon ?

C'est d'abord une bonne copie de normalien qui, pour mettre la complexité et la diversité du réel à distance, essentialise à tout-va. Cette essentialisation se double d'un manichéisme qui se vautre dans la moraline la plus pure – comme on dit d'une drogue dure. Il y a donc, d'un côté, les Européens, les Français, les Occidentaux, les Blancs, les

Métropolitains ; de l'autre, les Africains, les Algériens, le tiers-monde, les Maghrébins et les Noirs. Bien sûr, les premiers sont du côté du mal, ce sont des méchants : ils exploitent, ils torturent, ils pillent, ils massacrent, ils méprisent, ils constituent « un gang », ont commis « un génocide », ce sont « ennemis du genre humain » (p. 186 et 188), « ils incarnent l'inhumanité » (*ibid.*)... Sans surprise, de l'autre côté, se trouve le camp du bien.

C'est une bonne copie de normalien aussi parce que, avec une rhétorique adéquate et une sophistique comme il faut, Sartre explique que le colonialisme a supposé le pillage des matières premières des pays colonisés au profit des pays colonisateurs et que, pour en avoir profité, tout le monde est donc responsable, coupable – bref, à mettre dans le même sac !

Pour démonter le paralogisme, il suffit de dire que quiconque aura sucré un jour son café avec une pierre de sucre de canne en provenance de pays colonisés est coupable, responsable et donc assimilable aux colons. Consommer du café de Madagascar ou du sucre de Martinique, voilà qui transforme en ennemi du genre humain, en génocidaire pour reprendre les mots de Sartre. Pas la peine d'ajouter un rhum par-dessus tout ça, sauf à vouloir être un génocidaire emblématique...

C'est, enfin, une bonne copie de normalien parce qu'elle ne peut s'empêcher de reprendre l'exposé en trois temps... La thèse de Sartre est simple, voire simpliste, comme celle des enfants dans les écoles primaires qui se battent comme des chiffonniers et qui, quand on les sépare, disent, pour leur prétendue défense : « C'est pas moi qu'ai commencé, c'est lui ! »

Thèse : la première violence, c'est celle des méchants colons. Ils arrivent en effet dans un lieu où tout est beau et bon comme dans une fiction rousseauiste. Ils apportent le Mal avec eux. Ils s'installent en faisant couler le sang, ils s'approprient les biens des peuples autochtones, ils pillent leurs richesses, ils les asservissent, ils détruisent leurs savoirs et leurs cultures – et l'on ne peut donner tort à cette lecture, sauf en modérant le portrait du pays que les philosophes brossent depuis les *Essais* de Montaigne sur les cannibales ou le *Supplément au voyage de Bougainville* de Diderot. Les pays colonisés ne sont pas des paradis sur Terre – qu'on songe au sang versé par les précolombiens...

Antithèse : la non-violence répond à cette violence généalogique. Sartre estime que les guerres tribales constituent des diversions. Elles ont pour origine une incapacité à diriger la violence contre les bonnes victimes – les colons. C'est bien méconnaître les récits ethnographiques qui rapportent que les guerres tribales sont le lot des peuples primitifs qui n'ont jamais vu l'ombre d'un Blanc et encore moins un colon ! Emporté par sa haine des Blancs, Sartre fait des guerres entre les tribus des effets du colonialisme alors qu'elles relèvent de la condition humaine depuis les hordes primitives racontées par Darwin.

De la même manière qu'il commet une gigantesque bévue en faisant de la guerre tribale un effet du colonialisme, il juge que les peuples opprimés recourent au sacré, au mythe, au religieux, aux danses, aux transes pour détourner leur violence, comme si ce qui constitue la vision du monde des peuples premiers avait attendu l'arrivée des colons pour se constituer.

Nous sommes là dans la vulgate marxiste la plus plate… La guerre produite par la propriété et le capitalisme – n'existe-t-elle pas chez tous les autres animaux depuis qu'il y a du vivant sur la planète ? – et la religion comme opium d'un peuple opprimé… une fois encore par le capitalisme !

Synthèse : d'abord la *violence originaire* imposée par les colons dans un monde ignorant toute violence – quelle idée sotte d'imaginer qu'avant l'arrivée des colons la violence était inconnue des autochtones ! Ensuite la *non-violence* des peuples colonisés qui retournent la violence contre eux sous forme de guerres tribales ou de refuges dans la pensée magique, enfin la *contre-violence* des peuples qui se libèrent !

D'où vient cette notion de contre-violence qui se trouve centrale dans la philosophie politique de Sartre ? De la *Critique de la raison dialectique*. Dans le langage phénoménologique le plus abscons, le philosophe y justifie tout simplement ce qui s'avère jurisprudence dans les cours de récréation – « C'est lui qui a commencé » !

Frantz Fanon a été enthousiasmé par la lecture de ce livre. Il était proprement habité par cet ouvrage qu'il lisait, étudiait, racontait aux autres, alors qu'il souffrait d'une leucémie, allongé sur un matelas posé à même le sol dans une chambre à Alger.

Marx et Engels ont élaboré une théorie de la violence – dans les *Cahiers pour une morale*, Sartre a envisagé le même projet… – en vertu de laquelle elle serait l'accoucheuse de l'Histoire. Ce qui est nier tout progrès obtenu par un autre moyen : Sartre, philosophe, écrivain, romancier, mélomane, préfère le coup de massue à la parole, l'arc à l'échange, la guillotine à la discussion, le fusil au dialogue, l'obus à la négociation, la bombe atomique à la diplomatie, les attentats à la tractation, en un mot : la guerre à la paix.

C'est dans cette configuration qu'il faut comprendre cette phrase célèbre, à inscrire dans la configuration algérienne : « Il faut tuer : abattre un Européen, c'est faire d'une pierre deux coups, supprimer en même temps un oppresseur et un opprimé : restent un homme mort et un homme libre » (p. 183) – autrement dit, tuer un Blanc, c'est libérer un Algérien.

Sartre aime le sang : il aime la Terreur dans la Révolution française, il affirme même, dans un numéro d'*Actuel* de février 1973 : « Les révolutionnaires de 1793 n'ont probablement pas assez tué » ; il attaque Albert Camus quand, dans *L'Homme révolté*, en 1952, ce dernier dénonce les goulags, les camps de la mort et le sang versé par le régime marxiste-léniniste en URSS, un régime qui a fait cent millions de morts.

Sartre aime le sang, mais pas tout le temps… Il déteste les valeurs de l'Europe et donne une étrange raison à son dégoût : « Nos chères valeurs perdent leurs ailes ; à les regarder de près, on n'en trouve pas une qui ne soit tachée de sang » (p. 188). Notre philosophe a donc le sang sélectif ! Il ne l'aime que quand il coule au nom du marxisme-léninisme. C'est en effet pour la révolution socialiste que Sartre se bat. Pas forcément pour la libération, encore moins pour la liberté. L'Algérie est un prétexte…

Son projet ? Accomplir le nihilisme… Détruire la France, ses valeurs, son histoire, sa civilisation. Même chose avec l'Europe. Quand il s'agit de l'Algérie, Sartre fait l'éloge… du nationalisme ! C'est le pire des maux quand il s'agit de la France, mais c'est la meilleure des choses pour l'Algérie. Il jubile à l'idée de mort de la France, de la mort de l'Europe, de celle de l'Occident et de ses valeurs.

Pour finir, Sartre double sa jouissance de voir la France périr d'un autre plaisir qui est de voir ce qu'il nomme « involution » (p. 189-190), un substantif dont il précise quelques lignes plus loin le contenu : « À notre tour, pas à pas, nous faisons le chemin qui mène à l'indigénat. Mais pour devenir indigènes tout à fait, il faudrait que notre sol fût occupé par les anciens colonisés et que nous crevions de faim. Ce ne sera pas : non, c'est le colonialisme déchu qui nous possède, c'est lui qui nous chevauchera bientôt, gâteux et superbe » (p. 191).

Jean-Paul Sartre prévoit donc ce qui, chez Renaud Camus, grand épouvantail dans le monde intellectuel français, nomme le « Grand Remplacement ». Sartre ne se contentait pas de le prévoir, il le diagnostiquait pour s'en réjouir.

L'Algérie conquiert son indépendance avec les accords d'Évian le 18 mars 1962. Ce pays a donc derrière lui plus d'un demi-siècle d'indépendance. Qu'en a-t-il fait ?

Lucide sur ce sujet, Simone de Beauvoir fait un constat amer, et ce *dès* 1972. Dans *Tout compte fait*, après avoir dit combien elle avait été déçue par la révolution cubaine – alignement sur Moscou, disette, répression, persécution des intellectuels et des jeunes aux cheveux longs, mauvais coups donnés à la culture, lois contre les « oisifs » et les « parasites », brimades, arrestations...

Puis elle ajoute : « Une déception d'un autre ordre, c'est celle que m'a fait éprouver l'évolution de l'Algérie » (p. 916). Certes, elle accable, comme on aurait pu s'en douter, le passé présenté comme un passif, pour expliquer que le socialisme-apportant-la-prospérité pour lequel ils ont combattu elle et Sartre n'est pas advenu… C'est une vieille ficelle de la gauche, mais pas seulement, pour expliquer son incapacité à gérer et son talent pour faire faillite : c'est toujours la faute aux prédécesseurs ! La faute à la saignée de la guerre et à son million de morts, dont des cadres tombés dans le maquis – mais elle oublie de préciser que la plupart sont victimes de règlements de comptes entre factions rivales algériennes pour obtenir le monopole de la lutte indépendantiste ; la faute au départ du million de pieds-noirs, tous présentés comme les maîtres du pays – mais elle aurait pu se souvenir que les parents de Camus étaient eux aussi pieds-noirs et que son père était ouvrier agricole et sa mère femme de ménage, on fait mieux comme méchants capitalistes ; la faute encore à l'illettrisme massif généré par le colonialisme – mais quand la France ouvre des écoles elle est attaquée par Sartre au motif de « génocide » et de « crimes contre l'humanité ». Si, après dix ans d'autonomie et d'indépendance, le présent de l'Algérie de 1972 n'est pas reluisant, c'est à cause de l'arrivée des colons français en 1830 ! Pour une agrégée de philosophie, ce raisonnement se montre un peu court…

Beauvoir fait un état des lieux de la décennie 1962-1972 en Algérie : chômage massif à l'intérieur ; immigration massive vers l'extérieur ; nationalisme exacerbé. Mais elle donne les raisons de cet échec : les dirigeants algériens n'ont pas réalisé le socialisme, mais un capitalisme d'État. C'est donc la faute au capitalisme... même si le régime est socialiste ! Pas de collectivisation des terres, pas d'autogestion dans les usines : si le marxisme pur et dur avait été instauré, sûr et certain que c'eût été la prospérité !

L'auteur du *Deuxième Sexe* aborde également la question des femmes ; elle la lie, *elle a amplement raison*, à la question religieuse. « Au lieu d'essayer de politiser les masses, ils les ont incitées à revenir aux valeurs arabo-islamiques », écrit-elle. Quelles sont-elles ? Le natalisme, donc l'assignation des femmes au rôle de mère ; l'éducation réduite à l'économie domestique du foyer, donc l'illettrisme, l'analphabétisme ; le traditionalisme, donc le port du voile, la soumission au régime patriarcal, donc au mari, au père, au frère ; le mariage arrangé, donc le pouvoir du père dans le choix d'alliance tribale. Fanon pensait que l'instauration du socialisme abolirait ces valeurs arabo-islamiques, pour reprendre l'expression de Beauvoir ; or, il n'en est rien...

L'histoire de la guerre d'Algérie n'a jamais été véritablement écrite. Elle fait l'objet de quelques publications militantes, mais sans sérieux. Faute d'un *travail historique* digne de ce nom, c'est une *version hystérique* qui s'est imposée.

À l'époque où Beauvoir soutient le FLN, elle publie en 1962 un ouvrage intitulé *Djamila Boupacha* avec Gisèle Halimi.

Djamila Boupacha est une militante du FLN qui a déposé une bombe à la brasserie des Facultés à Alger le 27 septembre 1959. Selon son avocate, Gisèle Halimi, elle n'a pas commis d'attentat mais s'apprêtait à le faire ; dans la réalité, sa bombe a été désamorcée à temps par les démineurs de l'armée… Si Djamila Boupacha n'a pas tué, ça n'est pas faute de l'avoir voulu mais grâce à la diligence de l'armée française qui a évité que, comme dans les autres attentats commis par le FLN, des gens ne meurent *du simple fait* qu'ils se trouvaient là à boire un verre, à manger une glace ou à prendre l'apéritif avec des amis. Le 2 juin 1960, Simone de Beauvoir publie une tribune dans *Le Monde* en faveur de cette militante algérienne.

Sans entrer dans les détails historiques de cette affaire, examinons la constitution de la *version hystérique* qui fait toujours la loi de part et d'autre de la Méditerranée.

D'abord quelques faits : le général de Gaulle est au pouvoir depuis mai 1958 ; il s'essaie à régler le problème en proposant le 30 août un référendum pour que les Algériens décident de leur destin ; en réponse, le FLN multiplie les actes de guerre ; puis le chef de l'État invite à la « paix des braves » le 23 octobre, le FLN refuse ; la guerre civile entre Algériens du MNA et Algériens du FLN fait plus de quatre mille morts algériens, l'armée française n'y est pour rien – déjà le 28 mai 1957, le FLN a massacré plus de trois cents Algériens qui habitaient à Melouza, coupables de soutenir le MNA, et tenté de faire croire que ce carnage était dû à l'armée française ; le 16 septembre 1959, de Gaulle annonce un référendum sur l'autodétermination. Pendant tout ce temps, face aux initiatives politiques et diplomatiques du général de Gaulle qui sont toutes refusées par les belligérants nationalistes, la guerre se poursuit sur la lancée des pouvoirs spéciaux votés en mars 1956, sur la demande du régime socialiste de Guy Mollet, par les socialistes et le Parti communiste français... Les exécutions capitales ou sommaires en font partie, ainsi que la torture à laquelle Djamila Boupacha fut soumise.

Ensuite quelques mythologies : Simone de Beauvoir qui, avec Jean-Paul Sartre, a passé l'Occupation loin de toute activité politique résistante, non sans parfois quelques complaisances avec l'occupant nazi, recourt à un *schéma polémique* efficace mais au prix d'un révisionnisme historique aux conséquences terribles : de la même manière que l'Allemagne nazie a occupé la France et que des collaborateurs ont souscrit à cet envahissement pendant que des résistants s'y sont opposés, la France républicaine a colonisé l'Algérie et des collaborateurs l'ont soutenue dans cette entreprise coloniale, les Européens blancs judéo-chrétiens sans distinction aucune, pendant que des résistants autochtones arabo-musulmans s'y sont opposés ! Tout Algérien vivant dans ce pays depuis le XIXe siècle est donc un agent de l'impérialisme blanc de l'État français.

En bons normaliens qu'ils n'ont cessé d'être jusqu'à la fin de leur vie, Sartre & Beauvoir essentialisent à tout-va : le Blanc est toujours un colon occupant, le Maghrébin toujours un colonisé occupé, le premier est un méchant, le second un gentil, l'un est le Mal, l'autre le Bien. Le Blanc ne peut rien faire de bien, même quand il fait le bien, puisqu'il est blanc ; l'Arabo-musulman ne peut rien faire de mal, même quand il fait le mal, puisqu'il est arabo-musulman. Si le premier veut la paix, il fait le mal ; si le second égorge, décapite ou pose des bombes, il fait le bien.

Dans leur plaidoyer en faveur de Djamila Boupacha, Beauvoir & Halimi appliquent la grille résistants/collaborateurs. Dès la première ligne, Beauvoir parle de « génocide », elle emploie l'expression « camps d'extermination », elle écrit « nuit et brouillard », elle convoque le ghetto de Varsovie, invoque Anne Frank, elle parle de la Gestapo, elle transforme le gardien de prison en « kapo » ; chacun comprend la thèse : la France se comporte en Algérie comme l'occupant nazi en France.

On pourrait légitimement poser une série de questions à Simone de Beauvoir : où peut-on voir passer dans toute l'Algérie les interminables convois qui conduisent méthodiquement les condamnés à mort vers les chambres à gaz ? Dans quel endroit de ce pays se trouvent, avec leurs barbelés et leurs miradors, leurs gardiens et leurs chiens-loups, les camps d'extermination où l'on procède aux exécutions à l'aide du zyklon B ? Quel fabricant fournit l'armée française en fours crématoires ? Où peut-on voir les cheminées et leurs gueules de flammes et de cendres nourries aux corps incinérés ? Qui a vu des rafles dans les rues pour capturer des populations stigmatisées avec l'équivalent d'une étoile jaune, enfants compris ? Comment se nomme la ville algérienne dont le quartier aurait été détruit par le feu, habitants compris, comme à Varsovie ? Peut-on donner le nom de l'Anne Frank algérienne ?

Cessons là...

Le bon sens populaire dit : « Comparaison n'est pas raison. » Mais à l'École normale supérieure, le bon sens n'est pas la chose du monde la mieux partagée.

On peut comprendre que, étant passés à côté de l'Histoire depuis si longtemps – fascisme en Italie, Front populaire, montée des périls, national-socialisme en Allemagne, Munich ou pacte germano-soviétique avalisés par Sartre, Occupation en France, ratage monumental de la Résistance à Paris –, les Thénardier de la philosophie aient voulu se faire une santé avec quelques beaux discours.

Avec cet artifice rhétorique et sophistique, à l'aide de ce paralogisme d'école – Français en Algérie égale nazis en France sous l'Occupation... –, Sartre & Beauvoir ont pu passer pour des résistants avec vingt ans de retard et en menant cette guerre depuis le Flore ou Les Deux Magots. Ils ont ainsi nourri leur légende, mais ce fut au prix d'une histoire légendaire dont la France paie encore les pots cassés – ce que je nomme la version *hystérique* et non *historique* des choses.

... *et les choses*

Janvier 2012, je prépare un livre sur Albert Camus – plus particulièrement sur la politique libertaire d'Albert Camus. Je suis à Alger sur les traces du philosophe : sa maison natale, son école, son lycée, les rues de la ville, son père et sa mère, les gens, les fantômes de son instituteur M. Germain et de son professeur de philosophie Jean Grenier, les odeurs, le ciel, la mer de l'*Odyssée* nulle part et les voitures déglinguées partout, les anciens bâtiments coloniaux jadis blancs devenus gris, sales, noirs, la gentillesse des gens qui me saluent ou me parlent après m'avoir reconnu – ils regardent les émissions françaises…

Alger s'étend sur des kilomètres de côte : on n'y trouve aucun restaurant pour manger un poisson grillé, encore moins pour l'accompagner d'une bouteille de vin blanc frais… La piscine que fréquentait Camus est remplie de sable et de poussière, de crasse et de saleté. Les quelques mètres de plage possibles sont neutralisés avec d'immenses blocs de pierre.

À Tipasa, j'arrive tremblant d'émotion dans les ruines romaines, avec ses asphodèles et ses oliviers, son ciel et son soleil éternels. Je veux voir ici la Méditerranée dont *Noces* aux sublimes pages est sorti un jour comme un poisson de feu philosophique et poétique.

Des mots de Camus sont gravés sur une stèle sobre et simple : ils ont été martelés avec des pierres, martelés pour être mutilés… C'est le crâne du philosophe qu'on a cogné avec ces cailloux, c'est sa pensée qu'on a caillassée, c'est son âme sur laquelle on s'acharne encore. Il est peu probable que le vandale ait lu *Misère en Kabylie*, une série de reportages faits en juin 1939. Il y aurait appris l'amour qu'avait Camus pour le peuple algérien, *dont il est*. Il aurait également découvert la critique sans ménagement de la politique coloniale décidée à Paris contre les Algériens. Il n'y eut pas plus amoureux de l'Algérie que Camus qui fit tout pour éviter qu'elle se déchire. Mais l'Algérie est sartrienne depuis que Sartre s'en est servi pour sa cause personnelle. Elle l'est hélas toujours, car c'est une main sartrienne qui a dégradé la stèle commémorative de Camus.

En début de soirée, dans ma chambre d'hôtel, je regarde les informations d'un journal télévisé avec sidération : l'habillage du plateau, celui de la présentatrice aussi, donnent l'impression d'une émission des années 1970 en France. Mais le pire est que, politiquement, ce journal semble lui aussi en dehors du temps présent : il s'adresse aux Algériens comme si la guerre d'Algérie n'était pas finie ! La France y est encore et toujours présentée comme une puissance coloniale active responsable de tout ce qui dysfonctionne dans ce pays indépendant depuis très exactement cinquante ans. Il me semble qu'après un demi-siècle d'indépendance il faut un sacré culot pour accabler les colons de 1830 et leurs descendants jusqu'en 2012, quand on est seul aux affaires depuis cinquante ans !

Au dîner où les amis qui m'accompagnaient dans cette aventure et moi avions été conviés par des autorités vétilleuses, nous sommes reçus par une maîtresse de maison dont la robe ressemble aux panoplies de princesse qu'on offrait jadis à Noël aux petites filles. Un homme au crâne entièrement rasé semble un mari ou un ami, en fait c'était un amant. Une personne adipeuse nous est présentée comme un journaliste qui joue de l'oud. Une noria d'employés apporte une quantité de plats qui sont des entrées, un couscous, des desserts.

On nous demande comment nous avons trouvé l'Algérie... Je raconte le trajet d'Alger à Tipasa et dis ma surprise du nombre incroyable de contrôles effectués à l'entrée ou à la sortie de l'hôtel, mais aussi sur les routes régulièrement balafrées de herses. Le sosie de Yul Brynner le prend mal et invoque notre sécurité ; la poupée Barbie se choisit un sourire à l'avenant ; le gros journaliste ahane, transpire, et joue de plus belle. Nous écourtons bientôt la soirée avec le plus de politesse possible.

Le crâne d'œuf était un militaire haut placé, sa maîtresse, le *deus ex machina* chargé d'autoriser les installations commerciales et industrielles dans le pays, le journaliste, un journaliste. L'armée, l'industrie, le commerce, le business, la presse étaient ainsi réunis dans cette pièce comme ils le sont dans la totalité de l'Algérie, comme ils l'étaient à ce journal du soir où le directeur de la chaîne, les rédacteurs en chef, les journalistes parlaient du FLN comme on parle de Kim Jong-un à la télévision coréenne.

Le pays se trouve donc aux mains d'une mafia qui a confisqué les richesses du pays – gaz, pétrole, sous-sol, industrie, commerce – et se répartit les bénéfices considérables. Le peuple est aujourd'hui spolié des ressources de la nation qui partent sur les comptes en banque de quelques familles ayant mis le pays en coupe réglée. Un certain islam affairiste issu de la guerre civile – qui a fait un demi-million de morts sans qu'un seul n'en soit la victime d'une main française... – collabore. Le peuple subit.

Si l'on en croit ce que déverse la propagande d'État à jet continu, la France est donc génocidaire, elle a utilisé les techniques d'Adolf Hitler, elle a commis un crime contre l'humanité, assume même aujourd'hui le président Macron.

Mais alors, pourquoi le président Bouteflika vient-il faire soigner son cancer de l'estomac depuis des années à l'hôpital du Val-de-Grâce à Paris ? Imagine-t-on le général de Gaulle allant consulter un urologue nazi dans un hôpital de Berlin en 1943 ? Ou Ben Laden soignant sa prostate dans une clinique de Washington en 2010 ? Il faut choisir : ou bien la France a commis un crime contre l'humanité en Algérie, et le président Bouteflika aurait dû se faire soigner dans un hôpital d'Alger ; ou bien il choisit un établissement français, car il n'y en a aucun de performant dans l'Algérie que le FLN mène d'une main de fer depuis 1962, et il faudra revenir sur ce prétendu crime contre l'humanité...

Ni la France, tout à sa religion nihiliste de repentance, de contrition, de résipiscence, ni l'Algérie, tout à son tropisme victimaire, à son penchant larmoyant, ne sont capables de faire l'histoire de cette période *en adultes*. Tant que durera la *version hystérique*, la *version historique* n'aura pas voix au chapitre. Là où sévit la moraline, la généalogie se trouve empêchée.

Or, les populations d'origine algérienne qui vivent en France n'ont pas été éduquées à l'Histoire mais nourries à la propagande diffusée en permanence par les télévisons de l'État algérien et, via les antennes paraboliques puis les connexions numériques, elles se trouvent endoctrinées par le pouvoir du FLN. Dans le classement de la liberté de la presse effectué par Reporters sans frontières, l'Algérie occupe la 146e place sur 180…

Comment des jeunes des banlieues pourraient-ils aimer la France si la France est seulement ce qu'en dit la propagande du pouvoir d'État algérien dans ses médias ? Comment un peuple nourri au lait pourri d'un régime totalitaire pourrait-il penser son histoire afin d'en finir avec une guerre qui ne s'achèvera pas tant qu'un chef de l'État français préférera souscrire à la moraline plutôt qu'à la généalogie ? Comment des âmes perdues par la République, qui enseigne le nihilisme depuis des décennies, ne trouveraient-elles pas dans l'oumma planétaire matière à se constituer une identité en radicale opposition avec la France dont la haine de soi est le principal moteur ?

La lecture des livres d'Houria Bouteldja permet d'entrer dans le cerveau d'une partie de cette jeune génération franco-algérienne.

Houria Bouteldja a publié un ouvrage intitulé *Les Blancs, les Juifs et nous*[1] dont le titre est à soi seul un programme... Il constitue un *manifeste fasciste* si tant est qu'on donne à ce mot son sens véritable et non pas celui d'une insulte.

J'appelle « fascisme » une doctrine qui recourt clairement à la violence et à la terreur pour s'imposer, qui est antisémite, phallocrate et misogyne, homophobe et opposée à la démocratie, colonialiste et impérialiste, soucieuse de fabriquer un homme nouveau, inspirée par une mystique appuyée sur une transcendance. On y remarque également bien sûr le recours aux langages totalitaires tels qu'ils ont été définis par Victor Klemperer dans son livre sur le IIIe Reich.

Examinons l'ouvrage d'Houria Bouteldja avec cette grille.

La chose se trouve clairement dite, ce nouveau fascisme défend explicitement la théorie du Grand Remplacement ! On doit cette thèse à Renaud Camus pour qui la civilisation judéo-chrétienne est en train de disparaître sous le coup d'une immigration massive qui tend à islamiser l'Europe. C'est dans un livre ainsi intitulé de 2010 que Renaud Camus réactive cette conclusion utilisée dans les milieux d'extrême droite au XIXe siècle. Cet homme fait partie des auteurs maudits en France, il est le diable. Dans le monde de la

1. La Fabrique Éditions, 2016

culture, qui récite *ad nauseam* le catéchisme du politiquement correct de la gauche américaine, cette théorie est présentée comme complotiste, fasciste, antisémite, raciste, xénophobe – etc. Dont acte.

Mais, exprimée sous la plume de celle qui se présente comme une « indigène de la république » (p. 25), elle ne soulève aucune réprobation dans les milieux bien-pensants. Au contraire : elle est même validée, célébrée, encouragée, fêtée, louée. Qu'on en juge : « La France ne sera plus jamais comme dans les films de Fernandel. Notre présence sur le sol français africanise, arabise, berbérise, créolise, islamise, noirise la fille aînée de l'Église, jadis blanche et immaculée, aussi sûrement que le sac et le ressac des flots polissent et repolissent les blocs de granite aux prétentions d'éternité. Nous transformons la France. Dit autrement, elle s'intègre à nous. Dit autrement, nous participons à l'élaboration de la norme identitaire et par là de la remise en cause du pacte républicain qui est aussi un pacte national-racial » (p. 112). Plus loin elle parle de sa « mission [civilisatrice ?] », qui consiste à « préparer le "*Grand Remplacement*", l'Humain en lieu et place du Blanc, l'Humain en lieu et place du Noir » (p. 122). « Grand remplacement » est la formule utilisée et les italiques sont de l'auteur…

Houria Bouteldja utilise beaucoup les majuscules : le Blanc et le Noir sont les catégories actives de son manichéisme – il y a également l'Indigène, la « Race sociale ». Le Blanc est toujours un salaud, un colon, un coupable, un bourreau, un tyran, un tortionnaire, un génocidaire, un prédateur, quoi qu'il fasse, même quand il porte les valises du FLN, car ce ne sont jamais que les siennes – « Fusillez Sartre ! » écrit l'auteur non sans manier le paradoxe, sinon être manié par lui ; le Noir est toujours un héros, une victime, un martyr, une proie, même quand il pose une bombe dans un lieu public – « avant tout [*sic*] je suis une victime », écrit-elle.

Elle célèbre la « très belle beauté » du Noir que fut Malcolm X et, sans préciser bien sûr qu'il fut bisexuel, pas plus que ce musulman fut assassiné par les siens, elle affirme : « Malcolm X, devenu Malek El-Shabazz, a été tué parce qu'il était beau » (p. 135) ! Dans cette logique, chacun inférera que si le Noir est beau parce qu'il est noir, le Blanc est laid parce qu'il est blanc.

Il n'y a pas de différence entre le Blanc qui vit dans l'époque numérique et celui de 1492 : l'un est l'autre. Il ne s'est rien passé depuis les conquêtes de Christophe Colomb. Victor Schœlcher qui a obtenu l'abolition de l'esclavage ? Un Blanc qui agit comme une belle âme. Sartre qui invite à porter les valises du FLN ? Un Blanc animé par sa bonne conscience philosémite. Mais Frantz Fanon ou Malcolm X, parce qu'ils sont noirs, sont des héros qui déchaînent le lyrisme stylistique de l'auteur. « Ils nous disent 1789. Répondons 1492 ! » (p. 116)

1492 est la date du péché originel que rien n'effacera sauf le sang versé du Blanc, selon l'invitation de Frantz Fanon encouragé au crime par Jean-Paul Sartre.

Elle aime Jean Genet parce qu'il avoue sa faute et sa volonté d'être absous par qui lui promet la violence et la brutalité noires. Cet homme fit carrière en utilisant son emprisonnement pour des délits de voleur de poules. Il a toujours dit sa haine de la France, son plaisir à la voir envahie en 1940, sa dilection sexuelle pour le bel officier allemand.

Qui est véritablement Jean Genet, qui semble être le seul auteur à ne pas mériter la vindicte – appelée amour... – d'Houria Bouteldja ? Une caution de gauche qui, *pourtant*, a écrit dans *Pompes funèbres*, en 1944, un éloge des SS, une apologie d'Hitler, une célébration de la Milice ; dans *L'Enfant criminel* (1949), le même Genet s'extasie avec une délectation suspecte sur les peaux tannées et tatouées avec lesquelles les nazis confectionnaient des abat-jour ; dans *Un captif amoureux* (1986), il estime qu'Hitler n'est pas coupable « d'avoir brûlé ou fait brûler des Juifs » avant d'affirmer que ces derniers se servent de la Shoah pour justifier leur politique sioniste, colonialiste, criminelle – c'est également la thèse d'Houria Bouteldja...

Hitler est en effet pour elle un épiphénomène. Pour être plus facilement comprise, elle écrit : « Pour le Sud, la Shoah est – si j'ose dire – moins qu'"un détail". Elle n'est même pas dans le rétroviseur. Cette histoire n'est pas la mienne en vérité et je la tiendrai à distance tant que l'histoire et la vie des damnés de la terre resteront elles aussi "un détail" » (p. 55). Elle renvoie explicitement à Jean-Marie Le Pen pour qui la Shoah était, on s'en souvient, un « point de détail » de l'histoire de la Seconde Guerre mondiale. C'est une trace infamante pour la totalité de la vie de Jean-Marie Le Pen, mais c'est un gage de sérieux intellectuel pour les Indigènes de la République ! Si l'on veut pouvoir dire qu'Hitler est une peccadille, la Shoah une anecdote, l'antisémitisme une broutille, les chambres à gaz d'infimes péripéties, le national-socialisme une bagatelle, il vaut mieux être un « Noir » pour utiliser le concept d'Houria Bouteldja... Il suffit de dire que ça n'est pas son histoire comme si l'on pouvait faire son marché dans l'Histoire en décrétant ce qui est intéressant, la traite négrière, sauf si l'on dit qu'elle a été inventée par les musulmans et qu'elle a duré plus longtemps que celle des « Blancs », et ce qui ne l'est pas, la Solution finale par exemple.

C'est dans cette configuration que, comme dans les régimes totalitaires, Houria Bouteldja invite à soumettre l'Histoire à l'idéologie. Il n'y a plus de vérité, juste des interprétations pour reprendre une vulgate faussement nietzschéenne – dont j'ai fait justice dans la première lettre… Il y aurait donc une histoire pour le « Sud » – une autre idole à majuscule –, et une autre pour le Nord, jamais nommé, mais qu'on sait être la région des Blancs. Il faut, écrit-elle, « mettre en cause leur version de l'histoire ». Comme si le *fait* de la chambre à gaz était une « version »…

Ce révisionnisme historique est clairement défini : « réécrire [*sic*] l'histoire, la dénationaliser, la déracialiser » (p. 46). Professeur au Collège de France, Patrick Boucheron, avec une équipe d'une centaine d'historiens (!), s'est attelé à cette tâche avec son *Histoire mondiale de la France* dans laquelle la France n'est rien du tout sans ceux qui la colonisent ou l'humilient, la méprisent ou la nient. Cette *Histoire mondiale de la France* qui, de 1940 à 2015, ne consacre aucun chapitre à de Gaulle trouve pertinent d'en publier un sur « l'affaire Dominique Strauss-Kahn »…

Cette écriture qui prétend « déracialiser » passe bien sûr son temps à *racialiser*… Mais pour tenir un propos raciste, il faut mobiliser quelques sophismes et paralogismes. D'abord, ce discours essentialise une couleur pour en faire un signe systématiquement négatif – les Blancs… – pendant qu'une autre – les Noirs… – se trouve positivement connotée. Un Blanc soutient l'abolition de l'esclavage ? C'est un sale type qui veut laver sa conscience, voilà pourquoi, en mai 2020, des décolonialistes martiniquais saccagent la statue de Victor Schœlcher bien qu'il ait contribué (ou plutôt :

parce qu'il a contribué…) à l'abolition de l'esclavage et souhaitent que la bibliothèque qui porte son nom soit débaptisée ; un Noir tue dans un attentat ? Puisque Houria Bouteldja fait du terrorisme (p. 15) l'arme du pauvre, c'est un héros qui fait avancer la cause de la liberté. Le Blanc de 2020 a commis une faute inexpiable en 1492, mais Mohamed Merah qui tue des enfants juifs d'une balle dans la tête à bout touchant est une victime du régime colonial blanc qui l'a déterminé à se comporter ainsi[1]… La victime ne servait donc pas l'enfant juif qui gît dans son sang, mais son assassin.

Ensuite, autre ficelle, il faut mobiliser le concept de *racisé* : un « racisé » a le droit d'être raciste, il en a le devoir même, car

1. Elle écrit : « Mohammed Merah c'est moi. Le pire c'est que c'est vrai. Comme moi, il est d'origine algérienne, comme moi il a grandi dans un quartier, comme moi il est musulman… Comme moi, il sait qu'il sera traité d'antisémite s'il soutient les Palestiniens colonisés, d'intégriste s'il soutient le droit de porter le foulard. Mohamed Merah c'est moi et moi je suis lui. Nous sommes de la même origine et surtout de la même condition. Nous sommes des sujets postcoloniaux. Nous sommes des indigènes de la république… […] Mohamed Merah, c'est moi et ça n'est pas moi. […] Par son acte, [Mohammed Merah] a rejoint le camp de ses propres adversaires. De NOS adversaires. Par son acte, il s'empare d'une des dimensions principales de nos ennemis : celle de considérer les Juifs comme une essence sioniste ou une essence tout court », dans *Mohamed Merah et moi*, sur le site du Parti des indigènes de la République, dit le PIR, le 6 avril 2012.

l'autorisation lui en est donnée par le fait que ses ancêtres ont été victimes de persécutions racistes ! Pas besoin même d'avoir été soi-même une victime, il suffit d'être son descendant.

En vertu de la théorie freudienne de la transmission phylogénétique des traumatismes, une école psychanalytique explique que les souffrances vécues en 1492 produisent toujours leurs effets à l'heure où vous lisez ces lignes ! Ces adeptes de la pensée magique ajoutent un vernis de scientificité en affirmant que les cellules du plasma germinal conservent la mémoire de ces supplices et que ce souvenir inconscient détermine les comportements contemporains…

Voilà pourquoi et comment un Blanc qui n'aura jamais commis un acte raciste le sera tout de même alors qu'un Noir qui en commettrait un envers un Blanc, d'abord ne pourrait être dit raciste, ensuite serait qualifié de héros pour avoir, en attentant à l'intégrité ou à la vie d'un Blanc, affirmé la puissance de la libération pour lui et pour les autres. Merci Jean-Paul Sartre…

Le mot « racisé » est une invention sémantique de guerre qui autorise le racisme du Noir (j'utilise les catégories de l'auteur…) contre les Blancs, car, est-il dit, l'agresseur ne recourt à aucune violence mais à une *contre-violence* – théorisée dans la *Critique de la raison dialectique*. Ce même mot fonctionne évidemment avec la négation qu'il y aurait un racisme antiblanc puisque, selon les mêmes principes, un Noir raciste n'est pas raciste puisque racisé alors qu'un Blanc non raciste, voire antiraciste, est raciste puisqu'il n'est pas racisé. Cette fausse dialectique, vrai jeu de bonneteau, légitime le racisme des Noirs à l'endroit des Blancs auprès des décolonialistes et de leurs soutiens.

Voilà pourquoi Houria Bouteldja peut écrire : « entre les Blancs et nous il y a la race » (p. 115) sans encourir les foudres : un Blanc sépare le monde en blanc et noir ? Racisme. Un Noir peut utiliser le mot « race », il lui est nécessaire pour expliquer que les Blancs sont ontologiquement une race inférieure marquée du sceau du mal ; un Blanc fait de même, il est conduit au tribunal et risque une condamnation pour racisme... Il suffira aux juges de citer *Les Blancs, les Juifs et nous* : « La haine raciale, n'est-ce pas un sentiment blanc ? » (p. 137) – la phrase est habilement interro-négative, de sorte qu'elle n'encourt pas la condamnation. Qu'on imagine ce qui adviendrait à un Blanc qui écrirait : « Entre les Noirs et nous il y a la race » !

Ce racisme qui suppose donc qu'il existe des races inférieures (les Blancs) et des races supérieures (les Noirs) ne va pas sans un régime de ségrégation raciale. Qu'à cela ne tienne, Houria Bouteldja réactive la notion musulmane de dhimmitude. De quoi s'agit-il ? Selon le droit musulman, il caractérise le non-musulman qui, sous un régime de charia, se trouve soumis à un certain nombre d'obligations et devient franchement un citoyen de seconde catégorie. Parmi de multiples interdictions, celle de monter un cheval – seul l'âne est autorisé, et encore : s'il est monté en amazone, comme les femmes. Impur, le dhimmi a l'obligation de payer un « impôt de soumission », de porter un vêtement ou un signe distinctif – par exemple, à Bagdad, un insigne jaune pour les Juifs...

Houria Bouteldja, parlant de la dhimmitude, écrit : « C'est juste, le statut de dhimmi était inférieur à celui du groupe dominant. Il régissait les sociétés prémodernes. Il serait anachronique de le juger – comme vous êtes déjà tentés de le faire – à travers des lunettes contemporaines. Donc inutile de fuir par là » (p. 52). Drôle de voir quand et comment l'invocation de l'Histoire et l'invitation à la contextualisation reparaissent chez une personne qui estime que nous vivons en 1492 de l'ère chrétienne !

Or, cet impôt a été prélevé ces dix dernières années dans un certain nombre de pays musulmans : par les talibans pakistanais sur les sikhs, par les Frères musulmans sur les chrétiens coptes en Égypte, par l'État islamique sur les chrétiens de Syrie ou d'Irak.

Ensuite, rien n'interdit d'imaginer que, dans le cas du Grand Remplacement ardemment souhaité par Houria Bouteldja, il ne devienne une actualité française ou européenne. Dans une telle configuration, pourquoi se passer de la loi coranique appuyée sur nombre de sourates qui enseignent la supériorité des musulmans sur les autres communautés ? Celle-ci par exemple qui est une parole d'Allah s'adressant à ses fidèles : « Vous formez la meilleure communauté suscitée pour les hommes » (III, 110). Un verset à rapprocher de cette saillie d'Houria Bouteldja : « Faire partie de la race des seigneurs c'est notre kiff à tous » (p. 53)...

On imagine bien que cette phrase renvoie au peuple élu et soulève donc la question juive.

Avec cet art de minimiser la Shoah, d'estimer qu'Hitler n'est pas dans l'histoire du Sud et, donc, qu'il s'avère une quantité historique négligeable, de citer positivement Dieudonné (p. 68), d'avouer qu'Ahmadinejad, qui voulait rayer Israël de la carte du monde, est son héros (p. 32), d'encenser Jean Genet, dont on a vu le goût pour la SS et la Milice, sinon d'écrire : « Vous n'êtes pas le *véritable* peuple élu » (p. 50) en sous-entendant avec ces guillemets que le peuple élu, c'est celui de l'islam – la thèse se trouve dans le Coran –, Houria Bouteldja ne cache pas son jeu.

Sa thèse est simple : les Juifs ne sont acceptables que s'ils renouent avec leur origine arabe, donc « noire » pour utiliser le concept fourre-tout de l'auteur. S'ils épousent la cause palestinienne, ils sont acceptables : autrement dit, s'ils contribuent à leur processus d'anéantissement, ils méritent d'exister ; mais s'ils s'opposent aux Palestiniens, alors ils sont blancs et ne méritent que le mépris destiné à cette race. Pile, les Juifs disparaissent en se niant ; face, ils doivent disparaître parce qu'ils incarnent la puissance blanche dans le monde arabe, le colonialisme sioniste et capitaliste. Ils doivent donc disparaître dans tous les cas.

Bien sûr, elle récuse cette idée que l'antisionisme serait la forme contemporaine de l'antisémitisme. Mais comment la croire quand Hitler, Genet, Ahmadinejad ou Dieudonné sont présentés par elle comme des compagnons de lutte, donc des compagnons de route ?

Dans sa « lecture décoloniale du génocide nazi » (p. 58), la destruction des Juifs est déclarée quantité négligeable en regard des « génocides tropicaux » (p. 59) l'ayant précédé. Dans la réécriture de l'Histoire qu'elle propose, Hitler n'est jamais qu'un petit bras au regard des victimes du colonialisme.

« Je n'irai pas à Auschwitz », écrit-elle (p. 55) – on la comprend, elle y verrait des chambres à gaz et des fours crématoires avec lesquels un peuple fut sciemment détruit, alors que le colonialisme n'aurait eu aucune raison de réduire en cendres les esclaves nécessaires à son commerce. Faire de l'esclavagisme, qui est, précisons-le, indéfendable, une variation sur le thème du génocide est un paralogisme – pour ne pas qualifier autrement le procédé. Il a l'avantage de permettre l'émergence d'un négationnisme tropical.

Le portrait du fasciste décolonial prend forme : il oppose les Blancs, ontologiquement méchants, aux gentils Noirs ; il se réjouit de la disparition des premiers et de leur Grand Remplacement par les seconds ; il affirme que, même quand il n'a rien fait, le Blanc est coupable et que, quand il a commis un crime ou un viol, le Noir est victime de la violence coloniale des Blancs ; il bloque le compteur historique à 1492 en affirmant que ce passé est notre présent pour l'éternité ; il minimise la Solution finale et vante les mérites de ceux qui pensent de même – Genet, Dieudonné, Ahmadinejad ; il réécrit l'Histoire pour y faire triompher ses mythologies parce que la Raison occidentale est blanche et que Descartes est le père de « la férocité blanche » (p. 26) ; il estime qu'il existe une race supérieure, la noire, et que la blanche est à éliminer ; il légitime la dhimmitude, autrement dit la hiérarchie entre les seigneurs musulmans et les esclaves juifs ou chrétiens ; il invente un antisémitisme nouveau via l'arabisation des juifs, donc via leur conversion à l'islam ; il donne également forme à un négationnisme tropical.

Pour parachever ce portrait, examinons la question des femmes et de cet étrange édifice conceptuel d'un féminisme… patriarcal, misogyne et phallocrate ! Cette prouesse intellectuelle permet de réactiver la logique nazie des trois K – *Kinder, Küche, Kirche*, Enfants, Cuisine, Église.

Le féminisme de Simone de Beauvoir n'est pas recevable : c'est en effet celui d'une femme blanche – et la couleur passe avant tout. Un Blanc dit mal, pense faux, ne réfléchit pas, car seul le Noir dit bien, pense juste et réfléchit – même quand il ne dit rien, ne pense, ni ne réfléchit. Donc *Le Deuxième Sexe* est un livre sexiste, colonialiste, capitaliste. Il est un produit du patriarcat blanc. C'est en inversant les fausses valeurs d'un faux féminisme qu'on obtient les vraies valeurs d'un vrai féminisme ! Et, abracadabra, ce nouveau féminisme antiblanc enseigne la soumission aux hommes – le père, les frères, le mari, les cousins... Il fallait y penser – même si je ne suis pas sûr que ce dernier verbe convienne !

Le maître concept de la pensée d'Houria Bouteldja est *la moustache de son père*. C'est cette touffe de poils qui fait la Loi. C'est elle qui lui fait écrire : « Mon corps ne m'appartient pas. » Et d'ajouter : « Aucun magistère moral ne me fera endosser un mot d'ordre conçu par et pour des féministes blanches » (p. 71). Qu'on se le dise : Simone de Beauvoir est un homme blanc défenseur du colonialisme, du capitalisme et du patriarcat occidental...

Le patriarcat n'est donc pas le problème, car le problème c'est le patriarcat blanc. S'il n'est pas blanc mais noir, le patriarcat est au contraire la plus belle chose du monde.

Plutôt un Noir machiste qu'un Blanc féministe. C'est ce qui autorise une décolonialiste comme Rokhaya Diallo à écrire dans *La France tu l'aimes ou tu la fermes ?* que les cinq cents femmes agressées sexuellement dans la nuit du 31 décembre 2015 en Allemagne par des migrants sont comme leurs bourreaux des victimes du colonialisme blanc qui les a mis dans la situation d'avoir à devenir des violeurs. Signaler les faits, en l'occurrence « les origines ethniques et géographiques des agresseurs » (p. 163), c'est, *de facto*, se comporter en raciste. Ceux qui écrivent avec des majuscules les Blancs, les Noirs, les Juifs, sont accusés d'essentialiser « les Arabo-musulmans ». Soudain, quand ces militants y trouvent leur compte, ils ne veulent plus essentialiser : cinq cents arbres ne feraient pas, ou plus, la forêt... Qu'un Blanc antiraciste de 2020 soit décrété raciste parce que en 1492 les Blancs ont colonisé les Amériques est intellectuellement recevable ; mais que la communauté arabo-musulmane ne soit pas concernée quand, dans le présent, des centaines de ses membres violent des femmes, c'est intellectuellement non recevable.

Rokhaya Diallo ne craint pas d'écrire sur Cologne : « Pas de circonstances atténuantes, ni d'excuses, pas de circonvolutions, ni de "oui mais..." : toutes les formes de sexisme sont intolérables et doivent être punies. Toutefois, nous déplorons la tournure prise par les débats. » Donc : pas de « mais » ; en revanche, un « toutefois » est recevable ! Il est vrai que les décolonialistes ne sont pas à un paralogisme prêt.

Le problème n'est donc pas ce viol collectif et massif par une population arabo-musulmane, pour reprendre là encore les catégories de l'auteur, mais l'exploitation politicienne faite par ceux qui ont dit que le réel avait bien eu lieu. Si un Blanc dit qu'il y a eu viol, c'est qu'il n'y a pas lieu de parler de viol.

Dans un viol collectif commis par des « Noirs » – catégories estampillées par le décolonialisme, je le répète... – le problème n'est pas le viol ni les Noirs mais ce que les Blancs en disent quand ils affirment... qu'un viol collectif a été commis par des Noirs ! N'oublions jamais que, quand ils font quelque chose de mal, les Noirs sont toujours les victimes des Blancs qui ont le monopole du mal et le leur ont appris – c'est inscrit dans leur sang, leurs gènes, la faute se transmet par le corps blanc. Disons-le de façon allégorique : le sperme du Blanc est noir ; celui du Noir est blanc.

Houria Bouteldja raconte une mutilation sexuelle initiatique qui lui fut infligée – elle dirait plutôt offerte en cadeau... – pour dire tout le bien qu'elle en pense... C'est la signature de ce qu'elle présente comme un féminisme noir ! On peut inférer que l'excision ou l'infibulation participent également de la définition de ce féminisme noir !

On lui entaille trois fois la cuisse avec un rasoir ; le sang coule ; du khôl est appliqué pour cicatriser : « C'est un rite patriarcal qui s'empare de ton corps, qui l'enchaîne à la lignée des ancêtres. Ma grand-mère paternelle approuve. Je lui appartiens. Ma grand-mère maternelle approuve. Je lui appartiens. Mes grands-pères, tombés en martyrs, approuvent. Je leur appartiens. Mon père approuve, je lui appartiens. Ma mère, je n'en parle même pas, c'est elle qui m'a enfilé les menottes. Je lui appartiens. Le sang a séché. La cicatrice sera indélébile. » Et puis ceci : « J'appartiens à ma famille, à mon clan, à mon quartier, à ma race, à l'Algérie, à l'islam. J'appartiens à mon histoire et, si Dieu le veut, j'appartiens à ma descendance » (p. 71-72). Faut-il préciser que nulle part le mot France n'apparaît ?

Le corps de ce féminisme-là, c'est le corps voulu par le Coran. Voilà pourquoi la question de l'homosexualité n'est pas traitée comme une question historique, sociologique, politique, mais comme une question idéologique : Houria Bouteldja stigmatise le *coming out* des homosexuels musulmans. C'est, pour elle, l'occasion d'une jubilation pour les Blancs, et voilà qui est trop ! L'homosexuel qui brave l'interdit de l'islam homophobe – le Coran dit de l'homosexualité qu'elle est une « abomination » et « une perversion » (III, 80-81) et des homosexuels qu'il faut les « chasser de la cité » – est un

« héros à deux balles » (p. 80). Poursuivons la démonstration : « Les Blancs lorsqu'ils se réjouissent du *coming out* du mâle indigène, c'est à la fois par homophobie et par racisme. Comme chacun sait, "la tarlouze" n'est pas tout à fait "un homme", ainsi, l'Arabe qui perd sa puissance virile n'est plus un homme. *Et ça c'est bien*. C'est même *vachement bien*. Et puis, c'est tellement rassurant » (p. 81). Voilà pourquoi dans les banlieues on surjoue la misogynie, la phallocratie, l'homophobie : chacun comprendra qu'un musulman homophobe est, là aussi, là encore, une pauvre victime du virilisme colonial et capitaliste des Blancs... Si l'insulte « Nique ta mère ! » est un must conceptuel chez les Noirs, c'est la faute à Simone de Beauvoir engluée dans sa blanchitude. Comprenne qui pourra...

Houria Bouteldja analyse donc cette complaisance blanche pour le musulman gay : elle procéderait d'un désamorçage de l'une de ses craintes : « la redoutable et insolente virilité islamique » (p. 81) – celle qui déborde à Cologne et Hambourg un soir de réveillon ? L'argument étant celui des cours de récréation en primaire, formulons-le donc avec le langage *ad hoc* : « Le Blanc a une petite bite, il ne supporte pas la grosse des musulmans... » Pareil argument dans la bouche d'un Blanc lui vaudrait un procès.

Rappelons que pour les viols commis par les « Arabo-musulmans » en Allemagne, le résultat du procès de Hambourg fut clair :

des acquittements et des condamnations de la police qui aurait commis des erreurs de procédure… Les juges ont-ils lu *Les Blancs, les Juifs et nous* dans lesquels l'auteur explique que les violeurs sont des hommes diminués par les Blancs qui ne peuvent reconquérir leur dignité que par l'usage de la violence ? (p. 94) Quand un Noir viole, c'est donc un Blanc qu'il faut décapiter. Les juges ont bien compris la leçon.

Il n'aura échappé à personne que le corps du féminisme décolonial est le corps du Coran[1]. Houria Bouteldja est contre

---

1. Pour information, voici quelques versets du Coran qui s'avèrent fondateurs du fameux « féminisme décolonial » :

1. « Les femmes ont des droits équivalents à leurs obligations, et conformément à l'usage. Les hommes ont cependant une prééminence sur elles – Dieu est puissant et juste. » (II, 228)
2. « Les hommes ont autorité sur les femmes, en vertu de la préférence que Dieu leur a accordée sur elles. » (IV, 34)
3. « Lorsqu'on annonce à l'un d'eux la naissance d'une fille, son visage s'assombrit, il suffoque, il se tient à l'écart, loin des gens, à cause du malheur qui lui a été annoncé. Va-t-il conserver cet enfant malgré sa honte, ou bien s'enfuira-t-il dans la poussière ? » (« Les abeilles », XVI, 58)
4. Parlant des femmes : « Eh quoi ! Cet être qui grandit parmi les colifichets et qui discute sans raison. » (« L'ornement », XLIII)
5. « Admonestez celles dont vous craignez l'infidélité ; reléguez-les dans des chambres à part et frappez-les. » (IV, 34)

l'athéisme (p. 127), contre la laïcité présentée comme une impiété collective, contre « la raison blanche » (p. 128) et le rationalisme occidental, mais pour l'islam qui est « une sagesse tout à fait "rationnelle" et endossable par tous » (p. 132) – *rationnelle* est entre guillemets, le diable étant dans les détails, on aurait vraiment aimé savoir pourquoi...

Quelles sont les cibles du décolonialisme en général et d'Houria Bouteldja en particulier ? La démocratie, le débat, la Révolution française, la laïcité, le rationalisme, le christianisme et le judaïsme, l'humanisme, la république, le philosémitisme, les droits de l'homme, la France et son histoire, le féminisme universaliste, l'intégration, la modernité.

Quels sont les idéaux du décolonialisme en général et d'Houria Bouteldja en particulier ? L'antisionisme, la dhimmitude, le racisme

---

6. « Dis aux croyantes de baisser leurs regards, d'être chastes, de ne montrer que l'extérieur de leurs atours, de rabattre leurs voiles sur leurs poitrines, de ne montrer leurs atours qu'à leurs époux, ou à leurs pères. » (XXXIV, 31)

7. La sourate « La répudiation » (LXV) détaille les modalités du congédiement des femmes par leur mari. L'inverse n'est évidemment pas envisageable chez des femmes à qui on interdit la polyandrie.

8. La sourate « Les femmes » (IV, 3) légitime la polygamie.

9. « Quant à vos enfants, Dieu vous ordonne d'attribuer au garçon une part égale à celle de deux filles. » (IV, 11)

10. Arrangement du mariage, la famille décide pour la femme.

antiblanc, la violence terroriste (p. 15), la charia, mais aussi les mutilations sexuelles, le Grand Remplacement, l'homophobie, la misogynie, le patriarcat, la phallocratie, pourvu que ce soit sous le drapeau de l'islam, et, sans rire, l'Amour, la paix, le féminisme et le Respect.

Houria Bouteldja, à qui l'on doit le substantif « souchiens » pour caractériser les Français de souche – il y en aurait donc – écrit : « Je ne suis pas d'ici, je ne suis pas d'ici. C'est le destin qui m'a poussée là » (p. 105). Elle parle ensuite des « tortures de l'exil ». Elle est née le 5 janvier 1973 à Constantine en Algérie. Elle a fait ses études à Lyon et se trouve aujourd'hui salariée de l'Institut du monde arabe. Il existe pour elle une possibilité simple d'en finir avec « les tortures de l'exil », c'est de fuir cette France tellement détestable pour retrouver son pays natal. Elles sont bien douces les tortures auxquelles on peut échapper quand on le veut…

Ah oui, un mot pour conclure : Houria Bouteldja est également antifasciste et, bien sûr, « résistante » (p. 47). La preuve ? Elle lutte contre le Rassemblement national.

LETTRE 6
SUR L'ISLAMO-GAUCHISME

Les mots...

Sartre, encore et toujours...

Cet homme est une boussole qui indique le sud ! Il passe à côté de la montée des périls (professeur au Havre, il trouve des vertus à Hitler, selon Philippe Dechartre qui était alors son élève – je tiens cette information de son fils Emmanuel...), du Front populaire (il ne va pas voter et méprise la populace qui défile dans les rues...), de la débâcle (Beauvoir juge très sympathiques les Allemands qui la prennent en stop...), de l'Occupation (en 1944, il trouve les officiers allemands très polis dans le métro et l'écrit...), de la Résistance (il affirmera ensuite en être, mais probablement dans le même groupe que Marguerite Duras qui couchait avec un gestapiste...), de la Libération (il épure à tour de bras d'aussi sales que lui, dont son éditeur, qu'il ripoline et qui le ripolinent en retour...), il traite de Gaulle de tous les noms (« fasciste » étant le plus accorte, mais il y a aussi « maquereau réac », « porc », « foutu salaud », ou « merde », voir ses *Entretiens* avec John Gerassi entre 1970 et 1974), il donne le baiser soviétique à tous les dictateurs marxistes-léninistes que la Terre ait portés (Staline, Mao, Che Guevara, Castro, Kim Il-sung), il soutient les terroristes palestiniens qui tuent des athlètes israéliens aux Jeux olympiques de Munich, il défend la bande à Baader, il appelle à voter François Mitterrand… On se demande pourquoi, dans *Le Siècle de Sartre*, en l'an 2000, Bernard-Henri Lévy entreprend de faire l'éloge d'un pareil homme !

Bien sûr, Sartre se trouve également aux côtés de l'ayatollah Khomeyni ! Jamais en retard d'une infamie, Jean-Paul Sartre soutient cet homme exilé à Neauphle-le-Château dans les Yvelines où la France lui a accordé l'hospitalité. D'octobre 1978 à février 1979, le dignitaire iranien y passe 114 jours ; Sartre adhère à son comité de soutien ! Pas étonnant que cet épisode soit la plupart du temps occulté. Il n'est en effet mentionné ni dans les biographies qui font autorité, ni dans le *Dictionnaire Sartre*, ni dans l'album Pléiade, ni dans les chronologies qui accompagnent les trois volumes du philosophe dans cette collection, ni dans *La Cérémonie des adieux* que Beauvoir fait paraître en 1981 pour raconter les dernières années de son compagnon.

La pensée politique de Sartre était sommaire comme une colère d'adolescent : un bourgeois lui avait volé sa mère dont il jouissait seul depuis son veuvage, l'enfant était alors âgé de quinze mois, et ce remariage, alors qu'il avait douze ans, avait déclenché en lui une haine inextinguible du bourgeois. Du moins de l'idée qu'il s'en faisait. Dès lors, tout ce qui attaquait le bourgeois fonctionnait pour lui comme un idéal absolu. La gauche était sa famille puisque le remariage de sa mère l'en avait privé. *Les Mots* racontent cette névrose entre les lignes. La psychanalyse existentielle élaborée par le philosophe autorise cette lecture généalogique, biographique et psychologique de ses engagements politiques.

Comme Staline ou Mao, Guevara ou Castro, Mao ou Kim Il-sung, Khomeyni entre dans la parentèle de Sartre. Le nationalisme, l'impérialisme, le colonialisme, voilà les ennemis puisqu'ils incarnent la loi du père pour cet homme cultivé qui avoue ingénument n'avoir pas d'inconscient...

Un ayatollah qui s'oppose au shah d'Iran, présenté comme l'agent de l'impérialisme américain, puisqu'il entretenait de bonnes relations avec Israël, voilà donc un nouveau parent ! Peu importe que le shah ait été lâché par les États-Unis qui ont œuvré à son remplacement par l'ayatollah – ça n'est pas l'une des moindres bêtises de la politique américaine qui fut aussi un temps l'alliée de

Ben Laden, anticommunisme oblige... –, Sartre jubilait de soutenir un homme qui proposait d'en finir avec le bourgeois. On n'allait pas regarder à la bouche d'un cheval donné !

La même névrose animait déjà Sartre quand il se fit, tardivement, l'allié du FLN en Algérie : le père était ici le général de Gaulle, le fameux foutu « maquereau réac » précité. Son ardeur ne fut pas comptée tant qu'il s'agissait d'instaurer un régime socialiste de l'autre côté de la Méditerranée. Peu importe que ce changement de régime ait inauguré celui du retour aux valeurs traditionnelles du patriarcat soutenu par l'islam. Si le père était tué, les flots de sang comptaient pour rien – ils agissaient même comme une bénéfique eau lustrale...

Cette époque où Sartre soutient l'ayatollah Khomeyni, entre fin 1978 et début 1979, est racontée par Beauvoir dans *La Cérémonie des adieux*. Le philosophe va mourir quelques mois plus tard, le 15 avril 1980. Elle raconte alors ce que fut la fin de vie de cet homme qui avait fumé, ingéré de la drogue plus que de raison pendant des décennies. À moitié aveugle, à demi sourd, il fait sous lui, bave, boit, a des pertes de mémoire, a la langue pelée à force d'avaler des amphétamines, il divague, il met deux jours à lire *Le Nouvel Observateur* (en 1973), c'est dire, il a du diabète, etc. C'est cet homme que ses courtisans envoient dans les bras de l'ayatollah Khomeyni alors que dans la foulée Pierre

Victor (*alias* Benny Lévy) obtient de lui en mars 1980 des entretiens pour *Le Nouvel Observateur* dans lesquels lui qui justifiait le terrorisme palestinien se convertit… au philosémitisme ! Ces pages seront publiées sous le titre *L'Espoir maintenant*.

Laissons là Jean-Paul Sartre. Il n'a rien écrit sur ce compagnonnage avec l'ayatollah, c'est dire s'il n'était déjà plus lui-même, car cet homme faisait page de tout ce qu'il vivait. Il donne l'impulsion à l'islamo-gauchisme, la suite adviendra sans lui.

C'est Michel Foucault qui, avec quelques autres jeunes philosophes de sa génération qui guettaient la mort du vieux lion, reprend le flambeau de la manière la plus brutale. Bien qu'il soit auréolé du succès structuraliste avec *Les Mots et les choses* (1966), un livre qui faisait profession d'évincer l'Histoire au profit d'une métaphysique des structures, il s'en vient nous dire, à la faveur de la révolution iranienne, ce qu'est désormais la vérité en politique : un retour à la théocratie – pourvu qu'elle ne soit pas catholique bien sûr… De la même manière que le structuralisme était retour à l'ontologie médiévale des essences, autrement dit une contre-révolution idéaliste, l'islamo-gauchisme, qui voit le jour à cette occasion, s'avère un retour à la théocratie prérévolutionnaire, ce qui constitue une autre contre-révolution : politique cette fois-ci.

Le trajet politique de Michel Foucault fut bien sinueux, mais il a sa logique : il épouse le courant dominant de chaque époque, ce qui lui vaut la carrière *ad hoc* ! il est communiste au début des années 1950, Althusser le pistonne alors pour qu'il enseigne à l'École normale supérieure ; gaulliste dans les années 1960, il est membre du jury de l'ENA en 1965, il travaille à la commission Fouchet deux ans plus tard pour réformer l'université, on lui propose des postes de direction dans l'Éducation nationale, mais son homosexualité est invoquée contre lui ; gauchiste après Mai 68, maoïste pour être plus précis, il devient directeur à l'université de Vincennes ; nommé au Collège de France en novembre 1969, dans les années suivantes il fait l'éloge d'une dictature du prolétariat sanglante ; en 1977, il soutient les nouveaux philosophes avec Yves Montand, Bernard Kouchner et André Glucksmann, dès lors il se trouve bien en cour auprès des socialistes ; en 1978, il défend la théocratie chiite et l'islam politique de l'ayatollah Khomeyni, toute la gauche applaudit ; le dernier Foucault, dans les années 1980, se détourne des socialistes et se rapproche des néo-libéraux, Mitterrand avait initié cette mort de la gauche et cette célébration du grand marché européen. Depuis le fameux « Vive la crise ! » de *Libération* (février 1984) qui applaudissait bruyamment le passage à droite de la gauche, autrement dit le reniement de la gauche, le libéralisme était à la mode. Foucault meurt le 25 juin 1984.

L'islamo-gauchisme a pour grand-père le Sartre qui faisait feu de tout bois pourvu que flambe l'Occident judéo-chrétien, que brûle l'Europe de l'Ouest, celle des libertés, dans un monde où l'Europe de l'Est, celle des barbelés, lui faisait face, pourvu encore que se calcine la France gaulliste qu'il assimile au fascisme et que flamboie un tiers-monde socialiste, marxiste – *et musulman* ! Le clocher, non ; le minaret, oui. Le pape, non ; l'ayatollah, oui. La Bible, non ; le Coran, oui. Le sermon du dimanche, non ; l'appel du muezzin, oui. L'antijudaïsme chrétien non ; l'antisémitisme musulman, oui. La misogynie, l'homophobie et la phallocratie catholiques, non ; le patriarcat, la chasse aux homosexuels, les mutilations sexuelles arabo musulmanes, oui. Les croisades, non ; le djihad, oui. La croix, non ; le croissant, oui. Ce catéchisme est devenu celui de la France nihiliste. Qui aurait pu prévoir un pareil retour du religieux ?

À quoi ressemble le plaidoyer de Michel Foucault pour cette contre-révolution politique qui, réinstallant les choses sur le terrain d'avant 1789, entend *restaurer les pleins pouvoirs de la théocratie* – ce qui se révèle l'exact contraire de la démocratie ?

La réponse se trouve dans une série d'articles que le philosophe publie dans le

Corriere della Sera, en Italie, donc. En septembre 1978, il arrive à Téhéran pour faire un travail de journaliste – il fera en effet un *travail de journaliste*, c'est-à-dire le contraire d'un travail de philosophe...

Le régime du shah n'est bien sûr pas un modèle démocratique, mais il se propose d'occidentaliser, de moderniser, de laïciser, d'industrialiser l'Iran profond qui vit dans un monde traditionnel, coutumier et conservateur. Sa police politique est brutale, son armée tire à vue et fait couler le sang. L'opposition à ce régime est portée par les chiites. Si le mal est du côté du shah, alors le bien se trouve de l'autre côté de la barricade ! Le normalien agrégé de philosophie, le professeur au Collège de France, le philosophe adulé vient sur place sous prétexte de penser le réel : il n'y voit que des idées, des dissertations en deux parties, des concepts. Il ne croit pas ce qu'il voit ; il se contente de voir ce qu'il croit.

Pour préparer ce voyage, il avait lu Henry Corbin. Pas sûr que les réflexions de cet islamologue sur la nature des anges dans l'islam, sur les hiérarchies divines, sur l'heptade archangélique, sur la théologie apophatique, sur l'angélologie avicennienne ou sur la phénoménologie de l'Esprit-Saint aient été les meilleures préparations à voir le réel tel qu'il est. Que n'a-t-il tout simplement lu le Coran, les hadith et une biographie de Mahomet !

Il ne vient pas à l'esprit du philosophe que, peut-être, la théocratie n'est pas la meilleure façon d'installer la démocratie dans un pays autoritaire. Fasciné par la seule négativité, sans aucun souci de ce qui pourrait s'ensuivre, il prend parti pour l'islam politique.

Foucault ajoute un second voyage en novembre, et une nouvelle série d'articles. Le 13 février 1979, Khomeyni repart pour l'Iran : le philosophe, qui avait fait le voyage à Neauphle-le-Château, est présent à l'aéroport.

Il publie plusieurs articles dans le journal italien fin 1978.

Que disent ces textes ?

Que l'islam est la réponse à l'occidentalisation de l'Iran par le shah ; que, faute de justice, les mollahs assurent la charité en réponse à l'impéritie du régime ; qu'un musulman qui tue un autre musulman est un scandale – ce qui est méconnaître l'histoire des chiites et des sunnites depuis presque un millénaire et demi ; qu'Israël soutient le shah avec les États-Unis et la France, mais également l'Union soviétique ; que, paradoxe de normalien, la modernisation est un archaïsme – et que, de ce fait, la tradition est la modernité véritable ; que le régime est corrompu et que le shah impose à son peuple « un régime d'occupation » assimilable « à tous les régimes coloniaux » (III, 683) – et que, dès lors, s'y opposer c'est *résister* ; que la laïcité et l'industrialisation ne sont plus d'actualité – et que, par conséquent, la théocratie et l'économie féodale sont la véritable modernité ; que l'archaïsme, c'est le régime du shah et la modernité celui des mollahs ; que la vie traditionnelle défendue par les mollahs est préférable à la modernité voulue par le shah ; que « l'islam qui, depuis tant de siècles, règle avec tant de soin la vie quotidienne, les liens familiaux, les relations sociales » (III, 685) est le mieux à même d'offrir « protection » contre le régime – « sa rigueur [*sic*], son immobilité [re-*sic*] n'ont-elles pas fait sa chance ? » ; que « le gouvernement islamique » et la gauche font cause commune sans aucune difficulté – c'est la généalogie de l'islamo-gauchisme ; que le Coran permet de lutter contre le shah, les Américains, « l'Occident et son matérialisme » ; que l'islam est fasciné par la mort et le martyre – et l'on comprend que ce tropisme séduise Foucault qui partageait cette fascination ; que les prêches islamistes retransmis dans les rues par haut-parleur lui font songer à Savonarole – qui dirigea la dictature théocratique catholique de Florence sans pour autant que l'agrégé de philosophie s'en inquiète ; que le clergé chiite ignore la hiérarchie, mais qu'il faut suivre « les grands ayatollahs » parce qu'ils cristallisent la volonté du peuple ; que l'islam s'oppose au pouvoir d'État – ce que mille ans d'islam politique démentent ; qu'« un fait doit être clair : par "gouvernement islamique", personne, en Iran, n'entend un régime politique dans lequel le clergé jouerait un rôle de direction ou d'encadrement » (III, 691) – chacun mesurera l'immense clairvoyance du philosophe ; que l'islam au pouvoir protégerait les libertés, les minorités, l'égalité des hommes et des femmes, que le peuple pourrait demander des comptes à ceux qui le gouvernent ; que ce même islam politique permettrait de réinjecter du spirituel, autrement dit du religieux, dans la politique – ce qui est proprement abolir la laïcité et restaurer l'ordre théocratique que la Révolution française avait supprimé pour lui préférer l'ordre démocratique ; qu'une « spiritualité politique » (III, 694) est un projet qui a « impressionné », c'est son mot, Michel Foucault.

Parlant de cette « spiritualité politique » comme de ce que nous avons oublié « depuis la Renaissance et les grandes crises du christianisme » (toute la pensée contre-révolutionnaire en est pourtant pleine au XVIIIe et au XIXe siècle, il suffit de lire Joseph de Maistre, Louis de Bonald, Blanc de Saint-Bonnet...), Foucault écrit : « J'entends déjà des Français qui rient, mais je sais qu'ils ont tort » (III, 694).

Le philosophe avait tort *aussi* sur ce sujet : des Français n'ont pas ri, ils ont même été nombreux à souscrire à cette pensée réactionnaire et théocratique puisqu'elle venait d'un homme qui se disait de gauche. Je songe à Serge July dans *Libération* ou à Jean Daniel dans *Le Nouvel Observateur*, qui étaient également sur cette ligne-là. *Idem* avec le Parti socialiste. Ou bien encore avec *Le Monde* qui, depuis la guerre du Liban en 1975, oppose les « islamo-progressistes » aux « chrétiens conservateurs ». C'est devenu depuis lors l'idéologie dominante de ce qui se présente comme la gauche et qui se prétend progressiste.

L'islamo-gauchisme naît donc à la faveur de cette révolution iranienne lorsque Foucault estime que la pensée traditionaliste de l'islam, c'est-à-dire son antisémitisme, sa phallocratie, sa misogynie, sa théocratie, son homophobie étaient susceptibles de devenir la vérité du futur.

Il n'avait certes pas tort d'écrire : « Le problème de l'islam comme force politique est un problème essentiel pour notre époque et pour les années qui vont venir » (III, 708). Mais pourquoi diable a-t-il estimé qu'abolir la laïcité, supprimer la démocratie, renoncer au progrès, c'est-à-dire restaurer le pouvoir des religieux, réhabiliter la théocratie, rétablir la tradition, étaient les réponses politiques à apporter à la crise du monde occidental ? Le fantôme de Foucault plane sur la décadence européenne.

... et les choses

L'histoire de France, depuis cette date-là, est celle de la longue allégeance du pays aux revendications islamo-gauchistes : silence complice sur la fatwa lancée contre Salman Rushdie ; acceptation de la polygamie sur le territoire national ; promotion de droits de l'homme musulmans contre ceux de la Révolution française ; exigence de repentance pour la guerre d'Algérie ; constitution d'un islamo-syndicalisme ; exacerbation du droit à la différence ; éloge du voile islamique ; célébration des djihadistes afghans ; validation de la mutilation sexuelle qu'est l'excision ; proclamation du délit de blasphème ; assimilation du colonialisme au national-socialisme ; discrimination positive ; attaque de la liberté de conscience ; réactivation du vieil antisémitisme musulman ; refus de l'enseignement laïc ; rejet des contenus de l'Éducation nationale en matière de sciences ou d'histoire ; présentation de l'immigration comme une chance pour la France ; réécriture de l'Histoire dans le sens d'une soumission de la civilisation blanche à celles de prétendus Noirs d'Égypte et des musulmans ; refus des crèches et des sapins de Noël dans les lieux publics ; généralisation de l'abattage halal ; tolérance de la violence musulmane dans les territoires perdus de la République ; invention de la notion d'islamophobie ; réécriture stigmatisante de l'histoire de France ; et puis, le pire : justification du terrorisme musulman...

Comment peut-on en effet comprendre les réactions de tel ou tel lors de l'attentat du Bataclan qui a fait 131 morts et dont les photos, *qui existent*, sont interdites de diffusion ? Pour quelles étranges raisons ? Qui croirait qu'on peut efficacement lutter contre les totalitarismes du XXe siècle en s'interdisant de montrer, comme le fit Alain Resnais dans *Nuit et brouillard*, les cadavres du national-socialisme ? Il est vrai qu'on ne montre jamais non plus ceux du marxisme-léninisme...

Les attentats ont été nombreux qui ont permis à des journalistes, des intellectuels, des philosophes compagnons de route de l'islamo-gauchisme de réagir. Qu'on songe par exemple à Virginie Despentes qui dans *Les Inrockuptibles* (17 janvier 2015), navire amiral de cette idéologie, publie un texte sans ambiguïtés...

L'argumentaire se trouve déjà chez Houria Bouteldja : l'Occidental blanc émasculé en veut à l'homme arabo-musulman, pour utiliser la terminologie *ad hoc*, de sa virilité – voire de sa survirilité.

On pourrait se contenter de lire le titre de Virginie Despentes pour comprendre sa thèse : « Les hommes nous rappellent qui commande, et comment. » À l'évidence, il n'est pas question qu'un mâle blanc commande, ce serait fascisme, racisme, sexisme, phallocratie, homophobie, antisémitisme, et *tutti quanti* ! En revanche, s'il s'agit du Noir, de l'« Arabo-musulman » pour s'exprimer comme Houria Bouteldja, du métis pour le dire avec les mots de Guy Hocquenghem, du créolisé pour parler comme Édouard Glissant, voilà qui permet une jouissance : posséder sexuellement s'avère le grand fantasme de ceux qui, dans leurs insultes, invitent à niquer les mères ou menacent de sodomiser quiconque les aurait mal regardés. L'érotique chrétienne de l'imitation d'un corps angélique ou martyrisé pour lcs hommes ou d'une mère vierge pour les femmes n'était pas très équilibrante, mais l'imaginaire musulman en la matière ne semble guère offrir une alternative plus désirable : pénétrer le sexe de sa mère ou le rectum des hommes pour les punir, voilà qui ne cesse d'interroger...

Virginie Despentes dit qu'après les attentats du 7 janvier 2015 ayant décimé la rédaction de *Charlie Hebdo* et qui, le lendemain, a causé la mort de quatre Juifs dans une supérette casher, que sa première réaction fut d'aimer tout le monde, sans distinction... Elle dit avoir aimé *même* ceux qui n'étaient pas Charlie, ce qui ne semblait pas une performance hors d'atteinte pour qui défend la ligne islamo-gauchiste ! Comme elle a donc aimé ce qui était le plus éloigné de ses amours habituelles, elle a même « été Charlie », c'est dire l'effort.

Mais cette vague d'amour est allée plus loin encore, car, dans une déclaration qui aurait donné des frissons au pape tant pareille extension du domaine de l'amour se révélait christique, elle ajoute : « J'ai été aussi les gars qui entrent avec leurs armes.

Ceux qui venaient de s'acheter une kalachnikov au marché noir et avaient décidé, à leur façon [*sic*], la seule [re-*sic*] qui leur soit accessible, de mourir debout plutôt que de vivre à genoux. J'ai aimé aussi ceux-là qui ont fait lever leurs victimes en leur demandant de décliner leur identité avant de viser au visage. J'ai aimé aussi leur désespoir. Leur façon de dire – vous ne voulez pas de moi, vous ne voulez pas me voir, vous pensez que je vais vivre ma vie accroupi dans un ghetto en supportant votre hostilité sans venir gêner votre semaine de shopping soldes ou votre partie de golf – je vais faire irruption dans vos putains de réalités que je hais parce que non seulement elles m'excluent, mais en plus elles me mettent en taule et condamnent tous [*sic*] les miens au déshonneur d'une précarité de plomb. Je les ai aimés dans le mouvement de la focale écartée en grand, leur geste devenait aussi une déclaration d'amour [*sic*] – regarde-moi, prends-moi en compte » – comme si c'était la seule façon d'accéder un jour aux soldes et au terrain de golf.

Mais la déclaration d'amour faite aux terroristes ne s'arrête pas là. Voici comment se poursuit la Passion selon Despentes : « Je les ai aimés dans leur maladresse – quand je les ai vus armes à la main semer la terreur en hurlant "on a vengé le Prophète" et ne pas trouver le ton juste pour le dire. Du mauvais film d'action, du mauvais gangsta-rap. Jusque dans leur acte héroïque [*sic*], quelque chose qui ne réussissait pas. »

Elle parle ensuite des victimes du 11-Septembre, des enfants juifs assassinés à bout touchant par Mohamed Merah devant leur école juive, en précisant : « Je ne parviens pas à faire de différences entre ces différentes façons de mourir. »

Suivent des considérations sur « la gauche momolle » de *Libération* et de *Charlie Hebdo* attaquée par ces fameux auteurs d'« actes héroïques » – dont les assassinats d'enfants juifs... Finalement, Virginie Despentes se résout à défendre tout de même cette gauche de droite – l'honneur est sauf, les lecteurs de *Libé* qui vont aux soldes et jouent au golf, ceux des *Inrockuptibles* aussi, *idem* avec ceux du *Monde*, ou les auditeurs de France Inter auront eu peur pour rien ! Ils pourront voter Macron au second tour des présidentielles...

Virginie Despentes avoue également ne pas savoir « faire le rapport entre ce qui s'est passé et l'islam » ... Faut-il en pleurer ou en rire ? On comprend dès lors pourquoi tant de sottises peuvent être proférées : les attentats du 11-Septembre ? Aucun rapport avec l'islam. Le massacre du Bataclan ? Aucun rapport avec l'islam... Le meurtre d'enfants juifs par Mohamed Merah ? Aucun rapport avec l'islam... Les douze morts et onze blessés de la rédaction de *Charlie Hebdo* ? Aucun rapport avec l'islam... Les meurtres de

Juifs dans la supérette casher par les frères Kouachi ? Aucun rapport avec l'islam…

Elle ajoute : « Je voyais juste l'ironie absurde du truc : ces mecs [*sic*] de *Charlie* transformés en martyrs, et l'extrême droite de l'alliance UMP-FN pissant sur leurs tombes. Eh oui, ça nous a fait bizarre, à nous les judéo-chrétiens – moi, blondasse blanche aux yeux clairs en tête –, de voir que toutes les civilisations ne vont pas s'écrouler en même temps, et notamment la culture musulmane a l'air d'être sur un premier temps quand nous sommes dans les dernières notes de la partition. Après les avoir méprisés, humiliés, et être nés convaincus de notre supériorité – quitte à se sentir un peu coupables, du coup, mais tellement supérieurs –, oui, ça nous a fait bizarre de comprendre que nous ne ferons pas partie des forces qui comptent, demain. Ce n'est pas inintéressant, mais c'est étrange à vivre, le crépuscule d'une civilisation. »

Quand elle comprend, Virginie Despentes donne son explication des raisons de la haine : « Ce sur quoi on tire, c'est la preuve de ce que nous sommes responsables de notre échec. » Le criminel est donc une victime et la victime un criminel.

Un exemple pour qui ne comprendrait pas cette théorie par trop subtile : quand Mohamed Merah met le canon d'une arme sur la tempe d'un enfant juif et qu'il le tue, le coupable n'est pas Mohamed Merah, mais celui qui a rendu possible son geste – la plupart du temps un mâle blanc de cinquante ans judéo-chrétien... Quand Merah tire c'est un Blanc qu'il faut pendre.

La leçon de Virginie Despentes est que ces attentats sont vraiment condamnables pour une seule raison : ils ont généré une association du terrorisme à l'islam (on se rappelle que l'auteur rebelle multidécoré qui était alors membre du jury Goncourt n'a pas vu le rapport...) et de l'islam à tous les musulmans, ce qui est bien dommageable pour l'épicier du coin chez qui l'auteur de *Baise-moi* fait ses courses.

Ajoutons que, peut-être, on pourrait trouver une seconde raison qui ferait de cette terreur une mauvaise pioche : ces attentats ont effectivement généré une législation policière autoritaire qui est plus grave, *in fine*, que la mort des journalistes de l'hebdomadaire satirique. L'idée qu'une patrouille de police puisse arrêter la voiture de Virginie Despentes et lui demander d'ouvrir sa malle était en effet le signe que nous vivions dans un État bien plus dangereux que la menace de ceux qui, en criant « *Allah Akbar !* », tuaient froidement des enfants juifs dans une école, des clients juifs dans un magasin casher, des journalistes dans une salle de rédaction.

Finalement, foin des questions religieuses, de l'islam, du terrorisme, des attentats, des morts, du sang, la vraie question, finit par découvrir l'intellectuelle de Saint-Germain-des-Prés, c'est… « la masculinité » ! « Je crois que ce régime des armes et du droit de tuer reste ce qui définit la masculinité », écrit-elle.

Les tueurs sont-ils des hommes ? Voilà qui prouve incontestablement que les hommes, *tous les hommes*, sont des tueurs : « puisqu'ils n'enfantent pas, ils tuent », assène-t-elle dans un aphorisme qu'on croirait sorti du patronage où les dames catéchistes enseignent le bien et le mal.

Elle conclut, cette fois-ci comme la mère supérieure qui chapotait la réunion de catéchèse : « Quand et comment ferme-t-on les usines d'armement ? » En effet. Comment n'y ai-je pas pensé plus tôt : si on fermait les usines d'armement il n'y aurait plus aucun meurtre ! Car c'est en effet dans les usines d'armement que les frères Kouachi ont acheté leurs armes avec leur carte bleue. Où avais-je la tête ?

Les intellectuels de gauche ont donc marché sur des œufs pour expliquer que, finalement, les coupables étaient de bien pauvres victimes et les victimes de piètres coupables !

C'est ainsi que dans *Qui est Charlie ?* sous-titré *Sociologie d'une crise religieuse* (2015), Emmanuel Todd a expliqué que les millions de gens qui sont descendus dans la rue pour condamner le terrorisme qui venait de faire couler le sang étaient… des islamophobes ! Il faut un certain talent, sinon un talent certain, pour produire ce genre de paradoxe, mais, à Paris, ce jeu de bonneteau est une marque de fabrique.

Todd se réclame de la sociologie de Max Weber, mais prend au sérieux les statistiques publiées par *Libération*... Les analyses semblent judicieuses, mais elles ne sont pas scientifiques contrairement à ce que des cartes, des tableaux, des statistiques pourraient laisser croire. Cet ouvrage est un travail politique et militant, on ne lui en voudra pas de cela, mais nullement une production scientifique. Dès lors, on pourra remettre en cause cette pétition de principe qu'il serait un chercheur qui interprète objectivement les faits comme il le prétend.

La thèse de cet ouvrage est simple : la déchristianisation de la France a laissé le pays sans repères. La classe moyenne s'est alors cherché un ennemi. Il écrit : « La xénophobie, hier réservée aux milieux populaires, migre vers le haut de la structure sociale. Les classes moyennes et supérieures cherchent leur bouc émissaire » – elles l'ont donc trouvé avec les musulmans.

Précisons en passant que cette association gratuite et assez peu scientifique des classes populaires d'hier à la xénophobie reste à démontrer : on sait en revanche que nombre de journalistes, d'intellectuels, d'éditeurs, d'écrivains, de philosophes, d'universitaires, d'acteurs, de comédiens, de cinéastes, de juristes, d'académiciens, de compositeurs n'ont pas été les derniers à cautionner la xénophobie, le racisme et l'antisémitisme de Vichy. Quand de Gaulle lance son appel du 18 Juin, ce sont de modestes marins qui répondent les premiers, pas des universitaires.

Le sociologue refuse qu'on puisse dire « les musulmans » en affirmant qu'il s'agit d'une fiction, d'« une catégorie fantasmatique ». Toutefois, il n'a aucune difficulté à parler des Français, des Allemands et des Anglais en réactivant la vieille théorie du caractère des peuples. La femme française fera ceci, l'intellectuel anglais cela, le penseur russe cette autre chose...

Par ailleurs, l'ouvrage use et abuse de la catégorie récusée. On n'a donc pas le droit d'essentialiser en disant « les musulmans » si l'on émet des réserves, mais si l'on en dit du bien, on le peut. Les musulmans sont ainsi, tous, les fidèles d'une « religion *minoritaire* portée par un groupe *défavorisé* » – les italiques sont de l'auteur...

Bien sûr, autre lieu commun de la méthode islamo-gauchiste, les jeunes qui brûlent des voitures dans les banlieues ne sauraient relever de la catégorie des délinquants ; ils saccagent le bien des pauvres par amour de la France et de ses valeurs républicaines puisqu'ils revendiquent de cette manière l'égalité que leur promet la devise de la République. Patriotisme inédit en effet...

Autre lieu commun de l'islamo-gauchisme, la critique de la laïcité qui serait en fait une arme de guerre dissimulée pour attaquer les seuls musulmans. Le sociologue passe de la laïcité au laïcisme qu'il présente comme une religion intolérante. Le droit au blasphème est pour lui « le droit de cracher sur la religion des faibles » – il n'empêche que dans sa conclusion il le défendra tout de même...

Le chercheur qui a trouvé décrète également que l'athéisme accompagne obligatoirement « un monde dépourvu de sens et une espèce humaine sans projet ». Il est donc « générateur d'angoisse ». La thèse marxiste de la religion comme opium du peuple n'est donc plus valide : la religion musulmane est entendue comme l'idéologie d'un salut légitime auquel sont contraintes de pauvres victimes musulmanes exploitées par le méchant capitalisme...

À la question : pourquoi l'islam séduit-il ? Emmanuel Todd répond : « L'existence d'un idéal combinant morale (!) individuelle, projet collectif et beauté [*sic*] possible de l'avenir peut aider les hommes dans leur effort pour devenir autre chose que de fragiles animaux lâchés dans un monde dépourvu de sens. C'est pour cela que nous devons envisager la possibilité que l'islam contribue positivement [*sic*], dans certaines [*sic*] circonstances et dans certaines [*sic*] de ses variétés, à l'équilibre psychologique [*sic*] des individus, à leurs bons résultats scolaires et à leur intégration [*sic*] réussie dans la société française. » Rappelons que cette « démonstration » se trouve dans un ouvrage qui accable ceux qui ont défilé pour dénoncer les attentats...

Si l'islam génère un idéal, une morale, un projet, une beauté, un équilibre, de bons résultats scolaires, une intégration sociale réussie, voilà qui mériterait plus que des affirmations péremptoires : on aimerait voir ces fameux chiffres, ces indispensables tableaux, ces incontournables statistiques qui valideraient la scientificité de ce qui, sinon, relève du plus pur performatif ! On dispose hélas de quantité de chiffres qui tendent plutôt à prouver le contraire.

Si Emmanuel Todd estime que la catégorie « musulman » est fantasmatique il pense aussi que l'islam n'a pas grand-chose à voir avec le Coran ! Voilà pourquoi il peut faire d'une religion dont le texte fondateur s'avère à plus d'un endroit misogyne, phallocrate, antisémite, belliciste, une idéologie... égalitaire ! Voire, en Indonésie, une chance pour les femmes !

Certes le sociologue, même s'il ne l'est pas des religions, n'ignore pas qu'il existe des versets qui avalisent franchement l'inégalité des hommes et des femmes ou qui théorisent qu'un témoignage de femme ne vaut pas celui d'un homme, outre qu'en cas d'héritage les parts sont inégalement réparties selon qu'on est d'un sexe ou de l'autre.

Comment se sortir d'une pareille impasse ? En niant contre toute vérité et contre toute évidence que ces versets produisent encore des effets dans la réalité !

C'est ainsi qu'Emmanuel Todd écrit : « Nulle part dans le monde musulman les règles d'héritage contenues dans le Coran ne sont appliquées » ! Je doute qu'en Afghanistan ou au Yémen, au Qatar ou en Arabie saoudite, pour ne parler que de deux ou trois pays qui me viennent à l'esprit, on jette le Coran à la poubelle pour lui préférer la Déclaration des droits de la femme d'Olympe de Gouges.

De même, les jeunes dans les banlieues sont eux aussi, *dixit* le sociologue, plus dévots de la révolutionnaire féministe que de la charia. Notre savant va jusqu'à affirmer que les beurs des banlieues ont fait « les neuf ou dix dixièmes du chemin vers une conception égalitaire des statuts de l'homme et de la femme ». On appréciera le caractère scientifique d'une pareille assertion : on imagine bien que Max Weber ne se fût pas contenté d'une méthode qu'on qualifiera « à la louche », le fameux « neuf ou dix » ; *Libération*, en revanche, si !

Emmanuel Todd propose une généalogie de l'antisémitisme qui n'est pas piquée des hannetons : pas question d'aller questionner le texte coranique lui-même qui regorge de passages antisémites, ni même de solliciter les hadith qui confirment cette haine des Juifs contre lesquels Allah appelle au massacre ou bien encore les guerres menées contre les Juifs par le Prophète, l'antisémitisme est le produit... de l'islamophobie !

Ceux qui ont peur de l'islam – c'est l'étymologie d'islamophobe – parce que entre autres vilenies il est fondamentalement antisémite sont donc ceux-là même qui créent l'antisémitisme. Cette pirouette idéologique s'avère une fade et plate resucée de la thèse sartrienne selon laquelle l'antisémite crée le Juif, mais c'est d'une bêtise insigne ! Il suffit de lire le Coran, parole sacrée de Dieu lui même faut-il le rappeler, pour constater que l'antisémitisme est l'une des bases même de l'islam. Mais comme Emmanuel Todd affirme que les musulmans n'ont désormais aucun souci du Coran tout devient possible. Des antisémites peuvent donc être absous, car le seul coupable c'est l'islamophobe... qui récuse l'islam antisémite !

Enfin, dernière pirouette, mais pas des moindres, Emmanuel Todd voit dans l'explosion des mariages mixtes en France le signe... du racisme ! N'importe qui y verrait le contraire, mais pas le sociologue ! Pour quelle raison ? Réponse du jongleur : la mixité vise l'assimilation, or l'assimilation exige la négation de la diversité au nom d'un néo-républicanisme traité de tous les noms et accusé de tous les maux – néo-vichysme, nationalisme, néo-fascisme, bien sûr on convoque également l'extrême droite... Un

Blanc qui épouse une Noire, ou l'inverse, se fait donc le compagnon de route du maréchal Pétain. On appréciera la rigueur scientifique d'une pareille analyse sociologique.

Pour finir, Emmanuel Todd invente des idées qui ne manquent pas de piquant : il existe en effet selon lui « plusieurs universalismes », dont « un universalisme restreint aux hommes » ! Dès lors l'universalisme des Lumières qui s'adresse aux hommes et aux femmes sans distinction de couleur, de religion, de fortune ou de condition en est un parmi tant d'autres, il a autant droit de cité que l'universalisme musulman qui exclut les femmes, les juifs, les chrétiens, les mécréants, les athées, lcs agnostiques.

Que faire ?

Emmanuel Todd répond simplement : le communautarisme. « Il s'agit finalement, par réalisme et nécessité, d'admettre pleinement, joyeusement, qu'il existe désormais, dans la culture française, une province musulmanc. » Il invite moins les musulmans (qui n'existent pas, rappelons-le...) à se franciser (ce qui serait fascisme et racisme...) que les Français à s'islamiser. L'islam dispose déjà d'un mot pour nommer cela : la dhimmitude qui est l'autre nom de la soumission.

La rhétorique islamo-gauchiste assimile les musulmans d'aujourd'hui aux Juifs entre les deux guerres du XXe siècle. Emmanuel Todd n'y échappe pas. Mais c'est aussi la thèse d'un livre du journaliste Edwy Plenel qui s'intitule *Pour les musulmans*.

Que dit cet ouvrage ?

Dans ce livre, fort étrangement, on ne trouve pas les mots Coran, Mahomet, hadith, charia, Prophète ! On n'y trouve aucune référence à une sourate ou à un verset, deux autres mots qui, d'ailleurs, n'y figurent pas non plus. Djihad et djihadisme sont également introuvables. Étrange opus…

De quoi est-il donc question dans cet ouvrage ? Du colonialisme comme péché originel de notre culture et d'inégalité des civilisations, de déchéance de la nationalité et de laïcisme intolérant, de port du voile et de refus de l'assimilation, d'éloge du communautarisme et de négation de la possibilité même de parler de civilisation judéo-chrétienne, de Juifs et d'affaire Dreyfus, d'Émile Zola et de racisme d'État, d'opium du peuple aussi. C'est un livre de journaliste qui obéit aux règles de la corporation.

Quelles sont-elles ? J'en vois six : essentialiser, godwiner, si l'on me permet ce néologisme que je vais expliquer, verbigérer, exagérer, dénier, amalgamer. Cette esquisse d'un discours de la méthode journalistique permet de voir combien cette profession a largement débordé son monde pour proliférer un peu partout – notamment en philosophie, ce que Gilles Deleuze avait parfaitement analysé lors du surgissement des nouveaux philosophes…

Premièrement : *essentialiser*. Edwy Pleyel a beau s'en défendre et dénoncer cette façon de faire, c'est pourtant la sienne ! La preuve ? On n'a pas même besoin de lire la totalité de son livre : le titre suffit : *Pour les musulmans*. Car, que signifie « les » dans la formule « les musulmans » ? Sinon qu'ils constituent une seule et même entité qui n'appelle pas plus de précisions. Existe-t-il des musulmans contemporains du Prophète ou des musulmans des banlieues françaises, des musulmans érudits et des musulmans incultes, des musulmans pacifistes et des musulmans terroristes, des musulmans lettrés et des musulmans frustes, des musulmans sunnites et des musulmans chiites, des musulmans magrébins et des musulmans asiatiques, des musulmans en pays musulmans et des musulmans en pays chrétiens, des musulmans belliqueux et des musulmans tolérants, des musulmans intégristes et des musulmans des Lumières, des musulmans blancs et des musulmans noirs, des musulmans nés tels et des musulmans convertis, des musulmans qui ont lu plusieurs fois le Coran qu'ils connaissent par cœur et des musulmans qui n'en ont jamais lu une ligne, des musulmans pratiquants et des musulmans buveurs de bière, des musulmans homophobes et des musulmans homosexuels ? Peu importe. Tout ce monde-là constitue « les musulmans » dont on peut parler comme s'il s'agissait d'un seul et même homme !

Edwy Plenel fustige « l'essentialisation xénophobe [qui] justifie l'essentialisation identitaire » (p. 57) au nom d'une essentialisation islamophile. Il n'aime pas qu'on parle des musulmans comme s'ils étaient une seule et même communauté homogène s'il s'agit de les critiquer, mais il nous entretient lui-même des musulmans comme s'ils constituaient une communauté homogène afin d'en faire l'éloge en tant que damnés de la Terre.

Dès lors, le prince héritier d'Arabie saoudite qui dirige sa monarchie pétrolifère en dictateur insoucieux de toute démocratie, dans un total mépris des droits de l'homme, méritant les foudres de toutes les organisations qui veillent au respect de ces droits, *parce qu'il est musulman*, serait lui aussi un damné de la Terre ? Lui et toute sa famille, puis tous les siens ? *Idem* avec les tyrans du Qatar ? Ou les gouvernants de l'Iran ? Qui peut croire une chose pareille ?

Cette essentialisation trouve sa théorie dans de longues dissertations sur « l'Autre » (p. 141) avec une majuscule... On ne fait pas plus essentialisation qu'avec ce concept creux, vide, ronflant, fleurant bon le jargon philosophique des phénoménologues ! Qui est l'Autre dont se gargarisent d'aucuns qui citent Levinas ? C'est toujours un Même fabriqué sur un moule semblable, dupliqué *ad nauseam* pour les besoins de la cause. L'Autre, c'est personne, juste une figure idéalisée, une notion, une idée platonicienne qu'on ne voit jamais parce qu'il n'existe que des multiplicités, des diversités, des altérités. Plenel écrit à un moment : « Cet Autre qui, dans nos sociétés, a pris figure de musulman » (p. 143). On ne peut mieux dire que cet Autre est un Même conçu comme un prototype permettant toutes les variations journalistiques et pamphlétaires possibles.

Plenel est un *réaliste*, au sens philosophique médiéval du terme, autrement dit quelqu'un qui croit à la réalité des idées plus qu'à la vérité des multiplicités. Il ne croit pas ce qu'il voit, mais il voit ce qu'il croit. Et il y a peu entre le réaliste dans cette acception et l'idéologue pour lequel le réel n'a jamais lieu puisque l'idée fait la loi à sa place. Le musulman plénélien n'existe pas, sinon comme une allégorie à l'aide de laquelle toutes ses variations idéologiques sont possibles.

Deuxièmement : *godwiner*. Je propose ce néologisme à partir du point Godwin qui définit la propension qu'ont les hommes à invoquer la Shoah pour empêcher toute analyse un peu fine, et ce afin d'interdire toute réflexion tant soit peu complexe. Cette criminalisation de l'interlocuteur interdit qu'on puisse débattre avec lui. Il est *de facto* un monstre assimilable aux nazis.

Edwy Plenel ne titre pas par hasard : *Pour les musulmans*. Car, puisque Émile Zola a publié un *Pour les Juifs* (p. 67) à la faveur de l'affaire Dreyfus, il faut bien qu'Edwy Plenel, à la lueur de cette nouvelle affaire Dreyfus qu'est l'affirmation qu'il existerait « un problème de l'islam en France » (p. 39), reprenne le flambeau et soit le Zola de son temps.

Les musulmans seraient donc stigmatisés, méprisés, détestés, persécutés en France comme les Juifs l'ont été dans l'histoire du XXe siècle. Ils sont pensés comme un « ennemi de l'intérieur (le juif hier, le musulman – ou, indistinctement, l'Arabe aujourd'hui) » (p. 54) – les majuscules et les minuscules sont de l'auteur.

Si les musulmans d'aujourd'hui sont les juifs d'hier, alors où sont les Drumont et les Maurras du jour ? Finkielkraut, répond Plenel… Où sont les supports médiatiques dans lesquels la haine contre les musulmans se trouve déversée chaque jour ? Sur France Inter, très précisément dans les *Matinales* de cette station acquise à la plupart des thèses de Plenel – le livre s'ouvre sur une dénonciation de cette radio du service public qui pratique pourtant chaque jour la recette du pâté d'alouette en invitant un cheval islamophile et une alouette critique de l'islamophilie (p. 39). Il y eut même un temps, sur France Inter, sous la houlette de Patrick Cohen, une liste noire des gens à ne pas inviter, dont la plupart auraient pu jouer le rôle de l'alouette dans un pâté qui était alors franchement de cheval, avec la bénédiction de la direction de ce service public vivant de l'argent du contribuable et qui ne s'en émut pas quand la chose fut sue...

Y a-t-il un journal qui serait l'équivalent de *L'Action française* ? Oui. C'est *Libération*... Interdit de rire... Dans un premier temps Edwy Plenel pointe « la responsabilité des [*sic*] médias » (p. 60), eux aussi essentialisés, en estimant qu'ils construisent, véhiculent, banalisent « la stigmatisation d'une population d'hommes, de femmes et d'enfants, au prétexte de leur identité religieuse, spirituelle ou communautaire » (p. 60). *Libération* ? *Le Monde* ? *L'Humanité* ? *L'Obs* ? *L'Express* ? *France Inter*, *France Culture*, *France info* ? *France 2* ? Des médias qui propagent une mauvaise image des musulmans, ah oui, vraiment ?

Mais où sont les lois antimusulmanes comme il y eut à Vichy, le 3 octobre 1940, des lois antijuives qui interdisaient aux Juifs d'être magistrats, enseignants, médecins, fonctionnaires, militaires, journalistes, cinéastes, metteurs en scène, administrateurs ou gérants de théâtre ? Quel équivalent à la loi du 2 juin 1941 qui racialise les Juifs eu égard à leurs ancêtres ? qui leur interdit les décorations dont la Légion d'honneur ? qui élargit les interdictions de travailler aux artisans, commerçants, industriels, professions libérales, banquiers, publicitaires, agents immobiliers, négociants, courtiers, exploitants de forêts, éditeurs ? Quelle administration travaille à la discrimination concrète des musulmans comme le fit le commissariat général aux Questions juives créé par la loi du 29 mars 1941 ?

Le projet d'une déchéance de nationalité qui fit suite aux attentats était en effet une sottise destinée à produire un effet médiatique, mais cela ne suffit pas à conclure que les musulmans du jour sont les Juifs d'hier. À quoi je n'aurais pas l'outrecuidance d'ajouter que, parmi les plus véhéments opposants à l'islam, fût-ce Jean-Marie Le Pen, aucun n'a envisagé ou proposé l'équivalent d'une rafle du Vél'd'Hiv, d'une déportation massive de musulmans dans des camps de concentration et encore moins d'extermination. De même qu'on cherchera en vain ce que serait un plan massif de destruction des musulmans d'Europe dans des chambres à gaz, ce qui, faut-il le rappeler ici ? hélas oui, reste associé au peuple juif. Voilà pourquoi on ne devrait pas invoquer ou évoquer ce moment de l'Histoire de façon si légère.

Troisièmement : *verbigérer*. Cette légèreté avec l'Histoire trouve son équivalent dans la légèreté sémantique dont fait preuve Edwy Plenel qui jongle, sans grand souci de leur sens véritable, avec des mots comme « racisme », « xénophobie » ou « islamophobie » et qui sont utilisés en renforcement du point Godwin.

Edwy Plenel parle en effet d'un « racisme antimusulman » (p. 51). Or le *racisme* est discrimination à l'endroit d'une race. Depuis quand « les musulmans » constituent-ils une race ? La pensée magique du politiquement correct imagine que supprimer le mot « race » suffit pour abroger la chose, que l'abolition d'un signifiant entraîne par la même occasion la disparition de son signifié. La même pensée magique qui ne veut plus entendre parler de race ne voit en revanche rien à redire en présence de la pensée dite antiraciste : si les races n'existent pas, alors le racisme (qui est discrimination à partir des races) n'existe pas non plus, comment dès lors pourrait-on être antiraciste, c'est-à-dire lutter contre la discrimination de races qui n'existeraient pas ?

Les musulmans ne sont d'aucune couleur en particulier. Du moins, disons-le autrement, ils sont de toutes les couleurs – de toutes les races, comme on disait à l'époque de Jean Jaurès et Jules Ferry, ou François Mitterrand en leurs temps coloniaux... Ils sont blancs en Europe, jaunes en Chine, noirs en Afrique, métis partout sur la planète, mais aussi noirs en Europe, jaunes en Afrique ou noirs en Chine...

Il en va de même avec la *xénophobie* – qui signifie étymologiquement haine de l'étranger. Mais en quoi un Français qui manifesterait une incompatibilité d'humeur avec la religion d'un musulman, français comme lui, montrerait-il une telle haine ? Il existe huit millions de musulmans en France dont un très grand nombre sont français : s'opposer à leur religion n'est pas manifester la détestation d'un étranger, c'est juste émettre un jugement de valeur sur une vision du monde – en l'occurrence religieuse et théocratique. En quoi est-ce criminel ?

Même remarque avec *islamophobie*, un mot dont Edwy Plenel nous dit qu'il n'est pas d'origine iranienne, ni contemporain du pouvoir des ayatollahs, comme il est souvent dit, « alors que son invention est bel et bien française, remontant à 1910 » (p. 93). On aurait aimé plus d'informations : à quelle date exacte, avec quelle étymologie, sous la plume de qui, dans quel document, avec quel sens particulier, dans quels usages qui nous auraient été précisés avec des citations d'auteurs ? Car l'étymologie de la racine « phobie » signale une peur de l'islam – pas une haine. La peur d'une chose ne s'accompagne pas forcément de la haine de ladite chose. Pas plus que la haine de cette chose ne s'accompagne de sa peur.

Cette façon d'utiliser ces trois mots pour fustiger l'interlocuteur permet une variation sur le thème du point Godwin : si rappeler qu'on trouve dans le Coran des versets comme je l'ai dit homophobes, misogynes, phallocrates, bellicistes, antisémites, et ils s'y trouvent vraiment, et que leur usage politique *fait peur* à quiconque défend les valeurs de la république, à savoir liberté, égalité, fraternité, laïcité, féminisme, parce qu'il estime ces valeurs en danger ; si dire tout cela, c'est être coupable de haine à l'endroit de tous les musulmans de la planète, alors effectivement plus aucun dialogue n'est possible.

D'où ce quatrième temps : *exagérer*. Par exemple avec cette thèse : « L'impératif d'assimilation est une euphémisation de la disparition » (p. 106). L'auteur montre que, quand il veut, il sait utiliser les mots avec plus de finesse qu'il ne fait avec racisme, xénophobie ou islamophobie. Car le mot « disparition » annonce la couleur. En effet, la disparition, ce peut être celle de la lettre *e* chez Perec ; mais, bien sûr, c'était attendu, c'est bien plutôt à celle des six millions de Juifs dans les chambres à gaz qu'il est fait allusion... Suit alors cette péroraison : « Une façon de souhaiter que les musulmans de France, à quelque degré qu'ils le soient, ne le soient plus. Ne le disent ni ne le revendiquent, ne l'expriment ni ne l'assument. Et c'est ainsi que les apprentis sorciers qui, trop souvent, nous gouvernent enfantent des monstres. Car qui ne voit, dans cette accoutumance à l'intolérance, le cheminement d'un appel plus sourd à ce que, pis encore, les musulmans ne soient plus. À ce qu'ils nous débarrassent d'eux-mêmes ou à ce que nous nous en débarrassions. À ce que l'humanité diverse que recouvrent, dans le langage courant, les mots de musulman, d'arabe ou de maghrébin, soit désormais dehors, en dehors » (p. 106). Où l'on voit que Plenel peut ne pas toujours essentialiser ; mais où l'on comprend également que, derrière ce discours, se cache le sous-entendu d'un projet d'extermination – le mot aurait été trop gros, mais la chose est bien là tout de même... Et Plenel de passer de « la négation d'une minorité » à la négation « éventuellement [*sic*] de son existence » (p. 106) ! Nous y sommes...

Rions un peu en lisant la suite du paragraphe dans lequel, concernant « la visibilité des musulmans dans l'espace public », Edwy Plenel fustige des « polémiques récurrentes, faites d'exagérations médiatiques où s'épanouit un journalisme d'opinion plutôt que d'information » (p. 107). Chacun sait en effet que notre auteur est un journaliste d'information qui n'a évidemment rien à voir, mais vraiment rien du tout, avec le journalisme d'opinion !

Cinquième temps : *dénier*. Plenel écrit : « Entre argent et terrorisme, richesse de régimes obscurantistes et violence de radicaux intégristes, les musulmans de France sont embarqués dans une réprobation universelle, rendus coupables de méfaits et de crimes qui leur sont lointains et étrangers, par simple délit d'appartenance, d'origine ou de croyance » (p. 64). Dont acte.

Mais où et quand, par qui et avec qui, dans quelles circonstances et en quelles occasions Edwy Plenel a-t-il vu que « les musulmans de France », une essentialisation nouvelle, ont été « embarqués dans une réprobation universelle », qu'ils ont été « rendus coupables de méfaits et de crimes » ? Qu'est-ce qui lui permet d'affirmer que les crimes de musulmans, revendiqués comme tels au moment de leur passage à l'acte par leurs auteurs suivis de près par l'État islamique, n'auraient rien à voir du tout, nulle part, jamais, aucunement, avec un certain type d'islam que Plenel englobe dans son plaidoyer *Pour les musulmans* ?

Il n'y a pas de réprobation universelle – il suffit d'aller en Iran, dans la bande de Gaza, au Qatar, en Arabie saoudite et dans de nombreux autres pays ; ni même une réprobation française ! Les crimes antisémites commis par des musulmans qui revendiquent leur religion pour légitimer leurs forfaits sont nombreux, on le sait. La liste en est impressionnante. Quel catalogue macabre un islamophile pourrait-il exhiber qui comporterait les crimes et les assassinats commis en France contre des musulmans *au seul prétexte qu'ils seraient musulmans* ?

Ailleurs, Plenel enfonce le clou et écrit que « jamais les crimes commis par de prétendus [*sic*] musulmans » (p. 129) – etc., etc. Le titre de l'ouvrage du journaliste est clair : il a choisi « les » et pas « des », donc

« tous ». Que faire alors de ceux qui sont *indéniablement* musulmans, pratiquants, qui observent les obligations de l'islam, font leurs cinq prières quotidiennes, respectent les interdits et pratiquent les rituels, vivent les observances et ont choisi l'islam guerrier, conquérant, militaire, assassin ? *Quid* du djihadisme ? C'est simple : aux yeux d'Edwy Plenel, ceux-là ne sont pas musulmans... L'affaire est ainsi facilement réglée. À ma place, mais à front renversé, Edwy Plenel parlerait probablement de « révisionnisme » ou de « négationnisme » pour qualifier pareil escamotage.

Dans cet esprit, à propos du 11-Septembre et de ses suites, Plenel parle d'un « terrorisme identifié [*sic*] à l'islam » (p. 133) – et non pas d'un *terrorisme islamique*. Nommer les choses, ou ne pas les nommer, voilà matière à réflexion. Ne parler nulle part du djihadisme dans un ouvrage consacré à défendre « les » musulmans est significatif, car, s'il existe un problème, ça n'est nullement avec *les* musulmans, mais avec *des* musulmans – une minorité qui salit le restant de la communauté, et c'est un grave péché politique et éthique, sinon religieux et théologique, de ne pas faire la distinction.

Sixième temps, et ce sera ma conclusion : *amalgamer*. De la même manière qu'Edwy Plenel refuse l'essentialisation mais la pratique à outrance, il refuse l'amalgame (p. 164) mais le pratique avec la même ardeur... Ce sont probablement les mystères de la dialectique néo-trotskiste ! Car notre auteur combat le seul amalgame qui consiste à mettre tous les musulmans dans le même sac afin de faire payer à la totalité de la communauté un crime (qu'au demeurant il ne reconnaît d'ailleurs pas...) commis par une poignée seulement. Dans l'islam, il ne sépare pas le bon grain pacifique de l'ivraie terroriste – ce qui est un pur parti pris idéologique de journaliste qui vaut bénédiction discrète de la cause terroriste.

Car c'est un autre amalgame d'imaginer qu'ont tort ceux qui affirment que les musulmans sont *tous coupables* des crimes d'une minorité alors que lui aurait raison quand il n'affirme qu'*aucun ne l'est*. Car il y a au moins parmi « les musulmans » ceux qui perpètrent les attentats terroristes et ceux qui ne voient rien à y redire, voire d'aucuns qui les soutiennent et ne sont pas quantité négligeable[1].

C'est le danger et le piège de l'essentialisation : si l'on parle des musulmans comme d'un tout infracassable, il faut bien qu'il soit ou tout bon ou tout mauvais. Et

1. Un sondage ICM publié par *Newsweek* révèle que 16 % des Français musulmans soutiennent l'État islamique. Un soutien qui grimpe à 27 % chez les 18-24 ans. Un sondage du Pew Research Center signale qu'en France 42 % des jeunes musulmans soutiennent les attentats suicide.

Plenel a choisi : il est tout bon. Par conséquent, ce qui serait mauvais ne saurait être musulman. Comment dès lors pourrait-on encore débattre ?

LETTRE 7

SUR L'ANTIFASCISME

Les mots...

La dissociation radicale entre le signifiant et le signifié est l'un des signes du nihilisme contemporain : quand ils deviennent étrangers l'un à l'autre, nous évoluons sans erreur possible dans le règne de l'autisme et de la verbigération pour elle-même. Quand la chose dite n'entretient plus aucune relation avec le mot qui dit cette chose, alors le langage est mort.

Le triomphe de ce babélisme place les humains en dessous des animaux, car ceux-ci disposent d'un langage qui articule signifiant et signifié – cri de peur, cri de frai, cri de parade, cri de guerre, cri tribal, cri de domination, cri de soumission, cri de territoire, etc. Il n'existe chez aucun d'eux un cri dépourvu de sens ; chez nous, il y en a pléthore...

Il existe également un langage des plantes qui communiquent par l'éthanol, afin de transmettre des informations à leurs congénères : un danger pour leur vie par exemple, ce qui, de la part des végétaux, suppose donc la mémoire d'un passé toxique et la crainte qu'il ne devienne un présent dangereux pour leur futur. Conscience, mémoire, souvenir du passé, capacité à se projeter dans l'avenir, volonté de construire un présent, articulation d'un franc langage avec signifiant et signifié : il semble qu'un chêne dispose parfois de plus de vertus que tel ou tel humain...

Orwell a montré combien il entre dans le projet d'un régime totalitaire de travailler à la destruction du langage : quand signifiant et signifié se trouvent définitivement séparés, que l'orthographe est devenue facultative après avoir été dite la science des ânes, que la grammaire passe pour réactionnaire, le style pour dépassé ou signe d'affectation, la syntaxe une vieille lune, l'écriture inclusive la panacée prétendument progressiste, la conjugaison antédiluvienne, la pensée, le raisonnement, l'argumentation, la démonstration ne sont plus du tout possibles.

Qui niera que nous n'y sommes pas ?

Nombre de mots sont devenus des coquilles vides faciles à remplir avec tout et n'importe quoi. Pour en rester au domaine politique : pétainiste, maurassien, vichyste, antisémite, fasciste, nazi, extrême droite, stalinien ne veulent plus rien dire tant ces syntagmes sont utilisés comme des insultes sans souci de la sémantique véritable…

Comment en est-on arrivé là ?

L'effondrement de l'Éducation nationale n'y est pas pour rien, bien sûr. Quand on n'apprend plus l'Histoire à l'école, comment pourrait-on savoir ce que chacun de ces mots recouvre et signifie ? Pour saisir leur sens véritable, il faudrait connaître la vie et l'œuvre de Philippe Pétain et de Charles Maurras, ce qu'a été le régime de Vichy, ce qui a distingué le maréchalisme du pétainisme et du vichysme, ce qu'est l'histoire de l'antisémitisme depuis la vindicte chrétienne contre le peuple dit déicide des premiers siècles du christianisme jusqu'aux antisionistes de l'islamo-gauchisme contemporain, en passant par l'antisémitisme de la gauche anticapitaliste au siècle de la révolution industrielle, mais également celui du IIIe Reich national-socialiste. Faute de connaître toutes ces références, ces mots flottent dans l'air vicié comme autant de signifiants sans signifiés.

À l'impéritie de l'école doublée de celle des familles et de l'anti-éducation proposée par les médias et les réseaux sociaux, j'ajoute la distorsion d'un travail idéologique qui préempte ces mots chargés de sens historique, mais vidés par ceux qui ont intérêt à réécrire l'Histoire en leur faveur pour les remplir de contenus fautifs.

Pour examiner les mécanismes de cette opération de dévitalisation des mots suivie de leur reprogrammation fautive, retenons le mot « fascisme ».

À l'origine, il qualifie le projet politique de Benito Mussolini en 1919. Une partie de la gauche s'y oppose et se dit antifasciste alors qu'elle soutient l'Union soviétique qui incarne pourtant une autre façon d'être fasciste – à gauche...

Or, Mussolini commence son trajet politique à gauche, Adolf Hitler propose un national-socialisme dont jamais personne ne se demande pour quelles raisons il est socialiste ! « Nazi » est en effet la contraction de *nationalsozialismus*. *Quid* de ce socialisme-là ?

Nombre de personnes ayant incarné le fascisme français sont également issues de la gauche : Marcel Déat vient du socialisme, la SFIO pour être exact, il fonde en 1941 le Rassemblement national populaire, un parti « socialiste et européen » qui soutient la collaboration avec l'occupant. De même, Jacques Doriot, haut placé dans la hiérarchie du Parti communiste français, crée-t-il en 1936 un parti fasciste, le Parti populaire français, qui lui aussi militera pour la collaboration avec les nazis. Cet ancien communiste, qui porte la Légion des volontaires français contre le bolchevisme sur les fonts baptismaux, revêt même l'uniforme allemand sur le front de l'Est. *Idem* avec Drieu la Rochelle qui publie en 1934 un *Socialisme fasciste* dans lequel il associe les deux termes sans vergogne. Le même Drieu écrit dans son *Journal*, à la date du 10 juin 1944, qu'il souhaite le triomphe du communisme... Pareillement avec Lucien Rebatet, collaborationniste notoire, qui fut un temps communiste[1] avant de devenir l'auteur du *best-seller Les Décombres* réédité en 1976 par Jean-Jacques Pauvert sous le titre *Les Mémoires d'un fasciste*[2].

1. On trouve rarement cette information... Elle gêne, en effet. On la doit à Lucien Rebatet lui-même qui la donne dans *Les Mémoires d'un fasciste*, édition Jean-Jacques Pauvert, p. 116 : « Sans doute, à Lyon, au sortir du collège des Pères, à dix-huit ans, sur les conseils d'un vague copain, je m'étais inscrit au groupe communisant "Clarté", par bravade anticléricale et anarchique. » Ledit groupe n'était pas communisant, il était franchement communiste.

2. J'ai lu ces presque neuf cents pages à cette époque dans cette édition qui s'ouvrait sur cet avertissement : « Certains lecteurs vont être choqués par la republication des *Décombres*, livre de polémique fasciste et raciste. Ce livre, publié il y a trente ans, sous l'occupation allemande, est pourtant un document historique de première importance. En ce qui concerne les doctrines qui l'ont inspiré, et contre lesquelles la lutte est toujours nécessaire, leur éternelle actualité justifie qu'une nouvelle publication instruise et mette en garde ceux qui n'ont pas vécu ce drame. »
Certes. Mais alors, si l'on se réclame du devoir de mémoire et de la nécessité de parler pour l'Histoire, pourquoi avoir caviardé cette édition sous prétexte que Rebatet aurait évolué entre l'Occupation et les années 1970 (il meurt en 1972) et qu'après la guerre il n'aurait pas été aussi antisémite que dans les années 1930 et 1940 ?

Quasiment personne n'interroge cette étrange collusion du fascisme avec la gauche, et pourtant...

Puisque Lucien Rebatet a été fasciste et qu'il n'a jamais renié l'avoir été, j'utiliserai *Les Décombres* pour donner de cette notion une définition *historique* afin de faire pièce à ses usages *hystériques* qui contribuent à banaliser le fascisme ; donc, à effacer ce qu'il fut dans l'Histoire et, de ce fait, à faciliter son retour sous de nouveaux habits dont je dirai quels ils sont...

Le fascisme est un révolutionnarisme : il n'est pas à confondre avec le conservatisme,

---

C'est ainsi que la fin des *Décombres* intitulée « Petite méditation sur quelques grands thèmes » a carrément disparu de cette réédition ainsi qu'un total de coupures d'une dizaine de pages... C'est pourtant dans ce chapitre, « Petite méditation », qu'on trouve le manifeste fasciste de Rebatet : haine des Juifs, désir d'un christianisme fasciste, mépris de l'État-major militaire français, etc.
Quand Rebatet est invité par Jacques Chancel dans sa fameuse émission *Radioscopie* le 10 décembre 1969, il dit ne rien regretter de ce qu'il fit et fut... Quelle mouche avait donc piqué Jean-Jacques Pauvert, par ailleurs thuriféraire de Sade, pour travestir ainsi la vérité, amoindrir la violence du texte de Rebatet et faire de lui un fasciste présentable ?
On préférera l'édition que donne Pascal Ory dans *Le Dossier Rebatet*, Robert Laffont, coll. « Bouquins », 2015.
Mes notes de lecture ayant été prises sur l'édition Pauvert, elles sont hélas indexées sur sa tomaison et sa pagination.

qui est volonté de changer le moins possible la tradition, ou avec la pensée réactionnaire qui veut restaurer un ordre ancien, perdu. C'est donc un projet de radicalité justifiant que Rebatet ait combattu Maurras et l'Action française, trop nationalistes, trop germanophobes pour lui qui se voulait régénéré dans une Europe conduite par l'Allemagne nationale-socialiste, ou trop désuètement monarchiste quand il souhaitait un chef calqué sur le modèle hitlérien, mais également contre Pétain, Vichy et son régime trop conservateur, trop bourgeois, trop... gaulliste, c'est son analyse ! Pétain était selon lui conservateur et traditionaliste, trop catholique et pas assez païen, et Maurras réactionnaire par son souhait de remettre un roi sur le trône de France. *Les Décombres* sont remplis de phrases assassines sur Maurras au marbre de *L'Action française* ou dans son bureau, mais également sur le vieux maréchal Pétain perdu dans un aréopage de snobs, de mondains, de déclassés, de beaux parleurs, de dilettantes, d'anglo-gaullistes – *dixit* l'auteur fasciste...

C'est dans cet esprit que Rebatet, qui déteste les idéaux des Lumières et de la Révolution française, fait tout de même l'éloge du jacobinisme des conventionnels de 92 qui sont pour lui « de rudes gaillards, pirates, boutefeux et bourreaux, mais de quelle encolure ! et qui avaient su mourir debout, le juron à la gueule ! » (I, 404). On sait que le fascisme aime Marat, Saint-Just et Robespierre – tout comme Lénine…

Le fascisme est un bellicisme, il refuse et récuse toutes les formes de démocratie parlementaire, il hait la république et s'avoue intrinsèquement violent. Les élections sont associées à un pouvoir que les fascistes estiment systématiquement aux mains des Juifs, des communistes, des radicaux-socialistes et des francs-maçons suspectés de faire passer leurs intérêts avant ceux de la France.

Les Décombres paraissent alors que la France a connu la montée des périls, Munich, le pacifisme, l'entrée en guerre d'Hitler, le pacte germano-soviétique, la mobilisation, la drôle de guerre, l'invasion, la débâcle, l'exode, l'armistice… Rebatet décrit cette histoire de France avec beaucoup de haine, de mépris, de sarcasme, de rancune, d'ironie… Il n'a qu'une seule explication à tout cela : le Front populaire est responsable de tout ! Blum est juif, d'autres aussi dans ce gouvernement, on y trouve également des francs-maçons, des communistes, des radicaux-socialistes, le tout faisant la loi à la Chambre des députés ! Il concatène donc la gauche, les Juifs, le capitalisme, le parlementarisme dans une même détestation.

Le fascisme refuse le jeu démocratique et lui préfère la violence, la prise du pouvoir par des moyens illégaux, le coup de poing et les combats de rues. Il abolit les élections auxquelles il préfère le charisme d'un chef auquel le peuple se soumet sur le principe du guide, du conducteur, du chef – Duce en Italie, Führer en Allemagne, Caudillo en Espagne, Conducator en Roumanie.

Le fascisme est un européisme. Rebatet n'aime pas la France et les Français, il méprise le nationalisme de Maurras et le conservatisme de Vichy, il vomit sur le gaullisme qu'il prend pour un jouet anglo-américain, il ne trouve pas étonnant de penser qu'en acceptant de se soumettre à l'Allemagne la France recouvrerait... sa souveraineté ! Il parle en effet des victoires allemandes et annonce qu'il faut « s'en accommoder, traiter avec le vainqueur pour alléger le poids sur la France de sa défaite, lui rendre sa souveraineté entière » (II, 20). C'est donc en étant soumis au joug national-socialiste qu'on est libre !

Or ce joug est européiste : le projet national-socialiste consiste, en effet, à produire une Europe... nationale-socialiste. Rebatet souscrit au projet du parti fasciste de Doriot, le Parti populaire français, de « construire une Europe unie » (II, 28). Il formule le projet collaborationniste en l'associant au projet européiste : « Qu'attendions-nous pour proclamer officiellement la seule politique praticable et raisonnable : l'offre de collaborer sans plus de retard avec l'Allemagne, la candidature d'une France nouvelle à ce prochain ordre européen » ? (I, 542.)

À la fin de ses *Mémoires d'un fasciste*, Rebatet écrit : « Je m'en prends aux Allemands. Ils perdent la guerre parce qu'ils n'ont voulu ni su prendre la tête de la révolution fasciste en Europe, de l'Ukraine à la Bretagne. Ils nous ont bernés, trahis » (II, 193). Et Rebatet de geindre, de se plaindre, de prétendre qu'il se trouve déshonoré d'avoir suivi des gens sans honneur… « Depuis deux mois, maquisards, miliciens, commandos de la Wehrmacht et des SS ont été saisis d'une folie sanglante dont je ne suis en rien responsable. Mais elle m'éclabousse, me teint en monstre » (*ibid.*) – et de continuer à pleurer sur sa chétive petite personne pendant plusieurs lignes… Que des SS soient devenus des monstres assoiffés de sang seulement à la fin de la guerre, voilà une singulière façon d'écrire l'Histoire !

Le fascisme est un césarisme. Rebatet dit du bien du « génie » (I, 73) d'Hitler, mais aussi de « l'admirable général Franco » (p. 508), du « grand homme » (II, 122) Mussolini, de Salazar (p. 508). La haine du peuple entendu comme un ramassis d'alcooliques, de crétins, d'abrutis, de crasseux, d'incultes se double d'une célébration du chef seul capable de donner à cette masse informe une tenue. Le peuple est une terre glaise sans valeur tant que le chef ne lui a pas donné une forme qui est une force.

Alors qu'il raconte la débâcle, Rebatet écrit : « Curieux peuple, étonnant nourrisson qu'un soldat. Deux bâtons de chocolat, quatre gâteaux secs, et le voilà ému aux larmes, conquis, bouillonnant d'enthousiasme. Qu'ils sont candides et dociles dès qu'un des petits gestes qu'il fallait a été fait devant eux ! Comment n'ambitionnerait-on pas de les conduire ? » (I, 504.)

Le même déteste les gens modestes, les gens de peu, les gens simples : « Nous avions des métallos, des mineurs, des chauffeurs du Nord, trop souvent typiques d'un prolétariat sournois, méchant, violent, communiste rouge sang, gorgé de haine et de casse-pattes industriel » (I, 486). Puis il associe dans une semblable détestation les Normands, les Béarnais, les Gascons, les Berrichons, les Champenois, les Marseillais, les Bourguignons, mais aussi les Parisiens. Il n'aime pas les Parisiens, mais il aime Paris – « ma ville » (I, 593). Il abhorre la province et les provinciaux.

Tout cela grouille et fermente, bouge et pue, se décompose et sent la vinasse. Rebatet estime que le Front populaire s'est soucié de ces gens-là, il a raison ; il croit que, pour en finir avec ce souci du peuple réel, il faut promouvoir un peuple idéal, celui que la volonté du dictateur transforme en acier et en marbre, en Idée pure et en Concept lumineux.

Le fascisme défend donc « le parti unique, absorbant et régularisant la vie politique du pays. Il restaure le pouvoir autoritaire, le seul naturel, le substitue au pouvoir incertain et malin issu des élections perpétuellement faussées » (p. 572). La suppression des partis politiques et des syndicats abolit la vie démocratique et républicaine au profit du régime fasciste dans lequel la loi s'identifie à la parole du chef. Le parti unique est la chambre d'enregistrement de la volonté du dictateur qui, quand il parle, édicte le droit, formule la loi et indique la direction à prendre.

En ce sens, *le fascisme est un optimisme*, car il estime que l'homme est naturellement mauvais – ce en quoi il se distingue de Rousseau, de la philosophie des Lumières et de l'idéal de la Révolution française qu'il vomit –, mais que, via son chef, il peut le rendre bon.

Voilà pourquoi, dans « Petite méditation sur quelques grands thèmes » il peut écrire : « L'espérance, pour moi, est fasciste » (p. 573). Il utilise également cette formule dans un article du journal collaborationniste *Je suis partout* en septembre 1943, alors que les affaires du Reich se portent mal sur le terrain international.

Mussolini avait rédigé un travail sur Machiavel et l'avait construit sur la base de son anthropologie : l'auteur du *Prince* estime en effet que l'homme n'est pas naturellement bon et qu'en matière de politique il faut composer avec cette version pessimiste de l'humanité et de l'Histoire. D'où le recours à la formule romaine de la dictature pour réaliser un projet – les provinces italiennes réunies dans un État pour Machiavel, la société et l'Europe fasciste pour le Duce et l'auteur des *Décombres*.

Alors qu'il se propose de résumer la doctrine, Rebatet écrit : « Le national-socialisme, ou le fascisme, est l'avènement du véritable socialisme, c'est-à-dire du socialisme aryen, le socialisme des constructeurs, opposé au socialisme anarchique et utopique des Juifs. Lui seul peut faire l'équilibre entre le besoin d'équité, l'ajustement raisonnable de la société au monde moderne, et le besoin de l'autorité hiérarchisée » (p. 572). Le socialisme juif est donc le marxisme-léninisme alors que le socialisme aryen est le national-socialisme. Voilà pourquoi il écrit dans *Les Mémoires d'un fasciste* : « Le communisme, ce fascisme rouge » (II, 53).

Le fascisme est un posthumanisme, il travaille à la construction d'un homme nouveau, il s'agit, écrit Rebatet, de « refaire l'âme des Français » (I, 554). Pour cela, au contraire de Pétain ou de Maurras qui composent avec le christianisme, voire qui s'appuient sur lui, Rebatet se fait violemment anticlérical. Il ne va pas jusqu'à se dire athée, il ne souscrit pas non plus aux fables païennes ou néo-païennes d'un certain nombre de nazis, mais il se dit agnostique.

Cet homme nouveau est celui d'un ordre clairement sexué : les hommes doivent être virils, les femmes féminines, les premiers sont des soldats et des ouvriers, les secondes, des épouses et des mères. À propos des femmes, de toutes les femmes, Rebatet parle souvent des « femelles » ; il fustige les homosexuels et les associe aux Juifs – il parle des « Juifs parisiens, invertis sucrés » (I, 453).

Cet homme nouveau est entendu comme un homme racialement pur, physiquement propre. *Le fascisme est un hygiénisme*. Dans *Les Décombres*, Rebatet décrit les Français comme des bêtes, des porcs, des gens sales, veules, gras, adipeux, alcooliques, grossiers, vulgaires, épais. Nombre de pages stigmatisent l'ivrognerie, la crasse et la saleté des Français. Il fustige un peuple désœuvré, fainéant, intéressé par le jeu, peureux, couard, prêt à toutes les manigances. C'est bien sûr le Front populaire qui, selon lui, a flatté ce peuple des bistrots et du vin rouge, du saucisson et du tiercé, des vacances et du camping.

Cet hygiénisme des corps passe par un hygiénisme des races : *le fascisme est un racisme*. Il commence par les Juifs associés à tous les vices, à toutes les turpitudes possibles et imaginables – *le fascisme est un antisémitisme*. Il écrit : « J'avais déjà violemment pris à partie les Juifs tout au long de mon texte. J'hésitais à leur consacrer encore une diatribe générale. N'était-ce pas piétiner inutilement des vaincus qui ne pouvaient plus répondre, dont le statut serait légalement réglé par l'Europe fasciste de demain ? Mais ils n'avaient point eu ces scrupules quand ils dominaient arrogamment. Ils possédaient d'innombrables défenseurs. Ils avaient voulu avec passion cette guerre. Ils en subissaient maintenant les cruautés. C'était justice. Ils avaient formé le complot mondial du judaïsme contre la paix, après avoir travaillé si longtemps à nous désarmer, nous désunir, nous inoculer la gangrène marxiste. Ils s'étaient exclus ainsi de la communauté française. Je leur attribuais la plus lourde part dans notre désastre. Je ravivai, concentrai ma fureur en quelques pages, inaccessibles à la pitié. Je faisais ma guerre, moi aussi » (II, 54). Rebatet souscrit à l'opposition entre les sémites, coupables de tout, et les aryens, perpétuelles victimes de ces derniers. Il continue avec d'autres peuples : les Tsiganes, les étrangers venus d'Europe centrale, les Noirs et les Arabes, races inférieures qui corrompent le génie occidental blanc – *le fascisme est une xénophobie*.

Cet hygiénisme a son modèle : le peuple allemand sculpté par Hitler. *Le fascisme est un virilisme* : Rebatet aime les enfants blonds du Reich, les soldats courageux et valeureux, les travailleurs qui ne rechignent pas à la tâche, les femmes qui épousent un homme pour lui donner une grande famille. En 1927, jeune homme de dix-neuf ans, il fait déjà l'éloge de la virilité du Duce dans son journal (II, 116). Il agit de même avec Hitler : « Mon sentiment le plus net était une admiration grandissante pour Hitler. On me reprochera en 1942 comme une flagornerie ce mot. Peu importe. Je préfère être insulté que de commettre une impropriété de langage ou de me donner le ridicule d'une circonlocution. Du nouveau hourvari le Führer seul sortait encore vainqueur, assis sur une conquête positive et solide, affirmant devant un monde de larves la vigueur de ses muscles et de sa volonté » (I, 144 ; voir également I, 66 et I, 73).

Il aime depuis ses plus jeunes années la chose militaire : la caserne est pour lui un modèle de société (II, 36). Il apprécie la marche des soldats, l'entraînement, les séances de tir. Il estime que « l'armée reste un des derniers lieux de notre monde qui rendent les hommes à leur fraîcheur naturelle » (I, 301) : elle purifie le peuple – « ici, les âmes sont lavées, reposées des grimaces et de l'hébétude du servage pour le pain quotidien. Elles sont nues et naïves ». Il avoue sa fascination pour les jeunes officiers SS qu'il trouve « racés, distingués » (II, 209) et regrette de ne pouvoir les rencontrer qu'à la fin de la guerre. C'est à eux qu'il aurait fallu, écrit-il, confier le destin de l'Allemagne, donc de la France, donc de l'Europe nationale-socialiste. Il admire l'armée du Reich et se pâme devant « tous les millions de soldats allemands formant la plus parfaite, la plus puissante et la plus savante machine de guerre de tous les temps » (I, 571). On comprend qu'en face il décrive « l'armée de Daladier » sale, crasseuse, resquilleuse, indisciplinée, tire-au-flanc ; elle retourne, écrit-il, « à l'état de la horde démocratique, des informes troupeaux de toute décadence, où le soldat-citoyen met aux voix l'ordre de bataille et retourne chez lui quand la soupe n'est pas bonne » (I, 304). Enfin, Rebatet n'hésite pas à parler du « beau visage » de Pétain « sérieux, calme, plein, demeuré si viril sous la majestueuse blancheur de l'âge » (I, 560) alors qu'en même temps il fustige la France, « pays d'eunuques » (I, 336) ayant connu « une déculottée phénoménale » (I, 533)...

Ce virilisme suppose une misogynie qui fait des femmes des épouses destinées à la reproduction. *Le fascisme est un phallocentrisme*. Rebatet raconte le capharnaüm de la débâcle. Il nous entretient d'une jeune fille brune aux yeux bleus avec des joues roses et fermes ; elle est âgée de vingt-trois ans. Réfugiée, elle vient de Strasbourg et se trouve déjà mère de deux petits enfants. Son mari soldat d'infanterie est absent depuis six semaines. Elle ne repousse pas les avances de trois garçons. Et Rebatet de conclure : « Une débâcle bien soignée vous en apprend beaucoup plus sur les secrets des viscères femelles que cent romans d'éminents psychologues » (I, 522).

Cette célébration de la virilité doublée d'un mépris des femmes réduites à leur utérus ne va pas sans une certaine fascination pour une homosexualité de type spartiate. Rebatet écrit : « Si les gouines étaient gaullistes – on les retrouverait sous le calot et l'uniforme bleu des AFAT[1] – la pédale était fort collaboratrice » (II, 104)[2].

Enfin, cet homme nouveau n'est tenu par aucune morale de la pitié, il s'avère cruel et nullement embarrassé par la morale : *le fascisme est un antihumanisme*. Ainsi, Rebatet

1. Auxiliaires féminines de l'armée de terre.
2. Cette « hypothèse » se retrouve sous la plume de Dominique Fernandez qui a consacré à son père, Ramon Fernandez, un collaborateur d'abord tenté lui aussi par le communisme, un très gros livre dans lequel il estime qu'il existe une piste à creuser sur les rapports entre collaboration et homosexualité (*Ramon*, p. 56-57). Selon Léon-Paul Fargue, la chose étant rapportée par Aragon à Dominique Fernandez, Ramon Fernandez aurait couché avec Drieu la Rochelle (p. 144). Dominique Fernandez cite un propos que Berl a tenu à Modiano et que l'on trouve dans *Interrogatoire* : « Dans cette fascination du chef et de la force, il y avait aussi beaucoup de féminité latente, une certaine forme d'homosexualité. Au fond, chez la plupart de ces intellectuels fascistes, je pense à Brasillach, à Abel Bonnard, à Laubreaux, à Bucard, il y avait le désir inconscient de se faire enculer par les SS » (p. 140). Le cas d'un Genet qui célèbre les jeunes garçons de la Gestapo serait à examiner dans cette configuration.

affirme dans ses *Mémoires d'un fasciste*, écrits après la guerre, que les actions des résistants relèvent de la barbarie – dans la même page il parle de sauvages, de crimes odieux, d'assassins, de massacres, de tueurs de grand-mères et d'enfants[1] – et il se demande ce que la Milice attend « pour rendre la pareille à ces salopards[2] ». Or, la Milice n'a rien attendu, elle s'est même montrée particulièrement cruelle, l'Histoire en témoigne, mais Rebatet n'en dit mot. On sait, par exemple, qu'elle excellait à énucléer à la petite cuillère ceux qu'elle arrêtait avant de mettre des hannetons dans les orbites vidées puis de recoudre les paupières du supplicié. Rebatet se réjouit de l'exécution de Mandel par la Milice (II, 174). Quand il traversera l'Allemagne bombardée par les Alliés, il se dit « muet d'indignation » (II, 108). L'auteur des *Décombres* a la colère sélective…

Ses *Mémoires d'un fasciste* ont été rédigés après l'Occupation : il y travaillera jusqu'à sa mort, le 24 août 1972. On n'y trouve aucune mention de la Solution finale, aucun regret d'avoir contribué par ses écrits, ses propos et ses engagements à la destruction de six millions de Juifs, *rien*. Il trouve pourtant l'occasion de dire tout le bien qu'il pense de l'OAS (II, 156)…

Rebatet incarne l'homme nouveau : sans pathos et sans passion, sans émotion

1. II, 141
2. *Ibid.*

et sans empathie, sans humanité et sans bonté, sans mémoire aussi, ou, du moins, avec une mémoire hystérique – le contraire d'une mémoire historique. Il conclut ses *Mémoires d'un fasciste* sur cette phrase : « Je n'ai jamais nui à personne » (II, 245). Pour l'homme nouveau, le réel n'a pas eu lieu.

... et les choses

Cet « homme nouveau » n'est pas sans entretenir de relations avec celui que notre post-modernité nous prépare à coups de raciologisme, de déconstructionnisme, de décolonialisme, d'indigénisme, de théorie du genre, de marchandisation du corps des femmes. Les GAFAM disposent d'un projet de société alternatif à celui de la civilisation judéo-chrétienne c'est celui du transhumanisme. L'horizon de cette idéologie ? Un homme dénaturé et totalement artificialisé, un artefact volontariste, une chose à produire, un homme-machine démontable, remontable, réparable, achetable, vendable, négociable... Autrement dit, un animal dénaturé, un humain déshumanisé, un homme inhumain.

Quand Foucault s'amusait à annoncer la mort de l'homme dans *Les Mots et les choses*, il proposait un exercice paradoxal de normalien : il jouait en effet sur l'ambiguïté du mot « homme ». Car c'était du *concept d'homme* qu'il entretenait, de la *figure conceptuelle*, de la *notion*, de l'*agencement de signes* construit dans les deux ou trois siècles derniers et placé sous le signifiant en jeu. Débordé par ses thuriféraires qui l'ont pris au mot, le voilà précurseur d'un meurtre réel : il s'agit d'en finir avec l'homme naturel au profit d'un homme nouveau tout de Verbe.

Résumons donc ce qui constitue *vraiment* le fascisme : un révolutionnarisme désireux d'un ordre nouveau, un bellicisme qui demande à la violence d'accoucher de l'Histoire et qui fait de la guerre l'expérience existentielle par excellence, un européisme qui suppose l'étendue du territoire vital à l'Europe mais aussi à plus et plus loin que l'Europe, un césarisme qui exige le pouvoir absolu concentré dans les mains d'un seul homme, un optimisme en vertu duquel le dictateur peut guérir un pays malade, un posthumanisme qui se propose de créer un homme nouveau, un hygiénisme qui promeut des corps sains et vigoureux, sportifs et affûtés, un racisme défenseur de l'inégalité des races et de la supériorité de la race blanche, un antisémitisme qui voit des Juifs partout et en fait la cause essentielle de la décadence, une xénophobie qui transforme l'étranger en complice des Juifs dans la disparition de la France, un virilisme qui pense le mâle comme un guerrier valeureux et la femme comme une femelle reproductrice, un phallocratisme pour qui, donc, le phallus représente l'axe de la civilisation, un antihumanisme par lequel les hommes sont une quantité négligeable que l'on peut détruire sans limites pour réaliser le projet de l'homme nouveau. Certes, on peut être européiste sans être fasciste, mais le fascisme est européiste. De même avec l'optimisme ou l'hygiénisme. C'est un mélange de toutes ces composantes à doses plus ou moins fortes qui permet de qualifier le fascisme.

Le XXe siècle fut celui des fascismes : historiquement, le premier date de 1917, c'est celui de Lénine – le marxisme-léninisme, qui veut lui aussi réaliser l'homme nouveau (l'*homo sovieticus*), est en effet révolutionnariste (qui peut encore en douter ?), belliciste (il fait de la violence l'accoucheuse de l'Histoire), impérialiste (il a exporté sa révolution sur les cinq continents pendant plus d'un demi-siècle), césarien (qu'on se souvienne du culte de la personnalité de Lénine, puis de Staline), optimiste (il vise une humanité régénérée par le triomphe du prolétariat organisé en parti), posthumaniste (on l'a déjà vu, il veut un homme nouveau), hygiéniste (le sport était une éthique en même temps qu'une politique), xénophobe et antisémite (qu'on se souvienne du procès des blouses blanches et de la critique d'Israël, État sioniste), viriliste et phallocratique (exaltation du corps des hommes et des femmes dans l'art du réalisme socialiste et la statuaire soviétique).

Les autres fascismes, ceux de Mussolini en 1922, d'Hitler en 1933, de Salazar en 1933, de Franco en 1936, de Pétain en 1940, de la Grèce des colonels en 1967, de Pinochet en 1973, sont bruns, ils répondent au fascisme rouge qui est aussi chinois (1949), cubain (1959), vietnamien (1975), khmer (1975).

Il est donc paradoxal et plus qu'étonnant que le fascisme passe pour être exclusivement une idéologie d'extrême droite ! Il est en effet radicalement, au sens étymologique, à la racine, de gauche.

Cette parenté de souche rend ontologiquement possible le pacte germano-soviétique qui, entre le 23 août 1939 et le 22 juin 1941, permet cette union pas si contre nature que cela entre le national-socialisme d'Adolf Hitler et le marxisme-léninisme de Joseph Staline. Car les deux dictateurs partageaient la haine des Juifs, des francs-maçons, de la démocratie, des agents de change de la City, du gaullisme, de la bourgeoisie, du judéo-christianisme, des intellectuels libres. Au nom de ce pacte, le PCF a mené une politique collaborationniste avec l'occupant jusqu'au milieu de l'année 1941. C'est après la rupture unilatérale de ce pacte par Hitler qui envahit l'URSS (l'opération Barbarossa) que les communistes changent leur fusil d'épaule, entrent dans la résistance au nazisme et se présentent comme antifascistes après en avoir incarné l'une des modalités.

La victoire de 1945 met le gaullisme au pouvoir. Ce tournant dans les affaires françaises est accompagné d'une réécriture de l'Histoire : la complicité du PCF avec les nazis a été effacée par son entrée tardive dans la Résistance et son compagnonnage avec de Gaulle à la Libération.

Pour pouvoir gouverner la France sans demander de comptes au passé de patriotes fraîchement ralliés à la démocratie gaulliste, le Général a mis la poussière collaborationniste du PCF sous le tapis.

Depuis soixante-quinze ans, l'histoire de France gravite autour de ce refoulé, de ce silence, de ce non-dit, de cette forfaiture cachée. Le retour de ce refoulé fasciste de la gauche réapparaît avec la recomposition d'un camp qui se dit « progressiste » mais qui reste envoûté par la thématique fasciste : la production d'un homme nouveau, bien sûr, la fascination pour la révolution, l'européisme comme horizon géopolitique impérialiste, la haine de la démocratie, le racisme qui essentialise les races pour les opposer puis les hiérarchiser, la célébration de la puissance du mâle arabo-musulman contre la décadence du Blanc homosexuel.

Nombre de militants politiques de cette fausse gauche véritablement fasciste instrumentalisent la Shoah et se servent du capital d'effroi qu'elle porte pour assimiler les musulmans d'aujourd'hui aux juifs des années 1930 – c'est, on vient de le voir, la thèse d'Edwy Plenel dans *Pour les musulmans*, celle de tous les islamo-gauchistes par ailleurs si souvent antisémites.

J'ai déjà fait justice ailleurs de cette ignominie en invitant ces fascistes-là à lister les lois françaises édictées contre les musulmans depuis deux ou trois décennies : port d'un signe distinctif équivalant à l'étoile jaune, lois qui leur interdisent les professions de banquier, de médecin, de professeur, d'avocat, de juge, d'artiste, d'éditeur, de journaliste, d'acteur, de comédien, etc. Quel Vél'd'Hiv pour quels convois vers quels camps de la mort pour quelles chambres à gaz ? Combien de millions de morts avec quel zyklon B ? Avoir besoin d'écrire ces lignes donne la nausée...

Pour ma part, je n'utiliserais pas la réduction *ad hitlerum*, mais il serait facile d'inverser l'argument sophistique pour affirmer que, s'il existe aujourd'hui un peuple persécuté, c'est celui qu'attaquent les tenants de la doctrine de l'intersectionnalité, une variation sur le thème de la convergence des luttes, à savoir le peuple des Français blancs de culture judéo-chrétienne. C'est en effet lui qu'on pourchasse, persécute, moque, ridiculise, stigmatise dans les médias, au cinéma, à la télévision, dans la publicité, dans les productions artistiques, les romans, les essais, les mises en scène de théâtre, les œuvres d'art contemporain, les chansons, les émissions de variété, etc.

Les idées de l'intersectionnalité sont éparpillées, mais elles gravitent toutes autour d'un même axe : des minorités activistes se disent *ontologiquement* exploitées et revendiquent la destruction de la civilisation au profit d'un monde créolisé – pour utiliser un concept majeur d'Édouard Glissant.

Les militants de cette cause partagent avec le fasciste Lucien Rebatet le *désir révolutionnariste* de « refaire l'âme des Français » ; ils ont également en commun avec lui une *doctrine racialiste* qui s'avère raciste et, pour ce faire, n'hésite pas à opposer les Blancs et les non-Blancs en estimant que, quoi qu'ils fassent, du simple fait qu'ils sont blancs ou noirs, les uns sont toujours coupables, même quand ils sont victimes, les autres toujours victimes, même quand ils sont coupables ; ils souscrivent également à une *religion de la violence,* ils sont bellicistes et, en bon néo-marxistes, ils font de la violence la grande accoucheuse de l'Histoire.

Précisons.

Ce que veulent ces néo-fascistes de gauche est *racialiste,* donc raciste : le bien et le mal, le vrai et le faux, le beau et le laid, le juste et l'injuste ne renvoient plus à des critères éthiques mais à des critères ethniques. Ils ne pensent plus en termes de bien et de mal mais de blanc et de non-blanc. Le projet est clairement de restaurer l'inégalité des races théorisée en son temps par Gobineau.

Mais il s'agit désormais d'opposer « une personne perçue [*sic*] comme noire » et

« une personne blanche », pour utiliser les formulations de Rokhaya Diallo[1] (car un Blanc est radicalement, structurellement, ontologiquement, anthropologiquement blanc alors qu'un noir est « perçu » comme noir, mais ne l'est pas réellement, véritablement...) afin d'inverser la vapeur : le vieux racisme blanc est ainsi inversé, mais un racisme inversé, c'est toujours le racisme !

J'ai déjà dit, par exemple, que les « Arabo-musulmans », pour utiliser l'expression d'Houria Bouteldja qui parle en disant « les gens de ma race[2] », qui se sont rendus coupables de viol sur plusieurs centaines de femmes blanches en Allemagne un soir de Saint-Sylvestre étaient les victimes, parce que de couleur, alors que leurs victimes étaient coupables, parce que blanches. Quoi qu'il fasse, y compris le bien, le Blanc est un coupable ; quoi qu'il fasse, y compris le mal, le non-Blanc est une victime.

Qu'y a-t-il de si différent avec la pensée fasciste qui affirme que, quoi que fasse le Juif, il fait le mal parce qu'il est juif, et que, quoi que fasse l'aryen, il fait le bien parce qu'il est aryen ? De la même manière que le Juif était responsable tout entier des méfaits que les fascistes lui imputaient dans le passé, peuple déicide puis peuple du capital, l'aryen était innocent y compris et surtout quand

1. P. 11, 29, 109, 114
2. Houria Bouteldja, *Les Blancs, les Juifs et nous*, *op. cit.*, p. 69

il commettait un acte antisémite. Un Juif comme Marx pouvait être antisémite, mais il était du côté du mal parce qu'il était juif !

On retrouve l'argumentaire d'Houria Bouteldja sous la plume de Rokhaya Diallo pour qui un Blanc antiraciste est coupable parce qu'il a hérité de la faute blanche quand un non-Blanc raciste ne saurait être raciste puisqu'il a été racisé, autrement dit victime directe (lui-même) ou indirecte (ses ancêtres) du racisme des Blancs.

Assa Traoré pourrait bien descendre d'une famille esclavagiste malienne, parce que son grand-père était gouverneur d'une ethnie, les soninkés, qui possédait des esclaves, elle n'hérite pas, elle, de la *faute réelle* de son ancêtre, alors qu'un Blanc qui n'aura jamais été de près ou de loin concerné par la traite négrière et l'esclavagisme sera responsable d'une *faute fictionnée* à partir de sa seule couleur de peau : il sera donc coupable et responsable de la traite négrière parce que celle-ci fut pratiquée par des Blancs...

On peut bien rétorquer que la traite négrière est née avec l'islam dans la Corne est de l'Afrique au VIIe siècle de l'ère commune et qu'elle existe toujours – on enregistre à ce jour des manifestations contre l'esclavagisme pratiqué par les Traoré maliens... –, et que la traite occidentale a été abolie au XIXe siècle, ces arguments ne sont pas recevables : il faut que le Blanc soit coupable, quoi qu'il fasse, y compris Victor Schœlcher quand il obtient l'abolition de l'esclavage, et que le non-Blanc soit victime, quoi qu'il fasse.

À qui dirait qu'il s'agit là d'un racisme, les indigénistes répondraient par un élément de langage : le racisme ne saurait exister que dans le cas d'un dispositif structurel, comme le colonialisme ; si aujourd'hui un Blanc se fait insulter, racketter, tabasser, violer, violenter, torturer, tuer par un « non-Blanc », ça n'est pas du racisme, car, chaque fois, il s'agit d'un « acte isolé » – en vertu de ces arguments spécieux, il faut bien conclure qu'il n'y a pas de racisme antiblanc !

Le courage de ces militants ne va pas jusqu'à étendre ce paralogisme à l'antisémitisme, car ils savent que, au contraire de la communauté blanche apeurée et craintive, dominée et soumise, la communauté juive, elle, ne se laisserait pas faire – et elle aurait raison. Car qui pourrait user parmi cette engeance d'une pareille sophistique pour affirmer que l'antisémitisme ne saurait exister que dans un État ouvertement antisémite et qu'en dehors de cette configuration structurelle il ne saurait être qualifié tel ? L'antisémitisme n'aurait par conséquent pu être décrété que dans le cas de l'Allemagne nazie – donc seulement entre janvier 1933 et mai 1945. Avant et après, il n'y a pas eu d'antisémitisme, juste des « actes isolés »[1]...

1. Rokhaya Diallo, *La France tu l'aimes ou tu la fermes ?*, Textuel, p. 40

De la même manière que Rebatet, Brasillach, Drieu la Rochelle et autres fascistes français essentialisaient les Juifs et empêchaient ainsi d'en appeler à la responsabilité individuelle et à l'usage du libre arbitre, les racialistes essentialisent Blancs et Noirs en faisant fi de ce qu'aura dit, pensé ou fait tel ou tel dont on ne regardera que la couleur de peau.

Ce que veulent ces néo-fascistes de gauche est *belliciste*, la guerre civile ne leur fait pas peur : héritiers en cela de l'hégélo-marxisme, ils donnent à la violence le rôle moteur dans l'Histoire.

Dans *La France, tu l'aimes ou tu la fermes ?*, Rokhaya Diallo fait l'éloge de la violence, et ce à la faveur de la récupération faite par ces intersectionnels du combat des gilets jaunes.

La revendication des GJ était simple et modeste : pris à la gorge par la politique néo-libérale de l'Europe maastrichienne qui se montre faible avec les forts et forte avec les faibles, ce petit peuple disait qu'une nouvelle taxation de leur plein d'essence allait les ruiner définitivement. Après s'être fait traiter pendant un mois d'antisémites, de machistes, d'homophobes, de racistes, de xénophobes, de fachos, de compagnons de route de Marine Le Pen, de beaufs d'extrême droite par ce qui se présente désormais comme « la gauche », les gilets jaunes se sont fait voler leurs colères par ces militants dits « progressistes » qui ont finalement vu un bon moyen de travailler à la convergence des luttes qu'ils appellent de leurs vœux mais à laquelle ils ne parviennent pas. Ce hold-up a réussi : les intersectionnels n'ont aucun souci des gilets jaunes, mais ils ont celui du noyautage et de la récupération des colères populaires.

Voilà pour quelles raisons les gilets jaunes se sont vu dépouillés de leur révolte : par des *black blocs*, par les militants de la cause Adama Traoré, par des soi-disant anarchistes, par des « anarcho-autonomes » comme il fut dit par les journalistes, par des militants et des syndicalistes de la gauche officielle, ce dont témoignaient les innombrables tags ayant constellé l'Arc de triomphe le jour du saccage de ce bâtiment par ces militants que la police a pris bien soin de ne pas interpeller. Les photos de cette journée qui restent sur Internet, contrôlé comme il faut, sont écrasées par une seule qui montre un unique tag « les gilets jaunes vaincront », tous les autres ont disparu – c'est ainsi qu'on impute la responsabilité des violences aux seuls gilets jaunes !

On ne s'étonnera donc pas que, dans la revue communiste *Regards*, dès décembre 2018, Rokhaya Diallo ait publié « Gilets jaunes : la colère populaire n'est jamais élégante », un article dans lequel elle justifie la violence qu'elle attribue aux gilets jaunes mais qui est bien plutôt celle de militants qui n'ont pas craint de voler le petit peuple exactement comme les patrons qu'ils prétendent exécrer...

Bien évidemment, la violence révolutionnaire est présentée comme une non-violence sous prétexte qu'elle serait une « contre-violence » – merci Sartre...

En revanche, corrélat obligé, c'est une prétendue violence policière systémique qui se trouve fustigée et présentée par les mêmes comme le signe d'un État policier ! Un homme interpellé qui s'enfuit parce qu'il a intérêt à échapper à la police[1] est, selon la logique désormais bien connue, présenté comme une victime (quoi qu'il ait fait...), alors que le policier qui fait son travail afin de remettre un délinquant entre les mains de la justice devient immédiatement un coupable ! Le slogan soixante-huitard « CRS-SS » fait toujours la loi dans ces milieux.

Cette célébration de la violence, commune aux fascistes et à certains intersectionnels, emprunte la voie de la justification du djihadisme et du terrorisme sur le sol français. Tous ceux qui n'ont pas été Charlie, selon l'expression que l'on sait, ont manifesté une certaine bienveillance pour les auteurs des attentats.

---

1. Pour Rokhaya Diallo, Zyed Benna et Bouna Traoré « n'avaient rien à se reprocher » (p. 115), on admirera la formule : elle ne dit pas qu'ils n'avaient commis aucun forfait, mais qu'ils ne se reprochaient rien. Théo n'était coupable de rien. Pas plus qu'Adama Traoré.

Quoi d'autre chez les fascistes qui ont célébré l'hygiène de la guerre, le rôle purificateur du combat, la grandeur de la mort obtenue les armes à la main, la beauté du geste guerrier, le caractère exemplaire du sacrifice de sa vie pour la cause ?

Ce que veulent ces néo-fascistes de gauche est un *antihumanisme*. Le vieux sujet fabriqué par l'introspection de Montaigne, le *cogito* de Descartes, l'ironie de Voltaire, l'*Encyclopédie* de Diderot et d'Alembert, les Lumières de d'Holbach ou Helvétius, ce vieux sujet a vécu. Il est trop blanc, trop masculin, trop phallocentrique, trop patriarcal, trop occidental, trop européen, trop judéo-chrétien, trop écocide.

Ce vieux sujet était doté d'un libre arbitre qui lui permettait de faire ou de ne pas faire, il était doué d'une raison avec laquelle il examinait avant de décider puis d'agir, il disposait d'un esprit critique avec lequel il pouvait examiner les conditions de possibilité du vrai et du faux, du beau et du laid, du juste et de l'injuste, il pouvait être dit responsable ou coupable s'il avait fait un mauvais usage de sa raison mal éclairée par trop peu de Lumières. Tout cela est fini...

Exemple : des féministes qui souscrivaient à cette théorie du sujet classique ont estimé, à juste titre, qu'il fallait travailler à l'égalité des hommes et des femmes sans que soit prises en considération la religion, la race, la couleur. Elles pensaient que la fin de la phallocratie, le dépassement du patriarcat, l'abolition de la polygamie, l'émancipation à l'endroit de toute tradition tribale ou religieuse, constituaient un horizon universaliste désirable. Là aussi, là encore : elles avaient raison.

On l'a vu, Houria Bouteldja, quant à elle, milite pour l'abolition de ce féminisme. Pour ce faire, elle vante les mérites du patriarcat, pourvu qu'il soit arabo-musulman, de la phallocratie, pourvu qu'elle soit arabo-musulmane, du marquage tribal des corps avec une lame de rasoir, pourvu qu'il soit arabo-musulman, de la soumission des femmes aux hommes – les pères, les frères, les cousins... – pourvu qu'ils soient arabo-musulmans...

Au poteau Simone de Beauvoir ! Au feu *Le Deuxième sexe* ! « Aucun magistère moral ne me fera endosser un mot d'ordre conçu par et pour des féministes blanches[1] » : qui écrit cela ? Un fasciste français des années 1930 pour qui les femmes sont faites pour obéir à leur mari ? Non. C'est Houria Bouteldja. Lucien Rebatet aurait adoré...

Cet antihumanisme va donc de pair avec un homme nouveau de sorte que l'homme blanc, occidental, judéo-chrétien n'aura plus son mot à dire. À la place du sujet universel il

1. *Les Blancs, les Juifs et nous*, *op. cit.*, p. 71

n'y aura plus que des communautés colorées. Le Vrai, le Bien, le Beau, le Juste, même si ce furent des idées majuscules elles étaient aussi des principes régulateurs, seront (sont déjà...) balayés par le Vrai noir antinomique au Faux blanc, le Bien noir opposé au Mal blanc, le Beau noir tournant le dos au Laid blanc, le Juste noir chargé d'effacer l'Injuste blanc...

Cette société raciste, antihumaniste, belliciste, misogyne, phallocrate est préparée par des gens qui se disent antifascistes ! C'est un comble, mais il n'y a là rien que de très normal, Orwell nous avait prévenus : dans un régime totalitaire, la haine c'est l'amour, le mensonge c'est la vérité, le laid c'est le beau, la liberté c'est l'obéissance, la guerre c'est la paix, la libération c'est la soumission.

Dans cet ordre d'idées, l'antifascisme c'est le fascisme.

LETTRE 8

SUR LA DÉRESPONSABILISATION

Les mots...

Depuis ses premiers textes écrits à l'articulation du XIXe et du XXe siècle Freud travaillait à détruire la théorie du libre arbitre selon laquelle l'homme est libre et dispose des moyens de choisir entre le bien et le mal. Cette option éthique, sinon ontologique, permet de rendre l'homme responsable de ses faits et gestes, donc coupable, donc punissable. C'est tout le dispositif juridique occidental qui trouve ainsi ses fondations et sa légitimation.

Le schéma contre lequel il bataille est, bien sûr, issu du judéo-christianisme puisque la Genèse enseigne que Dieu a créé l'homme libre, que ce dernier a fait l'usage que l'on sait de cette liberté, à savoir qu'il a goûté du fruit de l'arbre de la connaissance alors que c'était interdit par Dieu. De ce fait, il a commis une faute punissable – et l'on sait que la punition fut son éviction du paradis, la mort au lieu de la vie éternelle, le travail au lieu de l'abondance, la honte et la pudeur au lieu d'une nudité sans négativité, l'enfantement dans la douleur...

Freud avait lu attentivement Spinoza, Schopenhauer et Nietzsche tout particulièrement. Il connaissait les arguments de ces philosophes qui ont détruit la théorie chrétienne du libre arbitre au nom du conatus, du vouloir et de la volonté de puissance. Certes, ces penseurs ont eux-mêmes hérité de la tradition stoïcienne qui, au nom du fatum, le destin, avant le judéo-christianisme, enseignait elle aussi que le libre arbitre est une fiction, que la liberté de choisir n'existe pas et que le déterminisme fait absolument la loi.

Quelles sont les conséquences pratiques d'une pareille théorie ? Si l'on n'est pas libre, on n'a pas le choix ; on ne saurait donc juger entre le bien et le mal afin de préférer l'un et d'écarter l'autre avant d'agir ; dès lors, si l'on n'est pas libre, on n'est pas responsable ; on ne fait pas plus le bien que le mal volontairement ; il n'y a pas à blâmer celui qui commet le mal ou à féliciter celui qui fait le bien ; on ne saurait être coupable ; ce qui rend impossible toute punition... Le vicieux n'est pas à punir, le vertueux n'est pas à récompenser. Une ontologie fataliste interdit tout châtiment. Qui voudrait sanctionner un homme irresponsable ? Au nom de quoi le pourrait-on ? Seul Nietzsche va jusqu'au bout des conséquences de cette théorie : l'homme agit par-delà le bien et le mal, il est condamné à faire ce qu'il n'aura pas choisi, il n'est donc ni punissable, ni coupable. Aucune société n'est possible dans ces cas-là...

Freud développe une théorie radicale de l'irresponsabilité.

Dans *Une difficulté de la psychanalyse* (1917), il annonce avoir infligé l'une des trois blessures narcissiques à la civilisation : on doit la première à Copernic qui, avec sa théorie héliocentriste, montre que la Terre n'est pas au centre du monde, mais qu'elle tourne sur elle-même autour du Soleil ; la deuxième est imputable à Darwin qui, avec sa théorie évolutionniste, prouve que l'homme n'est pas au centre de la Terre, mais qu'il procède d'un singe, de sorte qu'il est lui-même un animal ; comme on n'est jamais mieux servi que par soi-même, la troisième, écrit Freud, est de Freud lui-même qui, avec sa théorie psychanalytique, démontre, du moins le croit-il, que la conscience n'est pas au centre de l'homme, car il se trouve piloté par l'inconscient. La Terre n'est pas le centre du monde, l'homme n'est pas le centre de la Terre, la conscience n'est pas le centre de l'homme. Le monde devient infini, l'homme y erre comme un animal et il est mû par des pulsions comme n'importe quelle autre bête... Il n'y avait pas plus de libre arbitre chez Sigmund Freud que chez un gorille – parole de psychanalyste... Dépourvue de centres, la civilisation ne tourne plus rond.

Qu'est-ce donc que cet inconscient qui régit la totalité du comportement d'un homme ?

Freud dit qu'il ne se trouve nulle part physiologiquement mais partout d'un point de vue métapsychologique. Si la psychologie est la discipline qui s'occupe de l'âme en son sens non religieux, la psyché si l'on veut, la métapsychologie est l'activité créée par lui qui se propose pour objet ce qui se trouve *au-delà de ce qui s'avère déjà immatériel*. Où l'on mesure que ce qui sépare la métapsychologie de la parapsychologie n'est pas grand – la preuve avec la croyance aux signes conjurateurs que Freud utilisait, croyance au spiritisme sous couvert de magnétisme, croyance que, lors d'une séance de psychanalyse, si l'analyste dort, les inconscients communiquent tout de même avec l'analysé...

L'inconscient n'est donc visible nulle part mais est partout présent par ses effets : comme le péché originel pour les chrétiens, il se transmet de génération en génération. On trouve en lui la fiction d'un complexe d'Œdipe en vertu duquel le garçon veut coucher avec sa mère et tuer son père ; la fiction d'un banquet cannibale primitif au cours duquel les fils, spoliés de l'usage des femmes par leur père à leur seul avantage, l'ont tué afin de disposer desdites femmes avant de s'apercevoir de l'énormité de leur forfait, ce qui leur a fait créer la loi ; la fiction d'une première relation sexuelle entre un homme et une femme sur le mode du viol ayant déterminé depuis la relation conflictuelle entre les deux sexes ; la fiction d'une relation sexuelle systématique entre le père et sa fille dans ses jeunes années, etc.

L'inconscient est le lieu sans lieu, car c'est une dynamique, sinon une métaphore, du refoulement des pulsions socialement inacceptables qui se réduisent la plupart du temps à une seule : le désir de tuer le père pour coucher avec la mère… Le sexe incestueux et le meurtre du père, la psychanalyse ne sort guère de ces ornières pour expliquer *tous* les comportements humains.

Freud est une chose, le freudisme en est une autre. Le docteur viennois, très à droite, antimarxiste virulent, un temps compagnon de route du fascisme mussolinien, soutien du régime fasciste du chancelier Dollfuss, a écrit dans *Malaise dans la civilisation* contre le marxisme-léninisme mais jamais rien, nulle part, contre le national-socialisme. Il a même laissé le psychanalyste Ludwig Binswanger négocier avec les nazis la possibilité de ménager la psychanalyse freudienne sous le régime du IIIe Reich – en vain, comme n'importe qui de normalement constitué aurait pu le supposer : le freudisme fut catalogué « science juive » par le IIIe Reich, mais les nazis n'avaient rien à redire à la psychanalyse jungienne parce que chrétienne et non juive – le père de Jung était pasteur luthérien...

Le freudisme est l'extension de la doctrine de Freud en Autriche, puis en Europe, puis aux États-Unis, puis dans la totalité du monde. L'aventure n'est, bien sûr, pas la même en France et en Amérique du Nord.

En France, Freud est d'abord porté par Gide qui mobilise son éditeur, Gallimard, pour acclimater cette pensée qui sert ses intérêts : Freud affirme en effet qu'il existe une sexualité chez les enfants ; Gide qui est ouvertement pédophile – lire ou relire *Corydon* – y trouve bien sûr son compte intellectuel et personnel. Il est ensuite soutenu par André Breton et le surréalisme : l'hypothèse de l'inconscient foutraque et poétique ouvre grandes les portes de la destruction de la raison à laquelle aspire son mouvement littéraire. Breton, qui aimait l'astrologie, le magique, l'irrationnel, le déraisonnable, le spiritisme, trouve en Freud un compagnon de route. L'écriture automatique, qui est libération des pulsions de l'inconscient, et la pratique du cadavre exquis ouvrent un champ des possibles incroyable aux beaux-arts, notamment à la poésie et à la peinture.

À ce premier temps d'une réception littéraire, gidienne et surréaliste, nous sommes alors dans la première moitié du XXe siècle, succède un second temps qui est celui de Mai 68 et de la pensée soixante-huitarde : Freud n'y apparaît pas seul, mais flanqué de son ennemi juré, Marx ! Ce freudo-marxisme fournit le terreau des fleurs du mal qui empuantissent notre fin de civilisation.

Autant le *Freud freudien* est conservateur, réactionnaire, compagnon de route de l'extrême droite, analyste de la sexualité – mais surtout pas promoteur de sa libération, puisqu'il préfère sa sublimation par son refoulement à sa satisfaction libertaire ou libertine – autant le *Freud marxisé* compagnonne donc avec le marxisme, mais aussi avec le trotskisme, le situationnisme, l'anarchisme, sinon le nihilisme. Le freudisme veut la répression des instincts, des pulsions, de la libido ; le freudo-marxisme veut leur libération.

Politiquement, Freud souhaite un régime politique fort, capable de contenir les manifestations pulsionnelles – lire ou relire *Malaise dans la civilisation*, *L'Avenir d'une illusion* mais surtout *Pourquoi la guerre ?* ; politiquement, le freudo-marxisme prône la libération de ces pulsions et de ces instincts – lire ou relire Marcuse. Le freudo-marxisme est une perversion du freudisme, une inversion de ses valeurs.

Le freudo-marxisme est l'un des piliers de l'idéologie soixante-huitarde. Sans lui, ni le couple Deleuze & Guattari, ni Foucault, ni d'autres déconstructionnistes n'auraient été possibles. *L'Anti-Œdipe* (1972) et *Mille plateaux* (1980) sans le Marcuse d'*Éros et civilisation* (1955) ou *L'Homme unidimensionnel*

(1964) sinon *Raison et révolution* (1941), voilà qui est impensable. Les déconstructionnistes français démarquent les lignes de force du freudo-marxisme allemand.

Sur le terrain juridique, Freud ne s'est guère prononcé. Il a juste donné une conférence devant des étudiants en droit en juin 1906 sous le titre *Diagnostic de l'état des faits en psychanalyse* dans laquelle il assimile la recherche de la vérité en matière de justice à la recherche de la vérité en matière psychanalytique. L'intervention n'est pas vraiment exceptionnelle. Il affirme par exemple que l'analysé a normalement intérêt à découvrir ses secrets pour guérir alors que le criminel n'a pas le même objectif puisque, s'il est coupable, son aveu l'envoie directement en prison... Pas besoin de dons exceptionnels pour obtenir une pareille conclusion !

La pensée de Freud en la matière est bien plutôt à rechercher dans une réflexion sur les conséquences de sa doctrine : si la conscience est une fiction, que le libre arbitre n'existe pas, que l'inconscient fait la loi dans la vie d'un homme, que sa responsabilité s'en trouve donc totalement abolie, le coupable selon le droit est alors une victime selon la psychanalyse...

Dès lors, un violeur ne sera pas coupable de son forfait mais victime d'une enfance dans laquelle ses pulsions auront été abîmées par des parents ou des éducateurs eux-mêmes conduits par leur inconscient, sinon, mieux, par une société par trop répressive. Le crime sexuel n'aura rien à voir avec la conscience, la volonté, le choix, autrement dit l'*individualité*, mais il aura tout à voir avec un déterminisme auquel le pauvre homme ne pourra échapper. Si l'individu n'est ni responsable ni coupable, c'est la société qui l'est à sa place, autrement dit *la collectivité*...

De coupable qu'il était selon l'ontologie judéo-chrétienne, le violeur devient victime selon l'ordre des raisons freudiennes. On comprend que la dimension marxiste du freudo-marxisme ajoute à cette logique : si l'individu est victime et que la société s'avère coupable, c'est la société capitaliste qui est à punir. Que disent d'autre *L'Anti-Œdipe* et *Mille plateaux* – dont le sous-titre n'est pas par hasard *Capitalisme et schizophrénie* ?

La version française de cette thèse freudo-marxiste se trouve dans *Surveiller et punir* de Michel Foucault – un ouvrage qui paraît en 1975 et dont le sous-titre est *Naissance de la prison*.

Que trouve-t-on dans cet ouvrage ?

Une généalogie du système carcéral : au début, la punition est physique, anatomique, elle est celle d'un corps qu'on dépèce, écartèle, équarrit, ébouillante – le livre s'ouvre sur une description complaisante de l'exécution de Damiens qui a tenté de tuer le roi Louis XV. Mais ce spectacle du sang versé peut donner au peuple le goût du sang ; il peut vouloir reprendre à son compte cette façon violente de rendre justice. La visibilité tyrannique de cette façon de procéder peut enseigner au peuple qu'il peut lui aussi agir de la sorte avec les tyrans.

Au XIXe siècle, le pouvoir, dont la nature est de toujours chercher à se maintenir, passe donc à autre chose : il enferme afin de *surveiller et punir*. De sorte que le spectacle du châtiment public, dangereux par les idées qu'il peut donner aux dominés de se révolter, laisse place à une invisibilité de la peine qui plonge le peuple dans l'ignorance des modalités nouvelles de cette punition inédite.

Ce dispositif carcéral, professe Foucault, a été étendu aux usines, aux hôpitaux, aux casernes, aux écoles. De sorte que la prison n'est pas que dans la prison, elle est partout dans la société. Le fascisme ancien, casqué, armé, botté, visible, a été remplacé par des micro-fascismes invisibles mais actifs dans des dispositifs de surveillance perpétuelle et généralisée.

Le panoptique de Bentham, une architecture carcérale qui économise le nombre de gardiens mais rationalise leur contrôle dans une construction circulaire *ad hoc*, fournit le modèle de la gouvernementalité postmoderne. Peu de gens en surveillent un maximum en les contrôlant.

La violence molaire a laissé place aux violences moléculaires. D'où cette idée d'un nouvel antifascisme qui aurait pour tâche non plus de résister au fascisme molaire par une résistance armée, mais de résister au fascisme moléculaire par des luttes séparées à faire converger – c'est la source du désir de convergence contemporain des luttes racialistes, indigénistes, néo-féministes, genrées, etc.

Foucault pense moins la prison qu'il ne l'abolit en la voyant partout. Si l'école où l'on enseigne, l'hôpital où l'on soigne, c'est la prison, alors la prison n'est guère effrayante sauf à estimer que l'école et l'hôpital le sont. Quiconque aura suivi une scolarité normale et aura été opéré d'une appendicite pourra facilement imaginer qu'on y traite mieux le sujet qu'en prison dans une cellule verrouillée gardée par des surveillants dans un bâtiment protégé de l'extérieur par des grilles, des barbelés, de hauts murs, des fossés et des miradors… Quel hôpital dispose d'un mitard où l'on met le malade mécontent aux fers, au pain sec et à l'eau ?

Le pouvoir disciplinaire est mis en relation avec… le capitalisme. *L'Archipel du Goulag* de Soljenitsyne peut bien paraître en français en 1974, un an avant le livre de Foucault, la société disciplinaire selon Foucault et les déconstructionnistes français ne se trouve pas en Union soviétique, mais dans le régime capitaliste…

De sorte que, pour le philosophe, la police n'est pas la force qui permet l'interpellation du délinquant présumé, après constatation de son infraction, afin de le remettre entre les mains de la justice, mais le bras armé du capitalisme qui étouffe dans l'œuf tout ce qui pourrait ressembler à un début de révolte ou de révolution.

Le présumé délinquant est considéré non pas comme un coupable, ce que les faits peuvent laisser croire au policier qui travaille sur le terrain et interpelle qui lui semble avoir commis un délit, mais, version idéologique gauchiste, comme la victime de la société de contrôle activée par le capitalisme afin de couper court à toute velléité de mise en péril du régime capitaliste. De sorte que la police est intrinsèquement violente et le coupable présumé une victime avérée.

En résumé, le voleur du sac d'une grand-mère, le violeur d'une jeune fille ou le tabasseur d'un jeune racketté sont avant tout des victimes du capitalisme. Il ne vient à l'idée de personne que ces délinquants sans foi ni loi pourraient en être le sublimé, la forme la plus pure, la quintessence devenue visible, car le capitalisme, c'est, avant toute chose, d'un point de vue ontologique, la force contre les faibles et la faiblesse avec les forts...

... et les choses

Cette idéologie soixante-huitarde de l'inversion des valeurs – le coupable est la victime, la police est délinquante, la société est responsable... – imprègne la justice des années où Foucault sort son livre.

C'est ainsi qu'en 1974 Oswald Baudot, substitut du procureur de la République à Marseille, fondateur du Syndicat de la magistrature, peut s'adresser en ces termes à de jeunes magistrats :

Vous voilà installés et chapitrés. Permettez-moi de vous haranguer à mon tour, afin de corriger quelques-unes des choses qui vous ont été dites et de vous en faire entendre d'inédites.

En entrant dans la magistrature, vous êtes devenus des fonctionnaires d'un rang modeste. Gardez-vous de vous griser de l'honneur, feint ou réel, qu'on vous témoigne. Ne vous haussez pas du col. Ne vous gargarisez pas des mots de « troisième pouvoir », de « peuple français », de « gardien des libertés publiques », etc. On vous a dotés d'un pouvoir médiocre : celui de mettre en prison. On ne vous le donne que parce qu'il est généralement inoffensif. Quand vous infligerez cinq ans de prison au voleur de bicyclette, vous ne dérangerez personne. Évitez d'abuser de ce pouvoir.

Ne croyez pas que vous serez d'autant plus considérables que vous serez plus terribles. Ne croyez pas que vous allez, nouveaux saints Georges, vaincre l'hydre de la délinquance par une répression impitoyable. Si la répression était efficace, il y a longtemps qu'elle aurait réussi. Si elle est inutile, comme je crois, n'entreprenez pas de faire carrière en vous payant la tête des autres. Ne comptez pas la prison par années ni par mois, mais par minutes et par secondes, tout comme si vous deviez la subir vous-mêmes.

Il est vrai que vous entrez dans une profession où l'on vous demandera souvent d'avoir du caractère mais où l'on entend seulement par là que vous soyez impitoyables aux misérables. Lâches envers leurs supérieurs, intransigeants envers leurs inférieurs, telle est l'ordinaire conduite des hommes. Tâchez d'éviter cet écueil. On rend la justice impunément : n'en abusez pas.

Dans vos fonctions, ne faites pas un cas exagéré de la loi et méprisez généralement les coutumes, les circulaires, les décrets et la jurisprudence. Il vous appartient d'être plus sages que la Cour de cassation, si l'occasion s'en présente. La justice n'est pas une vérité arrêtée en 1810. C'est une création perpétuelle. Elle sera ce que vous la ferez. N'attendez pas le feu vert du ministre ou du législateur ou des réformes, toujours envisagées. Réformez vous-mêmes. Consultez le bon sens, l'équité, l'amour du prochain plutôt que l'autorité ou la tradition.

La loi s'interprète. Elle dira ce que vous voulez qu'elle dise. Sans y changer un iota, on peut, avec les plus solides « attendus » du monde, donner raison à l'un ou à l'autre, acquitter ou condamner au maximum de la peine. Par conséquent, que la loi ne vous serve pas d'alibi.

D'ailleurs, vous constaterez qu'au rebours des principes qu'elle affiche, la justice applique extensivement les lois répressives et restrictivement les lois libérales. Agissez tout au contraire. Respectez la règle du jeu lorsqu'elle vous bride. Soyez beaux joueurs, soyez généreux : ce sera une nouveauté !

Ne vous contentez pas de faire votre métier. Vous verrez vite que, pour être un peu utile, vous devez sortir des sentiers battus. Tout ce que vous ferez de bien, vous le ferez en plus. Qu'on le veuille ou non, vous avez un rôle social à jouer. Vous êtes des assistantes sociales. Vous ne décidez pas que sur le papier. Vous tranchez dans le vif. Ne fermez pas vos cœurs à la souffrance ni vos oreilles aux cris.

Ne soyez pas de ces juges soliveaux qui attendent que viennent à eux les petits procès. Ne soyez pas des arbitres indifférents au-dessus de la mêlée. Que votre porte soit ouverte à tous. Il y a des tâches plus utiles que de chasser ce papillon, la vérité, ou que de cultiver cette orchidée, la science juridique.

Ne soyez pas victime de vos préjugés de classe, religieux, politiques ou moraux. Ne croyez pas que la société soit intangible, l'inégalité et l'injustice inévitables, la raison et la volonté humaine incapables d'y rien changer.

Ne croyez pas qu'un homme soit coupable d'être ce qu'il est ni qu'il ne dépende que de lui d'être autrement. Autrement dit, ne le jugez pas. Ne condamnez pas l'alcoolique. L'alcoolisme, que la médecine ne sait pas guérir, n'est pas une excuse légale mais c'est une circonstance atténuante. Parce que vous êtes instruits, ne méprisez pas l'illettré. Ne jetez pas la pierre à la paresse, vous qui ne travaillez pas de vos mains. Soyez indulgents au reste des hommes. N'ajoutez pas à leurs souffrances. Ne soyez pas de ceux qui augmentent la somme des souffrances.

Soyez partiaux. Pour maintenir la balance entre le fort et le faible, le riche et le pauvre, qui ne pèsent pas d'un même poids, il faut que vous la fassiez un peu pencher d'un côté. C'est la tradition capétienne. Examinez toujours où sont le fort et le faible, qui ne se confondent pas nécessairement avec le délinquant et sa victime. Ayez un préjugé favorable pour la femme contre le mari, pour l'enfant contre le père, pour le débiteur contre le créancier, pour l'ouvrier contre le patron, pour l'écrasé contre la compagnie d'assurances de l'écraseur, pour le malade contre la Sécurité sociale, pour le voleur contre la police, pour le plaideur contre la justice.

Ayez un dernier mérite : pardonnez ce sermon sur la montagne à votre collègue dévoué.

On aura bien lu : ce magistrat invite les futurs juges à abandonner toute répression sous prétexte qu'elle est inutile ; à ne pas faire « un cas exagéré de la loi » ; à mépriser « les coutumes, les circulaires, les décrets et la jurisprudence » ; à penser que la justice n'est rien d'autre que ce que l'on en fait ; à devenir

« des assistantes sociales » ; à cesser de croire qu'« un homme est coupable d'être ce qu'il est » ; à imaginer que le délinquant pourrait avoir été autre chose que délinquant, car il est avant tout une victime de la société ; à être partial en prenant le parti des faibles, quoi qu'ils aient fait, fût-ce un viol, et à juger contre les forts, quoi qu'ils aient fait, être violés par exemple… Il faut, c'est donc écrit noir sur blanc, avoir « un préjugé favorable […] pour le voleur contre la police ». Nous y sommes…

La « gauche », ou du moins ce qui se présente comme telle, a en effet tiré les leçons de *Surveiller et punir* et elle estime qu'il faut, comme y invite Oswald Baudot, *prendre le parti du voleur contre la police*. On imagine quel genre de société on produit avec un pareil impératif catégorique : une jungle dans laquelle le plus fort met sa botte sur la tête du plus faible, le plus rusé fait la peau au moins malin, le groupe rackette l'individu solitaire. Normalement, la loi et le droit signent la sortie de l'état de nature, qui est guerre de tous contre tous, il ne sert à rien d'ignorer la nature humaine, au profit d'un état de paix civile ou sociale, même s'il n'est pas parfait. Avec la logique foucaldienne, l'état de nature devient le plus enviable : la horde primitive, l'ensauvagement, la loi du plus fort, voilà l'idéal, l'horizon indépassable…

C'est ainsi que, très concrètement, on peut lire avec les lunettes de Michel Foucault, l'affaire Adama Traoré.

Qui est Adama Traoré ?

D'abord les faits.

Il est né en 1992 dans le XIVe arrondissement de Paris d'un père immigré malien qui travaillait dans le bâtiment. Son père a eu quatre épouses, deux Françaises blanches, et deux Maliennes, qui lui ont donné dix-sept enfants. Quand il meurt en 1999, Adama devient le chef de famille. Il accumule les actes délictueux : vol, recel, violences volontaires contre la police, outrages, extorsions avec violence, menaces de mort, conduite sans permis, vol à la roulotte, usage de stupéfiants. Il fait de la prison à deux reprises pour des bagarres et des vols : entre septembre 2012 et juillet 2014, puis entre décembre 2015 et mai 2016 – soit presque deux ans et demi au total alors qu'il a vingt-quatre ans... Lors de ses détentions, il contraint un codétenu à des fellations quotidiennes – ce que valide une indemnisation de la victime à hauteur de 15 000 euros pour le viol et de 13 000 euros pour le reste. Cette somme de 28 000 euros a été accordée par la Commission d'indemnisation des victimes [sic] d'infractions.

Adama Traoré est surtout connu pour sa mort dont il convient de rappeler les détails : le 19 juillet 2016, il est en compagnie de son frère Bagui. Deux gendarmes d'origine antillaise viennent les interpeller dans le cadre d'une extorsion de fonds avec violence. Bagui se soumet à l'interpellation ; Adama s'y soustrait et part en courant au motif, dit la famille, qu'il n'avait pas ses papiers.

Comment et pourquoi ?

Un agent le rattrape, lui demande ses papiers : il fait mine de les chercher, puis profite de ce moment pour s'enfuir à nouveau. Il est rattrapé, puis menotté. Une personne arrive dans l'intention de libérer Adama Traoré qui en profite pour prendre la fuite. Le gendarme est molesté au sang par ce tiers dont on ignore l'identité. Des témoignages permettent de retrouver Adama Traoré dans un appartement où il s'est roulé dans un drap au pied d'un canapé. Il était parvenu à se libérer de ses menottes. Il refuse de coopérer. Face à la violence de cet homme qu'on dit musclé, trois policiers le maîtrisent en le plaquant au sol. Il dit avoir du mal à respirer, il est conduit à la voiture de police, le trajet dure trois à quatre minutes. Il montre des premiers signes de malaise, sa tête tombe en avant, il urine sous lui dans la voiture. La police ignore s'il simule ou non : elle le met au sol en position latérale de sécurité, appelle les pompiers, puis le SAMU qui essaie de le réanimer pendant une heure. Il meurt.

Adama Traoré, qui a passé toute sa vie en France et qui est né à Paris, est inhumé quelques jours plus tard au Mali. Bagui qui n'a pas résisté à l'interpellation est toujours en vie. Il était pourtant noir comme son frère.

L'autopsie montre qu'il n'y a aucune trace de violence, qu'il souffrait de malformations organiques, ce dont témoigne la découverte de lésions infectieuses. Elle atteste également qu'il avait consommé du cannabis. Il serait donc mort d'une crise cardiaque en relation avec une pathologie du cœur inconnue d'Adama Traoré et des siens, après un effort physique au-delà de ce que lui permettait son état de santé.

Depuis, arguant de contradictions dans les témoignages de magistrats, de policiers, de gendarmes, d'expertises suivant qu'elles sont produites par l'une ou l'autre partie, la famille nie tout en bloc et parle d'un assassinat raciste commis sur la personne d'Adama Traoré *du seul fait de sa couleur*... La même famille oublie de signaler que les versions des témoins favorables à Adama Traoré, notamment celui qui a prêté son appartement lors de sa fuite, ont également changé...

Le jeune homme ne serait donc pas mort parce qu'il a refusé de se soumettre à l'interpellation de la police et qu'il a préféré prendre la fuite, donc soumettre son corps à des efforts physiques considérables incompatibles avec sa pathologie cardiaque, mais parce que la police blanche est raciste de façon systémique, est-il dit par certains, et qu'elle tue les Noirs du simple fait qu'ils sont noirs.

Les islamo-gauchistes, de Mélenchon à l'extrême gauche de Besancenot en passant par la galaxie des autoproclamés « progressistes », socialistes, écologistes et autres communistes, les racialistes, les indigénistes, les *black blocs* ont instrumentalisé cet événement pour leurs luttes dites intersectionnelles.

C'est ainsi que, le 2 juin 2020, en plein confinement dû à l'épidémie de COVID-19 qui interdisait de sortir, de manifester, de se réunir, nonobstant la décision de l'État et l'arrêté préfectoral, une manifestation de 20 000 personnes (60 000 selon les organisateurs…) s'est tenue avec pour slogan principal : « Justice pour Adama » et ce avec la bénédiction du président de la République, Emmanuel Macron, qui a laissé faire, et de son ministre de l'Intérieur d'alors, Christophe Castaner, pour qui la loi et le droit devaient s'effacer devant l'émotion ! Je ne suis pas bien sûr que cet homme ait vraiment beaucoup lu Michel Foucault ni même les philosophes de la French Theory, mais il en fut un idiot utile, très utile.

Pour information, Bagui, Yacouba, Samba, Serene, des frères d'Adama, puis l'un de ses cousins, ont eu des problèmes avec la justice : en dehors de plusieurs affaires d'extorsion de fonds sur personnes vulnérables, en l'occurrence deux femmes sous curatelle menacées de mutilations et de mort, psychologiquement torturées pendant des jours, Bagui a écopé d'un an ferme pour trafic de stupéfiants ; deux ans et demi de prison pour Youssouf pour avoir été l'un des principaux trafiquants de drogue sur la région ; Yacouba hérite de dix-huit mois ferme et d'une interdiction de séjour dans son département pour avoir tabassé la victime violée par son frère ; il est également incarcéré pour avoir mis le feu à un bus lors des manifestations de soutien à son frère au cours desquelles des coups de feu ont été tirés ; Serene est condamné à quatre mois pour outrage au maire ; Samba hérite, quant à lui, de quatre ans de prison dont dix-huit de sursis avec mise à l'épreuve pendant deux ans pour violences avec armes[1]. Plus tard, un cousin d'Adama Traoré se noie dans la Seine alors qu'il tentait lui aussi d'échapper à la police qui cherchait à l'interpeller dans le cadre d'un vol de moto… La somme de ces actes délictuels est, pour la famille, la preuve que la police s'acharne sur eux… parce qu'ils sont noirs, bien sûr, et pour nulle autre raison !

Le logiciel freudo-marxiste revisité par la théorie déconstructionniste fonctionne ici à plein. Michel Foucault pourrait se réjouir d'assister aux travaux pratiques issus de ses thèses : les coupables sont des victimes de la société capitaliste et les forces de l'ordre sont des armes de désordre social !

Le présumé coupable qu'est Adama Traoré est racisé, donc c'est une victime ; les gendarmes qui tentent de l'interpeller alors qu'il

1. Toutes ces informations se trouvent dans la notice Wikipédia « Affaire Adama Traoré ».

s'y refuse à plusieurs reprises avec violence sont blancs, même s'ils sont antillais, donc ils sont racistes, ils sont coupables.

Désormais, il n'existe plus qu'une seule justice : punir la société capitaliste et les Blancs ses acteurs. Comment peut-on punir la société ? En l'abolissant. De quelle manière l'abolit-on ? En faisant la révolution. À quoi ressemble cette révolution ? À celle du Tribunal révolutionnaire, de la loi sur les suspects du 17 septembre 1793, de la dictature de Robespierre et de la guillotine sur toutes les places publiques.

Foucault voulait abolir la punition : ses disciples travaillent à sa radicalisation, à son extension, à sa prolifération et à sa généralisation. Désormais chacun sait qui entend *surveiller et punir*.

LETTRE 9
SUR LA CRÉOLISATION

> « *Nos récits sont des mélopées, des traités de joyeux parler, et des cartes de géographie, et de plaisantes prophéties, qui n'ont pas souci d'être vérifiées.* »
>
> Édouard GLISSANT,
> *Traité du tout-monde.*

Les mots...

On doit au poète martiniquais Édouard Glissant des incursions, voire des excursions, sur le terrain politique. L'homme qui soutenait Castro et le castrisme a élaboré le concept de « créolisation ». Un certain Jean-Luc Mélenchon y a récemment fait référence. Gageons que le néo-robespierriste aura lu au plus près les textes du poète dans lesquels ce concept se trouve activé avant de s'en faire le thuriféraire. C'est du moins le minimum qu'on puisse souhaiter.

Glissant est un disciple du tandem Deleuze & Guattari de *Mille plateaux* sous-titré *Capitalisme et schizophrénie* (1980). Voilà qui est un gage de haute tenue poétique, mais l'imaginaire fait rarement bon ménage avec un projet de société qui demande moins rêverie et poétique que réalisme et pragmatisme.

Dans *Introduction à une poétique du divers*, Glissant affirme que « le monde se créolise, c'est-à-dire que les cultures du monde mises en contact de manière foudroyante et absolument consciente aujourd'hui les unes avec les autres se changent en s'échangeant à travers des heurts irrémissibles, des guerres sans pitié mais aussi des avancées de conscience et d'espoir qui permettent de dire – sans qu'on soit utopiste, ou plutôt, en acceptant de l'être – que les humanités d'aujourd'hui abandonnent difficilement quelque chose à quoi elles s'obstinaient depuis longtemps, à savoir que l'identité d'un être n'est valable et reconnaissable que si elle est exclusive de l'identité de tous les autres êtres possibles. Et c'est cette mutation douloureuse de la pensée humaine que je voudrais penser avec vous. »

Heurts irrémissibles, guerres sans pitié, mutation douloureuse, mais aussi effets de foudre et difficiles abandons, on ne peut mieux annoncer la couleur : même pour Glissant, la créolisation s'avère traumatisante ! Malgré tout, il la souhaite, il la veut, il l'espère, il y travaille, il invite à s'y soumettre tout en disant qu'on ne peut aller contre. Il ne propose rien de moins qu'une « conversion de l'être », autrement dit un changement de paradigme. Disons-le plus clairement : une révolution pour abolir la civilisation judéo-chrétienne localisée afin de la remplacer par une civilisation créolisée mondialisée.

La civilisation judéo-chrétienne est, bien sûr, blanche, colonisatrice, oppressante, tournée vers l'Un, elle a pour foyer géographique la *mer Méditerranée* qui est fermée, qui concentre, clôt et se révèle le creuset généalogique du monothéisme qui forge et consacre le triomphe de l'Un. En revanche, la civilisation créolisée, métissée, mélangée, a pour modèle la *mer des Caraïbes*, une mer évidemment ouverte sur le transit, le passage, la rencontre, la confusion, l'échange. On l'aura compris, voilà une énième variation occidentale sur le thème du bien et du mal, du Noir et du Blanc, du vrai et du faux – une pensée blanche. Glissant qui fait l'éloge du créole (comme s'il s'agissait d'une langue unique alors qu'il en existe presque autant que de pays où elle est parlée...) n'écrit pas par hasard tous ses livres en français !

Glissant emprunte à Deleuze l'opposition, très occidentale elle aussi, très blanche donc, entre la racine et le rhizome. La civilisation judéo-chrétienne est racinaire ; la civilisation créole, rhizomique. La première suppose une filiation, un atavisme, une origine, un lignage, et, bien sûr, une prétention à l'universel qui méprise et écrase tout ce qui n'est pas lui, elle débouche sur « massacre » et « génocide », une invention blanche naturellement qui se construit sur des « mythes fondateurs » ; la seconde est composite, diverse, diffractée, multiple, dépourvue de centre et repose sur des « mythes d'élucidation ». Autrement dit, variation sur le thème des méchants Blancs et des bons Créoles, des gentils Indiens et des mauvais *cow-boys* : « La racine unique est celle qui tue autour d'elle alors que le rhizome est la racine qui s'étend à la rencontre d'autres racines. » On l'aura compris, la civilisation judéo-chrétienne est massacreuse et génocidaire alors que la civilisation créole est idyllique. Éternelle variation sur le mythe du Bon Sauvage.

Où l'on voit que Glissant oppose deux civilisations en estimant l'une détestable, la blanche et occidentale, et l'autre formidable, la créole et caribéenne. Il se fait dès lors qu'on a du mal à le croire quand il écrit : « La créolisation suppose que les éléments culturels mis en présence doivent obligatoirement être "équivalents en valeur" pour que cette créolisation s'effectue réellement. C'est-à-dire que si dans des éléments culturels mis en relation certains sont infériorisés par rapport à d'autres, la créolisation ne se fait pas vraiment. Elle se fait mais sur un mode bâtard et sur un mode injuste. »

Car la créolisation selon Glissant ne fait pas de l'élément judéo-chrétien mis en présence un équivalent en valeur de l'élément caribéen : le premier, judéo-chrétien, est en effet associé au racisme, au colonialisme, à la guerre, au génocide alors que le second, caribéen, se trouve rangé aux côtés d'un paradis dispensé de toute négativité.

Cette proposition idéologique passe sous silence l'histoire de Cham née en Orient – lire et relire la Genèse – la traite négrière initiée par les Arabo-musulmans dès le VIIe siècle qui a occasionné la mort de millions d'Africains, la multiplicité des guerres tribales africaines au cours des siècles, bien avant l'arrivée des Blancs, ou, plus récemment, le génocide rwandais, sinon le racisme qui, en Martinique, quotidiennement, à cette heure encore, n'oppose pas seulement les « Noirs » et les « Blancs », ce qui serait simple et binaire comme une pensée occidentale, mais les couleurs de peau des façons d'être « noir » : nègres, chabin, nèg-nwè, sang-mêlé, lapo sové, câpre, chapé coulis, un racisme intracommunautaire que Glissant met évidemment en relation avec des restes de colonialisme, un bon siècle et demi après son abolition. Si les gens de couleur sont racistes, c'est parce que les Blancs les ont colonisés.

Le biographe d'Édouard Glissant, François Noudelmann, rapporte une scène étrange dans laquelle l'auteur du *Traité du Tout-monde* illustre sa théorie de la créolisation avec une drôle d'allégorie. En Italie, le poète nage dans la mer Méditerranée et se fait brûler par « une méduse venimeuse ». À un enfant qui le questionne, « il explique la géographie des méduses, des êtres flottants de la surface aux abîmes, sans aucune patrie, déliés d'attache et de parenté, qui voguent parmi les courants de toutes les mers, dénuées d'origines repérables. Les méduses annoncent un autre monde, où le centre et la périphérie s'évanouiront, laissant place aux circulations les plus labiles. » Il peut paraître étrange, voire très étrange, que la méduse, connue pour la toxicité de son venin qui peut être mortel, chez la cuboméduse par exemple, serve de métaphore à la créolisation du monde ! Comment peut-on désirer, proposer et travailler à un avenir de méduses ?

Glissant ne veut pas le métissage mais la créolisation, car « la créolisation est imprévisible alors qu'on pourrait calculer les effets d'un métissage ». Autrement dit, il souhaite la créolisation sans savoir ce qu'elle produira tout en disant qu'il faut désirer et aimer ce que l'on ignore et qui ne manquera pas d'arriver. Mais s'il prétend ignorer ce qui en résultera, il se félicite de ce qui adviendra.

Ajoutons à cela que, ne sachant rien de ce qui sera, il précise tout de même : « Il peut y avoir des créolisations sans violence, il me semble qu'il peut y avoir des créolisations sans violence. Pourtant, je cherche des exemples et je n'en trouve pas ! » L'homme a soutenu une thèse d'État en philosophie à la Sorbonne, en toute bonne logique, il devrait conclure que ce qui est impossible à observer dans la réalité, *l'absence de violence lors du processus de créolisation*, n'existe pas, et qu'en revanche ce qui ne cesse de se montrer, *la violence lors du processus de créolisation*, existe et peut-être même se trouve seul à exister ! Mais nous ne sommes pas en bonne logique : Glissant pense en poète, il le revendique, ce qui l'autorise à une « poétique du chaos » ...

Toutefois, quand une intuition poétique sous-tend un programme politique à visée civilisationnelle planétaire, on peut épistémologiquement exiger autre chose que la rêverie, l'imagination ou l'utopie qui produit des ravages quand ceux qui s'en réclament veulent localiser ce qui, c'est sa définition, se veut sans lieu et le reste quoi qu'on fasse. Il est rare qu'une utopie ne s'avère pas meurtrière. On peut avoir le projet de ne pas vivre comme une méduse dans un monde de méduses. Une civilisation composée de gélatines venimeuses sans cerveau ? Non merci...

Il est dommage qu'on prenne au sérieux quelqu'un qui écrit clairement dans son *Traité du tout-monde* : « Nos récits sont des mélopées, des traités de joyeux parler, et des cartes de géographie, et de plaisantes prophéties, qui n'ont pas souci d'être vérifiées. » Car d'autres que lui, mais aidés et soutenus par lui aussi, ont pris au sérieux ces thèses-là et en font moins une « plaisante mélopée » qu'un programme idéologique et politique.

Or, des prophéties qui n'ont pas vocation à être vérifiées fondent moins une pensée poétique qu'une pensée sectaire qui demande à être crue sur parole sans souci de sa faisabilité. Une phrase du genre : « Croyez-moi, car je vous le dis, même et surtout si c'est invérifiable, car ça doit rester invérifié pour fonctionner » relève du registre incantatoire et performatif, évangélique et parousiaque. Dans tous les cas : déraisonnable.

De même, affirmer que la créolisation sera inévitable, qu'elle peut advenir sans violence, mais qu'il n'y a aucun exemple dans l'Histoire attestant que ça se soit passé *sans violence*, car l'Histoire témoigne plutôt que la créolisation advient toujours *avec violence*, voilà une drôle de façon de penser – du moins : de ne pas penser.

Glissant fait du Brésil un pays où la créolisation s'est réalisée avec succès : faut-il faire de cet État sud-américain un modèle, un appartement témoin de la créolisation ? S'il faut ne pas tenir compte de la violence, de l'insécurité, de la misère et de la pauvreté, de la prostitution, des trafics, des pleins pouvoirs donnés à la mafia, de la drogue partout, de la justice nulle part, des morts qui jonchent les rues à coup de règlements de comptes nuit et jour, s'il faut, donc, faire l'économie de tout ça, oui : vive la créolisation ! Mais si l'on veut composer avec le réel, alors cette fameuse créolisation ne paraît pas l'idéal le plus enviable !

Le même Glissant estime que le Japon se trouve être le pays le plus rétif à la créolisation. La preuve ? Le bonzaï ! Cet art millénaire s'avère en effet l'un des marqueurs essentiels de ce pays qui, avec l'ikebana, le jardin zen, le sumo, l'origami, le haïku, dispose d'une identité et n'aspire aucunement à se laisser détruire, manger et digérer – créoliser – par le Léviathan du mondialisme ! Preuve s'il en fallait une que la créolisation passe par la destruction des pays aux fortes identités afin de les diluer dans l'acide d'un métissage généralisé : pas question que le bonsaï donne des leçons ontologiques aux Antilles ; en revanche, si l'on en croit Glissant, les Japonais auraient beaucoup à apprendre des Antilles… La méduse contre le bonsaï, voilà l'alternative civilisationnelle proposée par la créolisation.

… et les choses

La créolisation s'est donc trouvée verbalement portée sur le devant de la scène par Jean-Luc Mélenchon qui, tout en se disant républicain, estime désormais que, la créolisation ayant eu lieu sur le territoire français, il faut en finir avec la république au nom d'un communautarisme qui donnerait lieu à une VIe République ! Cette République n'en aurait que le nom, elle ressemblerait bien plutôt à la démocratie des États-Unis, ce qui se trouve aux antipodes des principes assimilationnistes de la République française.

Lors du lancement de son institut La Boétie, Jean-Luc Mélenchon a dit : « Notre peuple s'est créolisé, le peuple français a commencé une sorte de créolisation qui est nouvelle dans notre histoire, il ne faut pas en avoir peur, c'est bien », en affirmant donc que ce qui commence doit être salué, aidé et aimé. Constatant cette créolisation, le leader politique, toujours en campagne pour lui plus que pour la France, affirme que cette VIe République qui constitue le noyau dur de son projet présidentiel s'avère « un besoin vital de la nation française ».

L'ancien trotskiste lambertiste fait l'éloge d'un universalisme qui reste celui de sa jeunesse, mais c'en est un autre que celui de la République française qui travaillait à l'assimilation des populations arrivantes dans leur pays d'accueil afin de conserver la diversité des pays, des peuples et des nations – le fameux Divers de Segalen si cher au cœur de Glissant qui recycle le concept d'une façon qui n'aurait guère convenu à l'auteur nullement progressiste des *Immémoriaux*.

Cette disparition de la république fut clairement appelée de ses vœux par Édouard Glissant. Dans un débat qu'il eut pour *Philosophie Magazine* avec Régis Debray, qui tenait la partition République à l'ancienne, le théoricien du *Traité du Tout-monde* affirme :

« L'idéal républicain de la fraternité, l'idée de patrie universelle, de nation élue sont des aspirations qui datent d'une époque où le monde n'était pas encore monde. » L'assimilation républicaine ? « Tout cela n'a plus aucun sens dès lors que le monde n'est plus un ensemble d'États-nations, qui se juxtaposent et, paradoxalement, tendent vers un même objet en étant ennemis. Aujourd'hui le monde est devenu inextricable, on ne peut en dégager le chemin clair et efficace. Et l'idéal de la fraternité à l'ère de la globalisation, du tout-monde, ne peut plus être l'idéal républicain : il exige le métissage. »

Comme pareil discours réjouit les partisans de la mondialisation heureuse ! Les BHL, Attali, Minc, Soros et le Capital planétaire ! Et l'on s'étonne, enfin pas moi, que le *Lider maximo* de La France insoumise puisse apporter son eau au moulin du capitalisme international qui travaille à l'avènement d'un gouvernement planétaire ! Lire ou relire *Demain, qui gouvernera le monde ?* de Jacques Attali, car ce monde globalisé, qui serait si facile à gouverner d'une seule main de fer, nécessite justement cette fameuse créolisation – un concept qui fonctionne en appui aux idiots utiles du capital.

Cette créolisation selon les vœux de Jean-Luc Mélenchon, qui suppose l'abolition et le dépassement de la Ve République au profit d'une VIe République, accoucherait sans conteste d'un communautarisme de type nord-américain, États-Unis & Canada. Là aussi, là encore, les USA qui détestent tant la vieille Europe ne peuvent que se réjouir d'un pareil horizon tangent au leur. Travailler à la créolisation du monde, c'est œuvrer à son américanisation, donc à l'assassinat de l'Europe judéo-chrétienne.

Dans son échange avec Régis Debray, Édouard Glissant affirme : « C'est dans le métissage que la fraternité peut avoir lieu, pas dans la sublimation républicaine. Le problème vient de ce que nous n'avons pas encore trouvé les valeurs nouvelles qui correspondent à la créolisation en cours. » Il faudrait « trouver les valeurs d'un monde pluriel », mais, en attendant… ne pas attendre et y aller. On verra bien ! Pareil nihilisme méthodologique sidère.

Où l'on retrouve l'inconséquence de qui sait ce qu'il détruit tout en ignorant ce qu'il veut construire et qui affirme même que ce qui surgira après la destruction n'est pas assuré, c'est « imprévisible », dit-il, bien que la violence accompagne toujours un pareil projet politique qui se révèle également un projet de civilisation…

Comment peut-on jouer si légèrement avec de tels liquides inflammables pour la planète ? Un pareil feu ne risquerait-il pas d'embraser les cultures, les peuples, les pays, les nations, les diversités, une bénédiction pour les tenants d'une table rase sur laquelle construire l'ère du transhumanisme ?

Peu importe : si le brasier est beau... En revendiquant un statut de poète qui lui assurerait une extra-territorialité éthique où l'artiste n'aurait aucun compte à rendre à personne, Édouard Glissant joue l'avenir du monde aux dés. C'est la jurisprudence Néron selon Suétone.

Voilà qui n'est évidemment pas raisonnable, mais comme la raison est une invention de Blanc, à quoi bon la prendre encore au sérieux ? Jetons la raison par-dessus bord, dit le poète qui aspire à piloter la dernière version du *Titanic*.

LETTRE 10
SUR L'ART CONTEMPORAIN

Les mots...

De la même manière qu'on ne peut faire que « la Révolution française » n'ait pas eu lieu, on ne peut obtenir que « la Révolution esthétique » effectuée par Marcel Duchamp au début du XXe siècle n'ait pas eu lieu non plus. C'est ainsi. On peut le déplorer ou s'en réjouir, mais rien ne fera que ce qui a eu lieu n'ait jamais eu lieu.

Un nombre incroyable de négationnistes, si l'on me permet le mot par lequel je définis les personnes qui *nient que le réel ait bien eu lieu*, font florès en la matière. Des philosophes tiennent des propos de Café du commerce sur le sujet, des essayistes leur emboîtent le pas, des blogueurs ne se veulent pas en reste, des journalistes et éditorialistes plutôt conservateurs, mais pas forcément, stigmatisent la totalité de l'art contemporain en s'excitant, comme un chien avec un os, sur telle ou telle œuvre qui fait médiatiquement scandale pour exciper que, non, décidément ça n'est pas de l'art, ça n'est plus de l'art, mais juste une imposture !

J'ai enseigné la philosophie pendant vingt ans dans un lycée technique et j'avais pour habitude, quand il me fallait aborder « l'art », une notion au programme, d'initier mes élèves à cette question en leur montrant que, des grottes de Lascaux jusqu'aux œuvres les plus récentes en ce temps-là, l'art constituait un continuum et qu'on ne saurait faire des ruptures de ton dans son histoire, des cassures la brisant entre ce qui serait de l'art et ce qui ne le serait pas – ou plus.

Pour ce faire, je leur disais que, si un Chinois s'exprimait dans la salle où je donnais mon cours de philosophie, aucun parmi eux ne dirait : « Ça ne veut rien dire », car chacun savait que, n'ayant pas appris cette langue, il ne pouvait la comprendre et se devrait bien plutôt d'affirmer : « Je ne comprends pas », car, en cas d'apprentissage, il la comprendrait.

J'ajoutais qu'il en allait de même avec l'art contemporain dont on ne pouvait affirmer, sans en avoir appris les codes, qu'il ne signifiait rien ou ne voulait rien dire.

Or qui peut dire avoir appris l'art contemporain ? Où ? Avec qui ? Comment ? Dans quels lieux ? Sauf quelques professeurs de qualité qui auraient parlé à leurs élèves de Duchamp, de parents au courant ou de rencontres bien informées, on ne trouve aucun endroit pour s'initier à l'art contemporain. Sûrement pas à la télévision où la seule émission consacrée à l'art sur une chaîne du service public s'appelle *D'art d'art* et dure *une minute* – on ne peut mieux dire que, par le format et le nom de baptême, ce programme expédie la chose pour passer sans délai à plus sérieux : *reality show*, sport, divertissement, films, publicité...

Commençons par une évidence : les artistes ne se sont jamais proposé de *créer du Beau* ou de la beauté, mais de *produire du sens*. Ce sont les théoriciens de l'art qui inventent cette catégorie de Beau, mais quand les hommes peignent des animaux ou des mains négatives ou positives dans les grottes de la préhistoire, ils ne se proposent sûrement pas de peindre un beau bison, un bel aurochs, un beau cheval, un beau cerf, une belle main, ou même de bellement peindre bison, aurochs, cheval, cerf ou main, mais autre chose qui résiste à l'interprétation puisque nous manquons du décodeur qui pourrait nous permettre de comprendre – comme il existe un décodeur pour déchiffrer le *Porte-bouteilles* de Marcel Duchamp.

Sur ce terrain, on est réduit à des hypothèses qui relèvent la plupart du temps des projections de ceux qui analysent les œuvres : l'abbé Breuil y voit une préfiguration religieuse de la seule vraie religion, la sienne ; Georges Bataille, obsédé par la sexualité trouble, associe le sexe, le sang et la mort, et, fasciné par la transgression qui s'avère pour lui le moteur de la jouissance, voit tout naturellement dans ces peintures pariétales des scènes dans lesquelles il retrouve sexe, sang, mort et transgression ; Leroi-Gourhan, miroir de son temps structuraliste, voit des signes partout, signes qu'il lie bien sûr par des structures en vogue dans le monde de la pensée des années 1970 ; Jean Clottes, dans un temps revenu du christianisme tout autant que du structuralisme, invoque le chamanisme, la transe et la possession qui assurait d'une bonne chasse réelle quand elle avait été précédée d'une mimétique efficace avec les peintures en amont dans les grottes ; à cette heure, l'archéoastronome Chantal Jègues-Wolkiewiez estime, quant à elle, que ces peintures sont un planétarium qui permettait aux hommes de mémoriser les constellations afin de trouver leur place aussi bien ontologique qu'agricole dans le cosmos. On n'en saura jamais rien. Mais ce dont on est sûr et certain, c'est que ces peintures avaient en leur temps un sens et que leur vérité n'était pas dans la volonté de créer et produire du Beau.

Nous sommes face à ces œuvres comme un Martien qui, débarquant de son vaisseau spatial sur une Terre dévastée par une épidémie, entrerait dans une église de campagne et découvrirait un retable encadrant la peinture d'un homme cloué sur une croix, une statue de la Vierge Marie jouxtant celle de Thérèse de Lisieux, un baptistère dont le bassin de pierres sculptées arborerait le chrisme et un poisson. Ignorant tout du christianisme, que pourrait-il comprendre de ce qu'il verrait ? Rien… Il serait devant ces œuvres d'art sacré comme un contemporain devant la *Fontaine* de Marcel Duchamp.

Mais si l'on expliquait à ce Martien ce qu'est le christianisme, Jésus, sa vie et son œuvre, son enseignement, le contenu des Évangiles, son magistère, sa mort, sa mère et ce qu'est un baptême ou ce qu'ont été les saints pendant deux mille ans, dont Thérèse la carmélite, alors il comprendrait un peu mieux ce qui a été peint ou sculpté parce qu'il accéderait *au sens de ce qui a été figuré*. Il y verrait moins de la beauté, la béquille des gens sans imagination, que du sens, la lumière des initiés.

Comment par exemple expliquer la présence du poisson sculpté sur les pierres du baptistère ? L'aquariophile amateur y verrait un aquarium et en déduirait peut-être qu'à cette époque reculée un culte était rendu aux poissons qui barbotaient dans une cuve à l'entrée du temple dédié à cet animal. Marie passerait pour une femme de marin ; Jésus, pour un homme qui descendait d'une tour de guet d'où il surveillait le retour des marins et qui en serait mort pour être resté si longtemps à guetter l'arrivée de bateaux qui ne revenaient pas ; le chrisme, le monogramme du Christ, serait le blason de l'armateur du port, etc.

Or le poisson n'est pas là par hasard, mais pour délivrer un message, associer un signifiant de pierre à un signifié spirituel. En grec « poisson » se dit *ichthus*, et une confession de foi dit : *Ièsous Christos Theou Huios Sôter*, ce qui signifie : *Jésus Christ, Fils de Dieu, Sauveur*, chaque première lettre de la phrase grecque constituant l'acrostiche *ichthus* assimilable au Christ.

Alors que les disciples du Christ étaient persécutés par le pouvoir romain, les premiers chrétiens se reconnaissaient par ce signe de ralliement. En deux arcs de cercle faciles à dessiner, un convexe surmontant un concave avec une intersection qui forme la queue, le chrétien pouvait dire qu'il l'était à celui qui, l'étant aussi, le reconnaissait comme tel et auquel il pouvait alors se livrer. Aux yeux de celui qui ne l'était pas, et pouvait donc être un ennemi, ce poisson ne signifiait pas au-delà de l'animal. Dessiné sur le sable, esquissé dans une trace d'eau sur une table, gravé en graffiti sur un lieu de rencontre, le poisson dit à qui sait déjà, l'initié, ce qu'il y a à savoir et à comprendre. Là aussi, là encore, quiconque ne dispose pas du décodeur ne saisit pas le message.

L'objet d'art dit toujours quelque chose, il suppose une langue, un langage qu'il faut apprendre pour le comprendre et communiquer. De l'art préhistorique à l'art contemporain en passant par l'art chrétien, l'artiste ne se met pas en tête de dire le Beau, de raconter le Beau, de montrer le Beau. Ce sont les esthéticiens, autrement dit ceux des philosophes qui interrogent l'œuvre d'art pour en connaître la nature, qui convoquent cette notion afin de rendre compte de l'essence de l'art.

Parler de Beau en art, c'est se faire peu ou prou un disciple de Platon qui professait un idéalisme radical. Pour lui, il existe deux mondes : un vrai, celui des Idées pures, un faux, celui dans lequel nous vivons. Ce que l'on peut appréhender par les sens – voir, entendre, goûter, toucher, sentir –, voilà qui n'existe pas. Cette inversion des valeurs fait donc que *ce qui est* n'est pas, *le Réel*, et *ce qui n'est* pas seul est, *les Idées*. L'allégorie de la caverne, l'épicentre de son dialogue la *République*, met en scène cette vision du monde. Ce qui est concret, matériel, palpable, tangible, visible, n'a aucune existence et relève de l'illusion ; tout ce qui est concevable, pensable, imaginable, l'Idée, seul est vrai. Le sensible, perceptible par les sens, est une illusion ; l'intelligible, perceptible par l'intelligence, se révèle la seule vérité – la réalité essentielle, réalité des essences, du monde des essences.

Les idées peuplent un ciel intelligible. Le Bien, le Beau, le Vrai, le Juste sont des essences, des êtres sans autre existence que leur vérité, elles sont sans substance. Ce que l'on appréhende sur Terre avec nos sens trompeurs et grossiers participe de ces idées-là. Si l'on regarde une statue de Praxitèle ou de Phidias, elle entretient une relation avec l'idée de Beauté. Moins l'œuvre d'art participe de l'idée de Beauté, moins elle est belle, et plus elle en participe, plus elle l'est.

De même avec l'Amour, l'Amitié qui, en tant qu'idées, constituent le seul monde vrai et agissent comme des formes pures auxquelles s'évaluent les degrés de ce qui se trouve mesuré à cette aune. Un sentiment sera plus amoureux selon qu'il entretiendra une plus grande relation de proximité avec l'idée d'Amour. Plus il en sera éloigné, moins il relèvera de l'Amour.

Or, le monde des idées platoniciennes est performatif : du simple fait que Platon les décrète, elles existent, elles sont donc des actes de foi. Rien ne prouve, ne démontre ou ne révèle les Idées, elles ne sont accessibles à l'intelligence que par une dialectique ascendante qui permet à l'âme immatérielle et immortelle de contempler l'Idée pure qui, une fois contemplée, permet au philosophe de redescendre de cet empyrée pour enseigner au *vulgum pecus* ce qu'est le monde véritable et pourquoi il faut vivre selon l'ordre des idées intelligibles, plutôt que selon l'ordre des raisons sensibles.

On comprend l'intérêt que les philosophes chrétiens peuvent avoir à pareille doctrine. Leur dualisme, leur Dieu, les âmes immatérielles, la célébration de la procession vers les Idées, la haine et le mépris des sens, voilà qui a nourri le judéo-christianisme. L'esthétique a été platonicienne jusqu'à Hegel compris.

Avec Nietzsche, elle emprunte une autre voie. Le philosophe d'*Ainsi parlait Zarathoustra* ne croit pas aux Idées pures du monde intelligible platonicien, il ne souscrit pas à la version kantienne de ces Idées-là recyclées dans son monde nouménal, voir la *Critique de la faculté de juger*, il ne croit pas non plus à l'Esprit qui s'incarne dans l'Histoire comme l'enseigne Hegel, voir les leçons regroupées sous le titre *Esthétique*. Nietzsche abolit plus de vingt siècles d'esthétique idéaliste. Il a décrété la mort du Beau, du Vrai, du Juste, du Bien, du Mal. À ses yeux, il n'y a plus qu'une force à laquelle *ce qui est* se résume : la volonté de puissance.

Le Beau qui n'avait jamais existé meurt donc au XIXe siècle.

C'est Marcel Duchamp qui, dans l'art, va porter le fer nietzschéen. L'*anartiste*, comme il se définissait dans sa *Vie d'artiste*, un mélange d'artiste et d'anarchiste comme on le voit, se nourrissait de deux philosophes radicaux : Max Stirner, auteur de *L'Unique et sa propriété*, et Nietzsche en général mais

Ainsi parlait Zarathoustra en particulier. On sait d'ailleurs par son ami Franz Overbeck que le second a lu le premier et qu'il a fait silence sur cette lecture ayant compté dans l'élaboration de sa propre philosophie du surhomme.

En quoi consiste cette révolution *anartiste* ?

Premier principe : *Dieu est mort, le Beau également*. Lecteur averti de Nietzsche, Duchamp sait que « Dieu est mort » et que tout ce qui gravitait autour de cette fiction est également mort : le Bien, le Vrai, le Juste, et, bien sûr, le Beau. L'œuvre d'art n'a rien à voir avec une hypothétique Beauté, une idée platonicienne qui relève elle aussi de la fiction, parce qu'elle est le produit d'une volonté de puissance qui transforme l'artiste en instrument de cette puissance.

Deuxième principe : *la Vérité une et unique laisse place au perspectivisme* selon lequel ce qui est n'est jamais que le produit d'une somme de perspectives. D'où un relativisme épistémologique. Non pas que la vérité ne soit plus, mais elle change de définition : elle nomme une autre façon de figurer les choses et le monde. Le cubisme permet de comprendre cette révolution : un visage n'est plus une face ou un profil ou un trois-quarts, mais un profil et une face et un trois quarts. Qu'on songe aux portraits de Picasso qui n'abolissent pas la vérité d'un portrait de Hyacinthe Rigaud, mais qui initient une autre façon de figurer la vérité d'un être.

Troisième principe : *les supports classiques de l'œuvre d'art sont élargis*. Le marbre et le bronze, sinon l'or ou l'argent, l'airain ou l'ivoire pour les sculptures, les mêmes métaux avec pierres précieuses pour l'art religieux, l'or et le bleu outremer pour les peintures, des matériaux rares, donc chers, donc précieux et utilisés comme tels pour magnifier leurs sujets – le marbre pour les bustes des grands Grecs, Homère ou Périclès, l'or et les pierre précieuses pour le tropéophore de l'empereur Constantin, le chrisme signe de sa victoire sur Maxence, grâce à Dieu selon lui, l'or des auréoles des saints, le bleu outremer du manteau de la Vierge, voilà qui disparaît au profit non pas de nouveaux matériaux élus, mais de tous les matériaux possibles et imaginables : Duchamp propose en effet, entre autres exemples, un « élevage de poussière » comme œuvre d'art photographiée par Man Ray. Mais l'idée, le temps, la lumière, le son, et autres immatériaux peuvent également servir de support à une œuvre d'art. La vie aussi, donc, peut être matériau à informer par l'art.

C'est dans cet esprit qu'il faut comprendre l'invention du ready-made, le « tout-fait » pour utiliser le mot même de l'artiste – je dirai pour ma part : le pré-fait. Son premier ready-made, le *Porte-bouteilles*, date de 1914. Cet objet, aussi appelé *Séchoir à bouteilles* ou bien encore *Hérisson*, a été acheté tel quel par Marcel Duchamp au Bazar de l'Hôtel de Ville. Et, *tel quel*, sans avoir subi quelque modification que ce soit, cet objet trivial et banal, de par la seule volonté de l'artiste, devient une œuvre d'art. L'artiste, dont Duchamp dit qu'il est un chamane, s'avère être également un genre d'alchimiste qui transmue le plomb en or – ici le fer galvanisé d'un porte-bouteilles en or pour le marché de l'art le vendeur, le galeriste, l'acheteur, le directeur de musée, etc.

Une anecdote permet de comprendre ce processus de type alchimique, Duchamp la rapporte dans *Marchand du sel*, un titre-contrepèterie conçu à partir de son nom... Il inscrit son histoire dans l'esprit de Dada et parle d'ailleurs d'un geste dadaïste. Cette anecdote, la voici : il dessine d'abord un « chèque démesuré » ; puis ceci : « Je payais mon dentiste au moyen de cet instrument que j'avais dessiné moi-même et qui était tiré sur une banque inexistante. Et il l'accepta ! Le plus drôle c'est que dix ou quinze ans plus tard, je revis mon dentiste et je lui rachetai mon chèque pour ma collection personnelle. » Il écrit quelques lignes plus loin : « C'est le côté intellectuel des choses qui m'intéresse. » Quand on a compris cela, on a compris tout Duchamp et la révolution qu'il induit.

Car ce faux chèque devient un vrai chèque dès que celui qui l'a émis obtient l'assentiment de celui qui le reçoit : c'est la logique *fiduciaire* si l'on se souvient que l'étymologie renvoie à la foi. Quiconque a la foi crée l'objet dans lequel il a foi – il crée l'objet mais, en même temps, il en crée la valeur.

D'où, quatrième principe : *le regardeur fait le tableau*. Autrement dit, l'artiste crée une œuvre qui ne devient vraiment telle que lorsque le regardeur convient qu'elle est bel et bien une œuvre d'art.

En effet, si Duchamp n'avait recueilli qu'un grand rire nietzschéen au chèque dessiné par lui afin de payer son dentiste, ce chèque n'aurait eu aucune valeur, il n'aurait été qu'un vulgaire bout de papier griffonné. C'est parce que le médecin dentaire consent au pacte que se constitue la valeur fiduciaire.

L'art n'est donc pas une affaire de beauté, il n'a rien à voir avec le Beau, il repose tout entier sur le crédit qu'on lui porte. Et ce « on », c'est tout le monde. Or c'est ici que le bât blesse ! Car l'idéal, dans le cas de figure duchampien, c'est que le regardeur soit artiste lui aussi. À défaut, l'artiste n'aura pas lieu – pas plus que l'art.

Le principe : « Ce sont les REGARDEURS qui font les tableaux » – les majuscules sont de lui – a ses limites. Toujours dans *Marchand du sel*, Duchamp explique : « Le processus créatif prend un tout autre aspect quand le spectateur se trouve en présence du phénomène de la transmutation ; avec le changement de la matière inerte en œuvre d'art, une véritable transsubstantiation a lieu et le rôle important du spectateur est de déterminer le poids de l'œuvre sur la bascule esthétique. Somme toute, l'artiste n'est pas seul à accomplir l'acte de création car le spectateur établit le contact de l'œuvre avec le monde extérieur en déchiffrant et en interprétant ses qualifications profondes et par là il ajoute sa propre contribution au processus créatif. Cette contribution est encore plus évidente lorsque la postérité prononce son verdict définitif et réhabilite des artistes oubliés. »

Duchamp surestimait-il les capacités intellectuelles du public pour comprendre son projet ou voulait-il ne s'adresser qu'à une aristocratie seule capable de saisir la complexité intellectuelle de sa démarche ? Car si les regardeurs sont ses amis Picabia et Man Ray, André Breton et Max Ernst, Fernand Léger et Mondrian, Apollinaire et André Mare, Peggy Guggenheim ou Henri-Pierre Roché, l'auteur de *Jules et Jim*, alors il n'y a aucun problème : toute cette aristocratie de l'art peut comme son dentiste consentir au chèque et créer ainsi sa valeur. Mais sinon ?

Sinon c'est la ghettoïsation de l'art qui devient l'affaire d'une caste aux relations incestueuses dans laquelle une poignée de gens qui se connaissent s'occupent de création sans autre motivation que de nourrir le marché – artistes, galeristes, curateurs, conservateurs, collectionneurs, directeurs d'institutions d'État. Moins soucieux de servir l'art que de s'en servir de façon sonnante et trébuchante...

Nous en sommes là...

Or Marcel Duchamp a passé sa vie à inviter à ce qu'on le dépasse. Quand il peignait, il a exploré l'impressionnisme, le cubisme, son *Nu descendant un escalier*, très dans l'esprit futuriste, même s'il dit l'avoir découvert après coup, aurait pu lui fournir un thème rentable avec variations multiples le restant de son existence. Il n'en fit rien. De même, il a volontairement limité sa production annuelle de ready-mades, car il aurait pu là aussi, là encore, en faire un filon et l'exploiter – ce que ne manquent pas de faire un certain nombre d'artistes. Duchamp dit : « Toujours ce besoin de changement, ce désir de ne jamais me répéter. »

Ce que ses disciples n'ont pas compris en se faisant néo-duchampiens, autrement dit en n'ayant rien compris à son œuvre. Duchamp eut avec Picabia des discussions sur l'*Esthétique* de Hegel que le second connaissait bien. Il sait que l'art obéit à une dialectique. Luimême prend sa part de la négativité qui permet une nouvelle positivité esthétique après conservation et dépassement de l'ancienne.

Duchamp détruit l'art optique ancien. Après avoir vu une hélice, il dit à ses amis Brancusi et Léger : « C'est fini la peinture. Qui ferait mieux que cette hélice ? Dis, tu peux faire ça ? » Il propose une nouvelle façon de faire de l'ancien. Léonard de Vinci affirme que la peinture est une « chose mentale », mais que dit d'autre Duchamp quand il affirme, je le répète : « C'est le côté intellectuel des choses qui m'intéresse » ? Ses écrits le montrent à l'envi : il méditait, pensait, réfléchissait, cogitait, raisonnait longuement ses projets. Son *Grand Verre* ne l'a-t-il pas occupé huit ans tout en restant inachevé ? Le processus qui conduit à l'œuvre l'intéresse plus que l'œuvre elle-même.

Or ce processus rend possible l'une des plaies de l'art contemporain : la priorité donnée au discours, à la rhétorique, à la verbigération, à la sophistique sur l'objet lui-même. Au point que certains de ses descendants, par exemple les tenants de l'art conceptuel – comme s'il existait un art qui ne le soit pas ! –, estiment que la preuve du projet vaut œuvre et même, pour certains radicaux, l'absence de preuves d'un projet qui aura été seulement pensé suffit même à constituer l'œuvre.

Répéter Duchamp, c'est le tuer...

L'art contemporain ne saurait l'être encore quand il reproduit, plus d'un siècle après, le ready-made ou des variations sur ce thème. Rappelons que le *Porte-bouteilles* date de 1914 et qu'en 2014 cette œuvre avait cent ans. Qui eût pu peindre comme Ingres (1780-1867) un siècle après lui – autrement dit... quand Duchamp peint son *Nu descendant un escalier n° 2* (1912) ?

Nombre d'artistes dits contemporains et qui s'en gobergent ont plus d'un siècle de retard…

… *et les choses*

Duchamp a pu s'appuyer sur la mort de l'art pour dépasser l'art et lui donner vie à nouveau – et avec quel brio ! Mais il n'a pas pour autant tué la peinture qui a continué malgré lui et ses épigones. Qu'on songe à Mondrian, Tanguy, Picasso, Matisse, Léger, Bacon, Freud, ou bien, citons des contemporains, Soulages, Adami, Fromanger, Combas, Garouste, Cognée, pour ne citer que quelques noms qui ont traversé le XXe siècle et, pour certains, qui continent à travailler à l'heure où j'écris…

L'art contemporain, c'est donc aussi, il faut le rappeler, des peintres dont on ne doit pas mésestimer l'œuvre, la puissance et l'existence. Il n'y a pas que les performances, les happenings, les installations, les assemblages, l'art corporel, l'esthétique de la communication, les mythologies personnelles qui procèdent du duchampisme plus que de Duchamp, pour constituer et définir l'art contemporain. Pas sûr que l'*anartiste* eût aimé certains de ces disciples encombrants…

Le « regardeur faisant le tableau » s'avère une impasse intellectuelle quand il n'y a plus de regards éduqués parce qu'il n'y a plus de lieu d'éducation au jugement de goût. Ne parlons pas des Écoles des beaux-arts dont beaucoup sont préoccupées d'entretenir le prétendu feu sacré de la religion duchampienne dans ce qu'elle a de plus muséal – c'est-à-dire dans l'acharnement thérapeutique sur ce qui est pourtant déjà mort... Chaque fois qu'il m'a été donné de visiter des lieux où les futurs artistes travaillaient, je n'ai vu que des clones maladroits qui quêtaient l'approbation de leurs professeurs, souvent des laborieux de la production esthétique dont l'inspiration se trouve dans les revues d'art contemporain ! Imagine-t-on Duchamp apprenant son art à l'École des beaux-arts de Rouen ?

Souvent, ce qui est connu par le grand public en matière d'art contemporain, c'est ce qui a défrayé la chronique, la plupart du temps avec force provocations scatologiques. Mais ce peut être aussi avec des records de vente planétaires. L'un n'excluant d'ailleurs pas l'autre puisque la cote se fait avec le bruit médiatique et l'on sait que ce bruit n'est jamais aussi vociférant qu'avec l'instrumentalisation du scandale.

Pour preuves, *L.O.V.E.* (2010) de Maurizio Cattelan, exposé devant la Bourse de Milan, un doigt d'honneur de onze mètres de haut et de six tonnes sur une main dont les autres doigts ont été coupés, le tout sculpté dans un marbre de Carrare ; *Tree* (2014) de Paul McCarthy, un plug anal géant présenté comme un arbre de Noël installé place Vendôme – le même ayant déjà donné une sculpture de quinze mètres de haut qui représente tout bonnement un étron ; *Dirty Corner* d'Anish Kapoor, une œuvre de soixante mètres de long et de huit mètres de haut, bien vite rebaptisée le *Vagin de la reine* et exposé en 2015 dans les jardins du château de Versailles ; *Domestikator*, une œuvre de Van Lieshout exposée sur le parvis de Beaubourg lors de l'édition de la FIAC 2017, qui représente avec des volumes cubiques une sodomisation ou une relation sexuelle en levrette de ce qui semble un homme actif et un animal passif, l'artiste ayant dit scénographier ainsi « le viol de la nature par l'homme » ; de *PlopEgg* qui, lors de la foire de Cologne en 2017, permet à la performeuse Milo Moiré de peindre en expulsant des œufs injectés de peinture préalablement introduits dans son vagin – on pourrait ajouter à la liste…

Où l'on voit que ces prétendus subversifs exposent dans les lieux les plus institutionnels qui soient. Ajoutons à cela qu'ils sont achetés, collectionnés, vendus, possédés, thésaurisés par ceux qui font le monde comme il est – capitaines d'industrie, mafieux planétaires, traders éhontément enrichis, nouveaux riches, satrapes des monarchies gavées de pétrodollars, et ce avec la complicité des galeristes mondialisés.

Prenons l'exemple de Dakis Joannou, l'un des plus grands collectionneurs au monde, le plus grand de l'année 2004, fut-il proclamé par le milieu. L'homme a fait fortune avec des « activités de sociétés de holding », comme on dit. Il détient également la concession Coca-Cola pour la Grèce, possède des intérêts dans l'hôtellerie, la construction et... l'édition !

Cet industriel chypriote possède un yacht conçu par Jeff Koons, qui, par son extérieur aussi bien que son intérieur, s'avère le comble du mauvais goût. Le tout, kitsch au possible, tape-à-l'œil et bien dans l'esprit de Koons. Ce bateau de trente-cinq mètres de long, le *Guilty*, on ne sait pourquoi « Coupable » ni de quoi, est décoré de façon pop art sur des surfaces inspirées par les coques des navires de guerre britanniques de la Seconde Guerre mondiale conçues pour absorber les ondes radar. Noir, bleu, blanc, jaune, il ressemble à une immense construction régressive en briques de Lego. Il est fait pour être vu dans les ports d'escale ou au mouillage, mais on y voit surtout le « m'as-tu-vu ? » du plus loin qu'il soit possible.

Joannou était le témoin de mariage de Jeff Koons avec la Cicciolina, l'actrice de films pornographiques que l'on sait... – et l'esthétique de Koons trahit plus souvent qu'à son tour une esthétique de film pornographique, vulgaire et aguicheuse. L'homme possède également une œuvre de Cattelan qui représente un clochard à terre enveloppé dans une couverture. Un *memento mori* probablement...

Ce « collectionneur » siège au conseil de plusieurs musées dans le monde entier. Entre autres postes, il est président du conseil international de la direction du musée Guggenheim. Il a créé sa fondation sise à... Genève. Sa collection est exposée aussi bien à l'École des beaux-arts d'Athènes qu'au palais de Tokyo à Paris, à la Kunsthalle de Vienne et au nouveau musée d'Art contemporain de New York – où il siège au conseil d'administration... –, au musée d'Art et d'Histoire de Genève.

C'est ainsi qu'il peut valoriser ses achats en les faisant valider par des institutions étatiques qui fonctionnent avec de l'argent public : il achète et collectionne puis, comme prescripteur de ces musées, il augmente la cote de ce qu'il possède en valorisant les artistes de sa collection par leur exposition muséale et le bruit médiatique généré autour de ces événements par une presse servile, remerciée au passage avec des œuvres offertes – le tout échappant au fisc... C'est *le principe du chèque au dentiste* de Duchamp ! Son retour sur investissement s'avère extrêmement rentable : l'argent du contribuable sert ainsi à augmenter sa fortune personnelle. Précisons que Joannou possède l'une des sept versions de la *Fontaine* de Duchamp...

Où l'on voit qu'une poignée de gens font l'art contemporain planétaire. On se doute que ces milliardaires n'achètent pas n'importe quoi, ni n'importe qui, car ils aspirent à délivrer un *message* et à le répandre le plus possible.

Or, on se trompe, sur le principe du sage qui montre la Lune et de l'imbécile qui regarde le doigt, en refusant l'art contemporain dans sa totalité là où il suffirait de ne pas être dupe de l'*art idéologique* promu par ces gens-là pour faire avancer leur vision du monde mondialiste, cosmopolite, capitaliste. Ils préparent la civilisation postchrétienne qui, via la marchandisation de toute chose, dont la vie, surtout la vie, et surtout la vie des plus modestes, a pour projet le gouvernement planétaire d'une élite désireuse de fonder une civilisation transhumaniste.

De sorte que l'art idéologique, qui cache la forêt de l'art contemporain, sert cette caste comme l'art chrétien a servi la construction de l'empire chrétien césaro-papiste, l'art nazi l'idéologie du IIIe Reich et l'art soviétique celle du marxisme-léninisme des goulags. On ne s'étonnera donc pas de voir comment ce marché met en avant des artistes du politiquement correct qui se présentent comme rebelles et subversifs, alors que ce sont des fonctionnaires subventionnés par les acteurs de l'État profond.

Célébration des matières fécales, commémoration de la sodomisation, plaidoyer pour la zoophilie, éloge des combats LGBTQ+, fascination pour le rectum, invitation à profaner le vagin de la reine jadis décapitée, ces variations sur l'anus comme horizon indépassable de la sexualité militent en faveur de l'abolition de l'hétérosexualité et de la promotion de la procréation par PMA et GPA, des techniques qui assurent la marchandisation des corps et ouvrent un fabuleux marché rentable de vente d'organes, de corps, d'ovocytes, de sperme, de spermatozoïdes, mais aussi de location d'utérus, d'achat d'enfants... Ces artistes travaillent à l'avènement du *Meilleur des mondes* d'Huxley.

De la même manière que Charles Quint se baisse pour ramasser le pinceau tombé des mains de Titien, les leaders des GAFAM disposent d'alliés de leurs projets avec ces artistes idéologiques promus par le marché. Artistes et capitalistes trouvent leur compte dans ce marché juteux : nombre d'œuvres d'art promues par le marché se révèlent d'authentiques manifestes politiques en faveur de la sortie de la civilisation judéo-chrétienne et de l'entrée dans une ère postchrétienne qui fonctionne en propylée de la civilisation transhumaniste.

Exemple : le *Bouquet de tulipes* de Jeff Koons.

Cette œuvre, le titre semble le prouver, serait un bouquet de tulipes de douze mètres de haut, pesant trente-trois tonnes, soixante si l'on compte le socle ; il n'est pas dans les intentions de Koons de passer inaperçu. On apprend que le gentil et généreux artiste l'a offerte à la Ville de Paris – après, tout de même, qu'elle eût été payée par souscription ; à cadeau, cadeau et demi... L'intention ayant présidé à cette création serait, nous dit l'ancien mari de l'actrice porno, la commémoration des victimes des attentats parisiens de 2015 et 2016. Habile ! Qui peut s'ériger contre sans passer pour un complice des terroristes islamistes ?

Or cette prétendue allégorie mémorielle s'avère une réelle œuvre militante en faveur du combat LGBTQ+. Il s'agit donc d'un mensonge d'artiste doublé d'une profanation de la mémoire de personnes censément honorées par ce bouquet. Malins, les cabinets de communicants et de juristes de Koons ont probablement paré le reproche en réunissant onze tulipes dans un bouquet qui en appelle douze, la tulipe manquante célébrant les absents morts sous les balles islamistes. De sorte que l'œuvre passe pour conceptuelle : elle en dirait plus par ce qu'elle cache que par ce qu'elle montre. Esthétiquement imparable.

Or, si l'on ne s'excite pas sur ce que l'on ne voit pas – merci Marcel Duchamp... – mais sur ce que l'on voit, que voit-on ?

Un bouquet de fleurs dont les tiges sont de la couleur des fleurs : non pas des tiges vertes pour des tulipes jaunes, blanches, bleues, rouges, roses, mais, comme c'est bizarre, des tiges jaunes pour les tulipes jaunes, blanches pour les tulipes blanches, bleues pour les tulipes bleues, rouges pour les tulipes rouges, roses pour les tulipes roses. Abracadabra : ce bouquet de tiges, ou de queues, c'est comme on voudra, je ne suis ni freudien ni lacanien, ce bouquet de queues, donc, ressemble à s'y méprendre à l'arc-en-ciel de la cause LGBTQ+ ! Si l'on poursuit l'analyse de ce qui se trouve montré, ces queues pénètrent des tulipes qui ressemblent plus à un rectum contracté qu'à un calice de fleur ouvert. Ces mêmes queues tenues dans un poing fermé au bout de son bras semblent un clin d'œil au *fist-fucking* qui signifie en argot anglais : foutre avec le poing... Les médecins parlent d'érotisme brachio-proctique, je ne sais ce qu'en pensent les horticulteurs ou les fleuristes. Mais Jeff Koons, sarcastique, a prévu là aussi la remarque et va au-devant d'elle en prétendant que ce *fist* est bien un clin d'œil... mais à la statue de la Liberté ainsi qu'à une œuvre de Picasso !

On imagine bien que, si Koons et ses assistants n'avançaient pas masqués, l'érection d'un monument à la gloire de la fière cause LGBTQ+ aurait eu toutes les difficultés à s'installer en plein milieu de Paris, dans le jardin des Champs-Élysées, près du Petit Palais. Mais présentée comme une œuvre mémorielle honorant les victimes du terrorisme islamique, la couverture est parfaite. Il ne reste plus qu'à se prosterner, sans quoi, on passera pour un conservateur, un réactionnaire, un vichyste, un pétainiste.

En vertu du point Godwin, le nom d'Hitler sera bientôt prononcé... Le cynisme de Koons fait merveille !

On n'est pas obligé de saborder le bateau de l'art contemporain sous prétexte qu'une mafia tient le gouvernail. C'est la mafia qui est en cause, pas le bateau. Il faut travailler à la fabrication d'un jugement du goût qui permettrait de séparer le bon grain artistique de l'ivraie propagandiste.

Un jour, cet art idéologique passera pour ce qu'il est : le kitsch de son temps, l'art pompier de son époque. Je n'ai pas attendu l'avènement de ce jour pour le penser.

LETTRE 11
SUR L'ÉCOLOGISME

Les mots...

Le mot « écologie » est récent : il date de 1866, on le doit au biologiste Ernst Haeckel. À cette époque, il n'a pas le même sens qu'aujourd'hui, il définit une nouvelle « science qui étudie les milieux où vivent et se reproduisent les êtres vivants, ainsi que les rapports de ces êtres avec le milieu ». Il s'agit alors d'une discipline purement scientifique.

L'écologie devient politique au XXe siècle avec les catastrophes infligées par les hommes à la nature : les explosions nucléaires d'Hiroshima, puis de Nagasaki en 1945 ; les bombes au napalm que les Américains larguent au Viêt-nam sur les humains et les forêts – une célèbre photo fait le tour du monde en 1972 : elle montre une petite fille brûlée par cette arme nouvelle essayée, dit-on, en Normandie par les Américains à l'été 1944 ; l'explosion de la centrale nucléaire de Tchernobyl en 1986 ; les différentes marées noires : parmi les plus connues, celles provoquées par le *Torrey Canyon* en 1967, l'*Amoco Cadiz* en 1978, l'*Exxon Valdez* en 1989, l'*Erika* en 1999.

Des philosophes comme Günther Anders (1902-1992), Karl Jaspers ou Hans Jonas (1903-1993) écrivent des ouvrages qui relèvent de la philosophie politique et concernent l'écologie. Anders publie *L'Obsolescence de l'homme* en 1956, Jaspers *La Bombe atomique et l'avenir de l'homme* en 1963 et Jonas *Le Principe responsabilité. Une éthique pour la civilisation technologique* en 1979. Cette seconde moitié du XXe siècle constitue intellectuellement et idéologiquement l'écologie politique.

La France philosophante est à la traîne : côté thuriféraires de l'écologie, Félix Guattari, qui a adhéré aux Verts en 1985, publie ses *Trois écologies* en 1989 ; Michel Serres fait paraître son planant *Contrat naturel* en 1990. Côté critiques, et plutôt critiques féroces, Luc Ferry publie son *Nouvel ordre écologique* en 1992, et Pascal Bruckner *Le Fanatisme de l'apocalypse. Sauver la Terre, punir l'Homme* en 2011[1].

---

1. J'avais pour ma part publié une « Critique de la raison bucolique » en mai 1991 dans le numéro 4 de *La Règle du jeu*. J'étais âgé de trente-deux ans, mon premier livre datait de 1989. C'était mon premier article en revue. J'avais songé en faire un livre auquel j'ai renoncé après que Luc Ferry eut fait paraître le sien un an après mon article. Il m'avait alors envoyé son livre avec cette dédicace : « Pour Michel Onfray, cette autre critique de l'écologie. »

Le noyau conceptuel de l'écologie politique s'avère donc plus allemand que français. Les Grünen allemands ont en effet précédé les Verts français aussi bien dans l'élaboration conceptuelle que dans l'entrée de l'écologie sur la scène politique concrète. En France, le septuagénaire René Dumont est le premier candidat écologiste à se présenter à une élection présidentielle, il rassemble 1,32 % des suffrages sur son nom. C'était en 1974. Ingénieur agronome, Dumont était également tiers-mondiste, pacifiste, antimilitariste, objecteur de conscience, antinucléaire. Il fut munichois, ce qui le conduisit ensuite à écrire près d'une quinzaine d'articles en deux ans dans une revue vichyste, *La Terre française*. Il y fit, par exemple, l'éloge de l'agriculture nationale-socialiste. Il demandera pour ses obsèques que soit diffusée la chanson de Boris Vian *Le Déserteur*.

La pensée écologiste dispose de son catéchisme, en l'espèce *Le Principe responsabilité* de Hans Jonas (1903-1993).

Que dit ce livre, écrit par un homme de soixante-dix ans ? Que ni le capitalisme ni le communisme n'ont pris en charge la sauvegarde de la planète. Pis : que l'un et l'autre ont contribué à sa destruction avec leurs idéologies productivistes. Par ailleurs, la social-démocratie, tout empêchée qu'elle est par le perpétuel jeu démagogique des élections et réélections, ne permet pas d'envisager la politique à long terme exigée pour stopper le saccage de la nature.

Élève et disciple de Heidegger, bien que juif, ce philosophe conservateur affirme que Dieu a créé le monde. Même si, en fin de vie, il a pris des distances avec cette foi du charbonnier, il croit en la sagesse enseignée par les prophètes de la Torah et inscrit ses pas dans ce chemin. Il fonde donc son éthique sur une théologie. De sorte que la raison n'est pas son amie…

Comment un philosophe croyant qui croit moins à la philosophie des Lumières qu'à celle des prophètes de l'Ancien Testament peut-il inviter à la « nouvelle ascèse » pour sauver la planète ? Par ce qu'il nomme une « heuristique de la peur » – heuristique signifiant « qui sert à découvrir ». Nul besoin d'en appeler à la raison, il faut faire peur ! *Foutre la frousse,* c'est la formule triviale de l'« heuristique de la peur », au lieu d'*inviter à penser :* voilà une drôle de méthode pour un philosophe. Recourir à la raison pour faire le procès de la raison au nom de la raison, voilà qui peut dérouter quiconque ne croit pas en Dieu. Hans Jonas renonce donc à raisonner, à réfléchir, à analyser, à instruire, à démontrer, à persuader, à convaincre, il invite à effrayer, effaroucher, émouvoir, inquiéter, terrifier, l'urgence de sauver la planète y oblige. C'est *la* méthode des écologistes, l'émotion en lieu et place de la raison.

Le projet qu'avait Descartes de « se rendre comme maître et possesseur de la nature », celui de Bacon avant lui, ont généré des catastrophes : la nature ravagée, les ressources naturelles dilapidées, la planète polluée, la production affolée pour faire face au consumérisme débridé, la folie prométhéenne des techniciens emballée, l'hédonisme matérialiste généralisé. Jonas annonce, prophétise pourrait-on dire, génocides, guerres et cataclysmes. Seule une éthique peut arrêter cette course à l'abîme. L'impératif catégorique de cette morale nouvelle ? « La responsabilité ».

Comment faire pour imposer cette morale ? Jonas n'est pas un démocrate : il ne souscrit pas à la discussion, au débat, à la délibération, aux élections qui sont pour lui autant d'occasions de procrastination qui interdisent de régler les problèmes alors qu'il y a urgence. Le philosophe allemand, qui ne croit pas à la Raison des Lumières mais au Dieu talmudique créateur du monde, propose un programme politique sévère.

Jonas postule que chacun a des enfants et tient plus que tout à sa progéniture – ce qui mériterait moins d'être affirmé que prouvé... Il ajoute qu'engendrer est une obligation – autre assertion à démontrer. Ce double postulat posé, le philosophe affirme que l'enfant, par son être même, oblige ses parents au souci, à la prévenance et à la subsistance.

Jonas prévoit la contradiction de qui apporterait quantité de témoignages pour prouver que cette obligation est moins une vérité empirique et objective qu'un désir pris pour une réalité. Il rétorque qu'on pourra lui objecter tout ce qu'on voudra, y compris un réel qui lui donnerait tort, sa thèse resterait vraie ! On sait que cette rhétorique spécieuse a donné l'élément de langage bien connu des écologistes toujours soucieux d'une planète à léguer en bon état à nos enfants et à nos petits-enfants...

Le penseur glisse, sans expliquer le pourquoi de cette glissade, du père de famille au chef de l'État. Le père est à la famille ce que le chef est à l'État, écrit-il. L'un et l'autre sont responsables, le premier de sa famille, le second de son peuple. Tous deux sont obligés par le principe de responsabilité : ils ont en charge l'avenir de leurs protégés. Jonas écrit : « Nous vivons dans une situation apocalyptique, c'est-à-dire dans l'imminence d'une catastrophe universelle, au cas où nous laisserions les choses actuelles poursuivre leur cours. » Face à cette perspective, le philosophe propose « la suprême obligation de la conservation. » « L'écologisme est un conservatisme. » ajoute-t-il.

Mais ce conservatisme emprunte au marxisme : Jonas ne croit pas à l'eschatologie, à la religion du progrès et de la technique, au positivisme, à l'utopie, au messianisme du marxisme ; en revanche, il souscrit à la pertinence de la dictature pour imposer les mesures nécessaires au salut de la planète.

Quand il s'agit d'obtenir d'un peuple confit dans le consumérisme hédoniste l'ascèse, l'austérité et la frugalité, il faut tourner le dos aux principes de la démocratie.

Si le marxisme s'affranchit de sa dimension utopique, alors il est une bonne chose. Jonas fait une critique des gouvernements représentatifs et démocratiques qui ne se soucient pas de l'avenir de la planète mais de l'avenir de leur carrière politicienne. Il leur préfère le régime autoritaire soviétique.

En 1979, après la parution de *L'Archipel du Goulag*, donc, Jonas écrit : « Puisque la tyrannie communiste existe déjà et qu'elle fournit pour ainsi dire une première, et pour l'heure une unique proposition, nous pouvons dire que du point de vue de la technique du *pouvoir* elle paraît être mieux capable de réaliser nos buts inconfortables que les possibilités qu'offre le complexe capitaliste-démocratique-libéral. » Où l'on découvre la pertinence de la plaisanterie qui voudrait qu'un écologiste ressemble à une pastèque : vert à l'extérieur, rouge dedans.

Jonas aime en URSS la possibilité d'imposer une politique impopulaire et de la faire appliquer quoi qu'en pensent les citoyens. Pour sauver la nature et obtenir ce salut par la force contre la volonté des peuples, il faut une politique tyrannique. Il faut, comme en Russie soviétique, sacrifier une génération pour réaliser le salut des générations futures.

Un autre bon point pour l'URSS : le régime a déjà imposé la frugalité et l'ascèse à son peuple qui ne se roule pas dans la fange hédoniste capitaliste et consumériste. Le peuple a l'habitude de vivre selon l'esprit de sacrifice nécessaire au salut de la planète. Hans Jonas aime ce dépouillement et invite chacun à réduire son niveau de vie, consommer moins, répartir différemment les richesses de la planète, réduire son confort, produire moins, renoncer à la prospérité, en finir avec l'hédonisme consumériste, saper l'individualisme des sociétés industrialisées. C'est là le programme dit de la décroissance. Jonas parle pour ce faire de la nécessité d'instaurer « une tyrannie bienveillante » par-delà droite et gauche... Le même écrit aussi : « La *République* de Platon est déjà un bon antidote contre les naïvetés libérales en matière de véracité publique », une République haineuse de la démocratie qui fait l'éloge d'une société profondément inégalitaire et terriblement hiérarchisée, rappelons-le.

Cet homme qui se fait le disciple de Machiavel se drape dans le vêtement kantien en annonçant les impératifs catégoriques de son éthique écologiste nouvelle : « Agis de façon que les effets de ton action soient compatibles avec la permanence d'une vie authentiquement humaine sur Terre. » Ou : « Agis de façon que les effets de ton action ne soient pas destructeurs pour la possibilité future d'une telle vie. » Ou : « Ne compromets pas les conditions pour la survie indéfinie de l'humanité sur Terre. » Ou : « Inclus dans ton choix actuel l'intégrité future de l'homme comme objet secondaire de ton vouloir. » Un peu de Machiavel pour le cynisme, un zeste de Marx pour l'autoritarisme et un soupçon de Kant pour le moralisme – voilà un étrange cocktail philosophique.

Quatre ans plus tard, Jonas déplore que son *Principe responsabilité* n'ait pas produit d'effets. Lui qui avait écrit : « Si, comme nous le pensons, seule une élite peut éthiquement et intellectuellement assumer la responsabilité pour l'avenir que nous avons indiquée, comment une telle élite est-elle produite et comment est-elle dotée du pouvoir de l'exercer ? », en pensant probablement à lui comme Philosophe-Roi ou Roi-Philosophe, il estime qu'on ne l'a pas écouté et le déplore. Il ne croit plus, seulement quatre ans plus tard, que le marxisme puisse porter son projet.

Le salut ne va pas venir de l'est, mais de l'ouest. En 1980, le chancelier Helmut Schmidt fait savoir à la presse qu'il met dans sa valise de vacances *Le Principe responsabilité* de Jonas. Les sociaux-démocrates en font leur livre de référence. Au Bundestag, on débat de l'ouvrage. Comme c'est un texte obscur, les interprétations divergent. Jonas devient *le* philosophe européen de l'écologie, le sage juif allemand révéré, aimé, choyé, exhibé, cité, montré.

Jonas est contre l'euthanasie, contre la contraception, la stérilisation et l'avortement individuels, contre les grèves, contre la réduction du temps de travail, contre la civilisation des loisirs, contre l'époque avec son libertinage sexuel et sa consommation de drogues, contre l'excentricité et « la démence collective », contre les procréations médicalement assistées, contre l'expérimentation sur le vivant, contre les OGM, contre les thérapies géniques, contre les biotechnologies, mais la gauche en fait tout de même son gourou.

On retrouve dans ce livre de Hans Jonas un certain nombre des thématiques écologistes contemporaines : en raison de la fameuse « heuristique de la peur », *refuser la raison* et lui *préférer le sensationnel*, à savoir l'émotion, la crainte, l'angoisse, l'affolement ; dans le même ordre d'idées, *évincer l'argumentation, s'adresser au sentiment*, et prendre pour un raisonnement l'idée qu'il nous faudrait en appeler à nos enfants et à nos petits-enfants à qui nous ne pourrions léguer une planète en vrac sous prétexte que nous aurions des devoirs à leur endroit ; *promouvoir un principe responsabilité* devenu le principe de précaution ; *célébrer une frugalité planétaire* sous forme de décroissance, y compris à destination des pays de la planète en voie de développement ; *mépriser la démocratie délibérative* au profit d'un *despotisme prétendument éclairé* – on comprend qu'un temps René Dumont ait été séduit par le régime de Vichy et fasciné par l'Allemagne nationale-socialiste ou que Hans Jonas ait considéré l'Union soviétique de Leonid Brejnev avec les yeux de Chimène.

Günther Anders a, quant à lui, posé la question des moyens de l'écologie politique vingt ans avant Hans Jonas. Il a même théorisé ce qui deviendra l'« heuristique de la peur » sous la plume de Jonas en écrivant, dans *L'Obsolescence de l'homme* : « Il faut présenter de façon outrancière les objets dont l'importance est minimisée. » Autrement dit, exagérer pour attirer sur soi une attention qui, sinon, ne viendrait jamais. Mais cette exagération peut être prise au pied de la lettre par des militants n'ayant pas lu son œuvre complète plume à la main et qui se contenteraient de bribes, de fragments décontextualisés.

Son souci est le combat contre l'arme atomique qui risque de détruire la planète. Que faire pour quitter ce chemin mortifère pour l'homme et la Terre ? Le philosophe n'y va pas par quatre chemins et revendique clairement l'usage de la violence. En mars 1987, il répond ainsi à la question d'un journaliste autrichien sur les moyens d'empêcher la disparition de l'humanité : « Si nous voulons assurer la survie de notre génération et celle des générations futures [...], il n'y a pas d'alternative ; il n'y a pas d'autre moyen que d'informer clairement ceux qui persistent à mettre en danger la vie sur Terre par leur utilisation de l'atome – peu importe qu'elle soit "guerrière" ou "pacifique" – et continuent à refuser systématiquement tout pourparler en vue d'y mettre un terme, qu'ils vont désormais tous autant qu'ils sont devoir se considérer comme notre cible. C'est pourquoi je déclare avec douleur mais détermination que nous n'hésiterons pas à tuer les hommes qui, par manque d'imagination ou de cœur, n'hésitent pas à mettre l'humanité en danger et à se rendre ainsi coupables de crimes contre elle » – *Agir pour repousser la fin du monde*. Face au risque de voir périr la planète, Hans Jonas menaçait, effrayait, angoissait, terrifiait ; Günther Anders invite franchement à tuer.

Anders a beaucoup écrit, et des livres magnifiques – *L'Obsolescence de l'homme* est à mes yeux le plus grand livre du XXe siècle. Il a beaucoup milité dans les combats antinucléaires. Il a assisté à plus d'un concert, plus d'un défilé, plus d'un meeting, plus d'une assemblée générale. Rien n'a changé ; dès lors, les fleurs et les sourires, il n'y croit plus. Les États-Unis et l'URSS se moquent des jeûnes en faveur de la paix : « On n'obtient qu'un seul effet en jeûnant : on a faim », dit-il... Plus question d'espérer, d'attendre, de croire, l'urgence impose de passer à d'autres moyens.

Voici donc ce qu'il écrit en 1987, dans *Une contestation non violente est-elle encore possible ?* : « C'est donc plein d'effroi et d'incrédulité que j'écris et suis obligé d'écrire ce mot, car il n'y a pas d'autre moyen de survivre que de menacer ceux qui nous menacent. Ceux qui m'obligent à briser le tabou du meurtre peuvent être certains que je ne le leur pardonnerai jamais.

« J'exige et j'ai le droit d'exiger qu'on ne m'accuse pas de légèreté si, pour conclure, je répète ceci : si nous voulons assurer la survie de notre génération et celle des générations futures (une survie que nous ne pouvons qu'espérer), il n'y a pas d'alternative ; il n'y a pas d'autre moyen que d'informer clairement ceux qui persistent à mettre en danger la vie sur Terre par leur utilisation de l'atome – peu importe qu'elle soit "guerrière" ou "pacifique" – et continuent à refuser systématiquement tout pourparler en vue d'y mettre un terme, qu'ils vont désormais tous autant qu'ils sont devoir se considérer comme notre cible. C'est pourquoi je déclare avec douleur mais détermination que nous n'hésiterons pas à tuer les hommes qui, par manque d'imagination ou de cœur, n'hésitent pas à mettre l'humanité en danger et à se rendre ainsi coupables d'un crime contre elle. »

L'écologie fonctionne toujours sur les principes édictés par Jonas : l'« heuristique de la peur » est devenue le cogito postmoderne. On ne réfléchit plus, on ne pense plus, on n'argumente plus, on ne démontre plus, on ne raisonne plus : on assène. Et quelle meilleure façon d'assener que d'utiliser le cinéma et un grand film de propagande ? Le choix des images, le montage, la sélection des plans, le commentaire, voilà qui permet de faire dire à des images ce qu'elles ne disent pas, voire le contraire de ce qu'elles disent. Même remarque avec les photographies qui enseigneront ce que la légende professe.

Chacun a vu les images d'un ours blanc amaigri, épuisé, dépoilé, affamé, décharné, qui avance avec de grandes difficultés, qui trouve sa nourriture dans la poubelle des humains et mâche difficilement ce qu'il a trouvé en bavant une écume blanche, les yeux hagards. Ces images relayées par la presse nationale française, *Le Figaro*, *Paris Match*, *Franceinfo*, *Sud-Ouest*, *L'Obs*, ont été vues par plusieurs dizaines de millions de gens sur la planète en une semaine. La thèse induite par leurs légendes ? Le réchauffement climatique cause la disparition des glaces dans le Grand Nord et contraint les ours blancs à venir chercher sur les terres des humains, dans leurs poubelles en l'occurrence, de quoi se nourrir. La bande-son est lancinante, anxiogène, les images sont montrées au ralenti, ce qui augmente la lenteur de l'animal, donc son épuisement.

Ces images procèdent de l'heuristique de la peur de Jonas : ces animaux majestueux sont réduits à cela à cause de l'impéritie des hommes qui sont les seuls responsables du réchauffement climatique. Pas besoin de lire un gros livre qui démontrerait la chose : les images parlent d'elles-mêmes !

Or ces images ont un auteur, Paul Nicklen, et il invalide cette thèse : elles ont été tournées sur l'île de Baffin au Canada, au-delà du cercle polaire, par une ONG de défense des océans, à la fin de l'été – une période sans glace. Mais, s'il est vrai que cet ours blanc va mourir, le cinéaste lui-même affirme qu'on ne saurait dire que c'est à cause du réchauffement climatique.

Car l'ours blanc n'est pas une idée platonicienne mais un organisme vivant : il a eu des géniteurs, il est né, il a grandi, il a été jeune, puis adulte, il a chassé, mangé des animaux qu'il a tués pour se nourrir, il a rencontré des femelles, il s'est reproduit, il a vieilli, il s'est fatigué et il meurt un jour. Ces images le montrent non loin de sa fin. Mais rien n'indique que cette fin soit en relation avec le changement du climat. Le réalisateur penche pour une maladie de l'animal – un cancer des os est possible. Associer les images de cet ours décharné qui mange ce qu'il trouve dans une poubelle avec le réchauffement climatique procède de la méthode de Jonas : elles émeuvent, elles touchent, elles attristent, elles suscitent l'empathie, la compassion, ce qui est l'objectif de l'heuristique de la peur. Est-ce vraiment la planète que vous voulez laisser à vos enfants : une Terre d'où les ours blancs auront disparu à cause de vous ? Nul besoin de respecter la vérité et la réalité, seul importe le message écologiste : le réchauffement de la planète est en relation avec l'homme seul et seul l'homme est responsable et coupable de la mort de cet ours concret transformé en Idée de la raison, en Concept, en Forme pure, en *a priori* de la sensibilité. Si cet ours est mort de vieillesse, comme il arrive à tous les animaux quand ils parviennent à l'âge de leur fin naturelle, l'idéologie le fera trépasser à cause des hommes et de leurs comportements coupables de n'avoir pas été écoresponsables. Il n'y a aucun intérêt pour un militant de la cause à respecter les causalités rationnelles, il est préférable de ne pas solliciter le cerveau mais les viscères.

Quant au réchauffement climatique, s'il est indiscutable, ce que l'on peut toutefois faire, c'est le penser non pas dans le temps court du siècle, mais dans le long temps de l'univers. Si la responsabilité des hommes est incontestable dans ce fait, *quid* des périodes de réchauffement climatique connues par la planète depuis son origine à l'époque où les hommes n'existaient pas encore ? Ainsi au paléocène et à l'éocène, il y a entre 65 et 35 millions d'années, des périodes de réchauffement se sont déclenchées sans qu'on en connaisse les raisons ; elles ont duré des dizaines de milliers d'années.

Que faire du livre de l'historien Emmanuel Le Roy Ladurie *Histoire du climat depuis l'an mil*, qui montre, archives de viticulteurs à l'appui, que les refroidissements et les réchauffements ont eu lieu pendant un millénaire sans raisons connues dans un temps où l'industrie n'existait pas, les moteurs non plus, où la pollution était ignorée, et les hommes présents sur Terre en petite quantité ?

Certes les hommes ont leur part dans ce réchauffement que nous connaissons et constatons, mais les questions sont : laquelle ? Peut-on la quantifier ? Est-ce une part majoritaire ou minoritaire ? Essentielle ou quasi nulle ? Avons-nous du pouvoir sur ce qui advient ? Et si oui, lequel ? Comment expliquer que ce fait indéniable soit constatable avant même l'apparition des hommes sur Terre, indépendamment d'une réflexion de nature cosmologique, astrophysique qui convoquerait au moins la physique quantique et la théorie de la pluralité des mondes afin d'en penser l'interaction, ce qui aurait l'avantage épistémologique de nous sortir de l'anthropomorphisme qui nous fait tout rapporter aux hommes, y compris ce qui se passait avant leur apparition dans l'univers !

Si le réchauffement climatique est incontestable, contestable est la seule responsabilité anthropique. Or il existe un intérêt à faire porter la responsabilité sur les seules épaules des hommes, c'est qu'en les culpabilisant, un ressort toujours facile à activer en régime ontologique judéo-chrétien, on peut les inviter à la résipiscence, au repentir, au remords, à la contrition, le tout suivi d'un rachat de type christique qui consistera à mener une vie écoresponsable en ne polluant pas la planète, en consommant bio, en limitant sa trace carbone, en recyclant ses déchets, en renonçant aux énergies fossiles au profit des énergies douces, en roulant en voiture électrique, en se déplaçant à vélo, en menant une vie frugale, en devenant décroissant, autrement dit, en se faisant les bons soldats du capitalisme vert et en croyant les fables du consommateur écoresponsable.

Pour autant, la voiture électrique ne fonctionne pas grâce aux éoliennes qui produisent une énergie cosmétique impossible à stocker et qui, donc, doit être utilisée quand elle est produite. Mais quand il n'y a pas de vent et qu'on a besoin d'électricité parce qu'il fait froid, pour son chauffage, ou chaud, pour sa climatisation, comment fait-on ? On recourt aux centrales nucléaires, le diable selon les écologistes qui veulent les fermer toutes... La voiture électrique n'émet certes pas de CO_2, mais elle laisse derrière elle, du moins dans les centrales atomiques, des déchets nucléaires dont la durée de vie est de plusieurs milliers d'années. Écologique, la voiture électrique, ou atomique et nucléaire ?

De même avec la voiture hybride dont la batterie électrique vide enclenche la mise en route du moteur thermique qui, lesté du dispositif électrique de deux cent cinquante kilos en moyenne, augmente la consommation d'essence du véhicule en même temps que sa pollution.

Quant à la décroissance, elle s'avère une éthique exigeante pour laquelle j'ai la plus haute considération quand elle est une façon individuelle de mener une vie philosophique. Mais peut-on en faire un projet de société, sinon un horizon de civilisation ? A-t-on le droit de vouloir pour les peuples en train de sortir de la misère qu'ils renoncent à la société de consommation en optant plutôt pour la frugalité ? Des millions d'Africains, d'Indiens, de Chinois et d'autres peuples orientaux veulent à leur tour des voitures puissantes et des ordinateurs dernier cri, les ultimes versions des téléphones portables et des climatisations privées, voyager en avion et manger plus de protéines qu'il n'en faut. Au nom de quoi le leur interdire ? Au nom de la morale ? Et comment ? Avec un gouvernement planétaire qui déciderait à la place des pays, des nations, des États ? Pour un *1984* écologique ?

Il n'est pas étonnant que Greta Thunberg soit devenue l'égérie de ce capitalisme vert sur la totalité de la planète – du moins dans les pays industrialisés de la planète. Cette jeune fille est autiste, ce qu'on ne peut dire, sauf pour s'en féliciter avec interdiction de le faire savoir pour signaler une vérité factuelle qui lui permet de mémoriser ce qu'on écrit pour elle et en faire des discours militants. Elle a renoncé à l'école bien que mineure, invite à faire la grève de l'enseignement comme s'il était sain et bon de refuser d'apprendre à cet âge. Elle ne craint pas, nonobstant ce renoncement à savoir, d'affirmer quand elle parle qu'elle est « LA science », ayant le don, dit sa mère, je me répète, de sentir l'odeur du CO_2, un gaz inodore. Elle se fait la répétitrice des discours idéologiques de son père, un activiste entouré d'autres activistes, et traverse l'Océan atlantique en bateau pour montrer qu'il faut économiser sa trace carbone, un bateau que les cinq membres d'équipage sont allés chercher à New York, mais en avion, et le skipper lui aussi reviendra en avion, soit six billets au lieu d'un, le sien. Cette jeune fille, donc, incarne à elle seule la fécondité médiatique de l'« heuristique de la peur » de Hans Jonas. Les plus puissants la ménagent, sauf l'ex-président des États-Unis Donald Trump qui n'en fit aucun cas à l'ONU et l'a superbement ignorée lors d'un sommet sur le climat le 23 septembre 2019. Le pape l'a reçue en audience restreinte et l'a encouragée pour son militantisme écologique. D'égal à égal, le roi n'est pas son cousin, elle l'a aussi remercié du travail qu'il faisait en matière d'environnement avec son encyclique *Laudato si*. On comprend que l'Église de Suède l'ait déclarée « successeur du Christ » !

À l'ONU, elle a tenu un discours qui s'avère un condensé de la méthode Jonas.

Heuristique de la peur : « En continuant de nous comporter comme si de rien n'était, nous nous dirigeons tout droit vers un monde où plusieurs milliards de personnes auront à quitter leur foyer, contraintes au déplacement. Un nombre incalculable d'entre elles se verront privées des conditions de vie les plus élémentaires. Et de vastes pans de la planète deviendront inhabitables pour les êtres humains.

« Ceci n'est un secret pour personne : cette situation se traduira par des conflits de grande envergure et de graves souffrances. Pourtant, le lien entre, d'une part, l'urgence climatique et écologique et, d'autre part, les mouvements migratoires massifs, la famine, les violations des droits humains et la guerre, n'est pas évident pour nombre d'entre nous. »

Invocation des enfants et petits-enfants : « Nous, qui tous ensemble formons le mouvement Fridays for Future, nous battons pour nos vies. Mais nous nous battons aussi pour nos futurs enfants et petits-enfants, pour les générations futures, pour chaque être vivant sur cette Terre, une Terre dont nous partageons la biosphère, dont nous volons la biosphère, dont nous dégradons la biosphère. »

Activisme militant dans la rue contre les procédures démocratiques : « Le militantisme, ça marche. Alors ce que je vous demande de faire maintenant, c'est d'agir. Personne n'est trop petit pour faire changer les choses. J'engage chacun et chacune d'entre vous à participer aux grèves mondiales pour le climat, les 20 et 27 septembre. Et, une dernière chose... À très vite, dans la rue. »

Mobilisation des sentiments, ici la colère contre la raison : elle a en effet réactivé le schéma judéo-chrétien de la culpabilisation, du bouc émissaire et de la rédemption par ce qu'il est convenu désormais d'appeler une « transition écologique » personnelle : « C'est mal. Je ne devrais pas être là. Je devrais être à l'école de l'autre côté de l'océan et pourtant, vous nous demandez à nous, aux jeunes, d'avoir de l'espoir. Comment osez-vous ? Vous avez volé mes rêves et mon enfance avec vos paroles creuses. Je fais pourtant partie de ceux qui ont de la chance. Les gens souffrent, ils meurent. Des écosystèmes entiers s'effondrent, nous sommes au début d'une extinction de masse, et tout ce dont vous parlez, c'est d'argent, et des contes de fées de croissance économique éternelle ? Comment osez-vous ! » Il ne lui vient pas à l'idée que la grève de l'école qu'elle choisit de faire ne lui est imposée par personne d'autre qu'elle. Ni même que les contes de fées pourraient bien se trouver de son côté...

La menace enfin : « Si vous décidez de nous laisser tomber, je vous le dis : nous ne vous pardonnerons jamais. Nous ne vous laisserons pas vous en sortir comme ça. »

Les adultes ont copieusement applaudi ce discours...

Sur ce, âgée de seize ans, gréviste de l'école, avec seize autres enfants venus de douze pays, elle porte plainte auprès du Comité des droits de l'enfant des Nations unies contre cinq pays, dont la France, pour protester contre les gouvernements qui ne font rien face à la crise climatique. Dans ces cinq pays ne figurent pas ceux qui polluent le plus au monde : la Chine, l'Inde et les États-Unis.

Le plus jeune de ces enfants qui portent plainte avait... huit ans. Le plus âgé, dix-sept. « Malheur à la ville dont le prince est un enfant », lit-on dans l'Ecclésiaste, un livre qu'appréciait tout particulièrement Hans Jonas.

Pourquoi l'écologie est-elle devenue écologisme ? Parce que la fin des grands discours marxistes a laissé la gauche veuve de tout époux révolutionnaire. Le renoncement de François Mitterrand au socialisme en mars 1983, et ce au profit d'un libéralisme européiste très productiviste, la chute du mur de Berlin en 1989, l'effondrement de l'Empire soviétique en 1992 qui permet de découvrir ses ravages écocides, voilà qui a désorienté les intellectuels de gauche toujours en quête d'une cause à embrasser pour s'acheter, sur le principe des indulgences, une bonne conscience tout en jouissant quotidiennement des bienfaits du capitalisme – beaux appartements dans les beaux quartiers, vols en avion à la queue leu leu, restaurants étoilés comme autant de cantines, lieux de villégiature paradisiaques, rond de serviette dans les palaces, personnel de maison à demeure, habileté aux optimisations fiscales, dîners mondains de l'entre-soi, consanguinités idéologiques, et autres.

On sourira en découvrant les deux cents noms des pétitionnaires d'un texte paru en 2018 dans *Le Monde*, bien sûr, et intitulé : « Le plus grand défi de l'histoire de l'humanité ». Adjani et Arditi, Balasko et Nathalie Baye, Emmanuelle Béart et Jane Birkin, Binoche et Biolay, Carole Bouquet et Emmanuel Carrère, Marion Cotillard et Vincent Delerm, Deneuve et Huppert, Agnès Jaoui et Camélia Jordana, Bernard Lavilliers et Ibrahim Malouf, Nana Mouskouri et Jean-Luc Nancy, Albin de La Simone et Jacques Weber, Lambert Wilson et Elsa Zylberstein, parmi tant d'autres… Que du beau monde dont on aimerait connaître, pour chacun, la trace carbone, et pour tout le monde la trace carbone annuelle totale.

L'écologisme est le cheval de Troie du capitalisme postmarxiste. Il sert à expliquer que la planète n'a pas de frontière et qu'une pollution partie de Tchernobyl peut contaminer la planète entière et que, *dès lors*, il est temps d'en finir avec les peuples et les nations, les pays et les États au profit d'un gouvernement planétaire ayant en vue la sauvegarde de l'humanité et de la Terre. Qui pourrait ne pas partager un pareil souci ? Mais le principe du cheval de Troie, c'est qu'on ignore ce qu'il a dans le ventre : c'est ensuite que l'on comprend sa fonction.

L'écologisme fait entrer dans la tête du plus grand nombre cette idée que la frontière est fasciste et le cosmopolitisme progressiste, et que, vue de la Lune, la Terre est une entité sans murs et qu'il nous faut bien plutôt en faire une planète sur le principe de la Célesteville de Babar que de travailler à la permanence du Divers, cher à Segalen, qui suppose les diversités mosaïques.

Le capitalisme aspire, comme le marxisme-léninisme en son temps, à l'Empire universel. L'écologisme est un coin dans l'arbre à fendre pour y parvenir. Sous couvert de beaux et bons sentiments, il fait avancer l'idée qu'il faut une gouvernance pour un monde total purifié du mal écocide. Cette gouvernance, on s'en doute, pilotera les destinées des peuples pour le bien de la planète, bien sûr.

Il existe un courant idéologique nommé l'écofascisme qui dit tout haut ce que ce gouvernement planétaire pense tout bas – c'est le régime concret de la fameuse éthique de la « tyrannie bienveillante » de Hans Jonas…

LETTRE 12
SUR L'ANTISPÉCISME

Les mots...

L'antispécisme est une idéologie très récente. On la doit à un psychologue britannique, Richard D. Ryder, qui emploie le mot pour la première fois dans un tract militant contre les expérimentations animales dans les laboratoires en 1970. Partant de la thèse de Darwin selon laquelle il existe un continuum entre l'animal et l'homme, il estime que les humains ne sauraient pratiquer une discrimination sur les animaux sans manifester un spécisme qui s'avère l'équivalent du sexisme, la discrimination par le sexe, ou du racisme, la discrimination par la race, et qui définit une discrimination sur l'espèce. Richard D. Ryder a publié une vingtaine de livres en anglais, aucun n'est traduit en français !

En France, le spécisme a pris son essor intellectuel avec la traduction du livre de Peter Singer *La Libération animale*, en 1993.

Or, l'idée de spécisme, bien avant le mot, donc, n'est pas neuve, elle préexiste même trois siècles à Darwin : il suffit de lire l'*Apologie de Raymond Sebond* (1569) de Montaigne, mais également le *Testament* (posthume, 1729) du curé Meslier, bien avant *Déontologie* (1834) de Bentham, habituellement présenté par les universitaires spécialistes de la chose comme le philosophe fondateur de l'antispécisme. Mais laissons de côté la question des sources.

Que dit Peter Singer dans *La Libération animale* ? Que le combat pour la libération des « animaux non humains » aujourd'hui équivaut au combat pour la libération des peuples colonisés hier ; que ces animaux ne pouvant parler, militer ou se libérer, c'est aux hommes de mener cette bataille ; que les animaux sentent la douleur de la même manière que les humains et que, de ce fait, l'éthique qui s'impose est celle qui évite la douleur, ce qui définit le bon qui n'a rien à voir avec le bien qui n'existe pas, et qui évite la douleur, ce qui définit le mauvais qui n'a rien à voir avec le mal et qui n'existe pas non plus ; que cette éthique utilitariste tourne le dos à l'éthique déontologique de type kantien qui croit à l'existence d'un Bien et d'un Mal idéaux ; que le végétarisme s'impose donc puisqu'il empêche la douleur animale de ceux qui dévorent « des morceaux non humains abattus » ; que l'élevage industriel et l'expérimentation animale doivent être abolis ; que Peter Singer souhaite pour ce faire un combat non violent, mais comprend ceux qui recourent à la violence ; que la vie d'un animal doit être autant respectée que celle d'un homme ; qu'un animal intelligent vaut plus et mieux qu'un humain handicapé mental ; que la connaissance pour la connaissance n'est pas une bonne chose ; qu'il faut boycotter les produits ayant nécessité des expérimentations animales pour leur mise au point ; qu'il faut interdire l'abattage rituel *halal*.

Quelles sont les lignes de force de ce livre ?

D'abord, évidemment, l'*antispécisme*.

La civilisation judéo-chrétienne a généré l'idée que l'homme se trouve au-dessus de la nature et qu'il a le droit, le devoir même, de l'exploiter. Les animaux peuvent de ce fait être élevés, mangés, utilisés pour le travail. On peut se nourrir de leur chair, se vêtir de leur peau et de leurs nerfs qui servent de fil à coudre, transformer leur force de travail en activité productive, les dresser comme animaux de garde, notamment les chiens. On peut les élever afin de les manger à son heure, ce qui marque la naissance de l'agriculture et de la pisciculture. Ainsi le sanglier sauvage devient avec le temps le porc domestique – le dicton affirme que « dans le cochon, tout est bon », des viscères aux soies en passant par les pieds ou les oreilles comestibles. L'antispécisme est donc une arme de guerre contre le christianisme. Il est même, d'une certaine manière, un paganisme, sinon un mixte d'animisme et de totémisme.

Par ailleurs, Peter Singer estime sans nuance que « la tyrannie que les êtres humains exercent sur les autres animaux » équivaut à « celle que causa la tyrannie que les humains blancs exercèrent des siècles durant sur les humains noirs » – c'est la thèse de Jeremy Bentham au XIXe siècle. Pour penser ainsi il faut postuler une égalité en tout des hommes et des animaux. De sorte que tuer un esclave noir et abattre un poulet dans un abattoir, c'est la même chose. Comme torturer un militant politique et élever un animal en batterie...

D'après la thèse défendue par Charles Patterson dans *Un éternel Treblinka*, tuer des animaux dans un abattoir équivaut très exactement à tuer des Juifs dans les camps de la mort hitlériens... Pour ce professeur à Columbia (New York), l'industrialisation de l'abattage a servi de modèle au projet de Solution finale d'Hitler qui se proposait, on le sait, d'exterminer tous les Juifs d'Europe.

Patterson estime que la domestication suppose la castration et que celle-ci conduit à l'asservissement des esclaves et des femmes – même si le projet de castrer les femmes pour les domestiquer reste à démontrer... La castration d'un animal, écrit-il, s'apparente à l'eugénisme pratiqué par le national-socialisme.

Où l'on voit que le spécisme pose *a priori* l'égalité entre les hommes et les animaux que les antispécistes disent non humains sans pour autant la prouver... Or, Singer écrit dans *La Libération des animaux* qu'il faut en finir avec l'utilisation des animaux en laboratoire notamment, c'est l'un de ses arguments, parce que les résultats obtenus sur un homme ne coïncident pas du tout avec ceux qu'on obtient avec les animaux. Mais pour quelles étranges raisons si les hommes et les animaux sont une seule et même chose ? Les animaux humains et les animaux non humains ne seraient donc pas aussi homogènes en tout que les antispécistes le disent ? Sinon pourquoi Peter Singer pourrait-il écrire que des produits « sont dangereux pour certains animaux mais pas pour les humains » ? Réponse qu'il lui faudrait donner : parce que les bêtes et les hommes sont dissemblables...

Ensuite, l'*utilitarisme*. La philosophie européenne n'est pas la même que la philosophie anglo-saxonne. La première est dominée par l'idéalisme allemand lui-même issu de l'idéalisme grec en général et de Platon en particulier. En Europe, on tient dans l'ensemble pour négligeable la philosophie italienne ou la philosophie espagnole qui, pourtant, ne comptent pas pour rien. La domination de la philosophie allemande (le criticisme kantien, l'idéalisme hégélien, le bric-à-brac freudien, les fumées phénoménologiques husserliennes, les mêmes augmentées de la croix gammée chez Heidegger...) accompagne la position dite « déontologique » en vertu de laquelle il existe un Bien et un Mal qui relèvent de l'absolu, de l'idéal, du transcendantal et du nouménal chez Kant, à partir desquels se mesure la moralité.

Par exemple, pour Kant, mentir est un mal, quelles que soient les circonstances. Il n'existe pas de bonnes raisons de mentir – le mensonge, dit-il, « disqualifie la source du droit ».

Je donne un exemple, il est de moi : un Juif portant une étoile de David ouvre la porte d'un appartement et se réfugie dans l'une de ses pièces pour s'y cacher ; le propriétaire vient d'assister à la scène une minute plus tôt ; un nazi pourchasse le Juif et entre à son tour, il demande à l'habitant des lieux si un homme s'est réfugié chez lui. Le kantien dira « oui » – pour ne pas disqualifier la source du droit ! Ce faisant, il envoie un Juif à la mort. Il aura été moral, il n'aura pas menti, il aura dit la vérité, mais, dans ce cas, dire la vérité équivaut à précipiter un homme dans une chambre à gaz. Est-ce moral ? Dans la logique kantienne, oui. Il ne faut pas se demander si le mensonge peut être préférable à la vérité quand le mensonge sauve un homme pendant que la vérité le tue. On ne doit pas indexer le bien et le mal sur un jugement personnel qui ferait de l'homme la mesure de toute chose. C'est la loi morale qui commande, il faut lui obéir. Où l'on voit dans quelle impasse conduit l'option *déontologique*. C'est l'option du continent philosophique européen…

Cette option gréco-germanique n'est pas la seule : il existe une option anglo-américaine, elle est dite « conséquentialiste ». C'est celle de Peter Singer. Pour les conséquentialistes, il n'existe donc pas un Bien idéal opposé à un Mal idéal, mais du Bon relatif opposé à du Mauvais relatif en fonction des conséquences de l'acte choisi ou à choisir. Une vérité qui tue est à récuser, elle est mauvaise, il faut lui préférer un mensonge qui sauve, car il est bon.

L'utilitarisme anglo-américain est un conséquentialisme en vertu duquel seule l'utilité détermine la moralité d'un acte, d'une parole, d'un geste, d'une action. Épargner la vie d'un homme vaut mieux que le tuer, encore que tout dépend des circonstances ; dès lors, le mensonge ou la violence, ou n'importe quelle riposte qui pourrait sembler mauvaise d'un point de vue déontologique, sera bonne d'un point de vue conséquentialiste.

Reprenons le postulat antispéciste : les animaux et les hommes sont une seule et même entité. Ce que l'on fait à l'un, on le fait à l'autre ; ce que l'on ne fait pas à l'un, on ne le fait pas à l'autre ; on veut le bonheur des hommes ? on doit donc vouloir celui des animaux ; on n'inflige aucune souffrance ou aucun traitement dégradant à un homme ? on doit donc procéder de même avec les animaux ; on ne tue pas un homme ? on ne doit donc pas tuer un animal. On ne torture pas un homme ? on ne torture donc pas un animal. On veut le plaisir des hommes ? on doit donc vouloir celui des animaux. Il faut négativement vouloir éviter la souffrance de l'animal et, positivement, vouloir son bien-être, son plaisir, sa satisfaction. Est bon, et non pas Bien, ce qui réalise ce projet ; mauvais, et non Mal, ce qui l'entrave ou l'empêche.

Enfin, le *relativisme*. La philosophie anglo-saxonne tourne le dos à la philosophe européenne d'une manière radicale. Il n'existe pas de Valeur en soi, totale, absolue. La valeur se révèle relative. C'est ce que pense Peter Singer.

L'humanisme affirme que l'homme est une valeur en soi, absolue. Singer n'est pas humaniste. D'une certaine manière, on peut même le dire antihumaniste. Il se dit « personniste ». Ses positions lui valent d'ailleurs de violentes critiques planétaires qui vont jusqu'à des attaques physiques lors de conférences publiques, notamment en Allemagne où la question de l'eugénisme, on s'en doute, génère de violentes réactions épidermiques.

Il affirme, en effet, des choses pour le moins choquantes : par exemple qu'on peut pratiquer l'euthanasie sur un enfant qui naît avec une malformation vingt-huit jours après sa naissance – presque un mois, donc, après son arrivée au monde… Il défend également l'euthanasie pour les personnes souffrant de lourds handicaps psychiatriques. En octobre 2000, dans *La Recherche*, il affirme : « Je ne pense pas que tuer un nouveau-né soit équivalent à tuer une personne… Un mois me semble un délai raisonnable à accorder aux parents pour décider si leur bébé doit vivre… Un chimpanzé ou un cochon se rapprochent bien plus du modèle d'être autonome et rationnel qu'un nouveau-né. »

Autrement dit, il ne faut pas égorger un poulet pour le manger, mais on peut tuer un enfant handicapé, et peut-être même pas handicapé ; il ne faut pas ôter la vie à un cochon pour le manger, mais on peut supprimer un adulte handicapé mental. Disons-le franchement : le porc est supérieur au petit d'homme.

De manière faussement interrogative, il est prudent, Peter Singer s'interrogeant sur la question de l'expérimentation animale, écrit dans *La Libération animale* : « Si l'expérimentateur affirme que l'expérience est d'une importance suffisante pour que l'on inflige de la souffrance à des animaux pourquoi n'est-elle pas d'une importance suffisante pour justifier que l'on inflige de la souffrance à des humains de même niveau mental ? » Ce qui, traduit sans les fioritures prudentielles, donne : « Pourquoi ne pas expérimenter sur un handicapé mental ? »… Et l'on comprend que, chez un homme qui ne craint pas de trancher le cou d'un enfant de un mois – c'est une métaphore... –, l'expérimentation sur un handicapé profond ne poserait aucun problème... conséquentialiste !

Une autre prise de position de Peter Singer permet de comprendre comment s'articulent le spécisme, l'utilitarisme, le conséquentialisme, le relativisme et l'antihumanisme. C'est celle de la zoophilie.

Peter Singer ne voit en effet aucun inconvénient à l'accouplement des animaux et des hommes pourvu, conséquentialisme oblige, que les animaux n'en souffrent pas. C'est la seule limite, la seule condition pour l'interdire. Là aussi, là encore, traduit sans les fioritures prudentielles, Peter Singer donne sa bénédiction éthique, morale, conséquentialiste, à l'accouplement d'un singe et d'une femme, d'un homme et d'une chienne parce qu'il n'occasionnera pas de souffrance physique. En revanche, non à la copulation avec des poules dont le vagin ou le rectum pourraient se trouver endommagés par l'intromission du pénis d'un philosophe conséquentialiste. Il est des jours où l'on a beau être nietzschéen, on se sent tout de même très kantien.

Les *Cahiers antispécistes* de février 2003 publient un article de Peter Singer intitulé : « Amour bestial ». Voici ce qu'on peut y lire : de la même manière que le combat antispéciste est assimilable au combat anticolonialiste du XIXe siècle, le combat pour la zoophilie est lui aussi assimilable aux luttes menées par les tenants d'une sexualité non procréative comme les homosexuels, les femmes sous contraception, les masturbateurs, les sodomites, les usagers de la fellation. Les tabous se sont effondrés, et c'est tant mieux, mais il en reste un : celui des relations sexuelles des humains avec les animaux. Or, écrit-il, la zoophilie est vieille comme le monde.

Les ennemis de la bestialité ont été les chrétiens, les kantiens et les inventeurs des droits de l'homme qui ont oublié ceux des animaux. Normal : leur combat consiste à faire perdurer la séparation entre les hommes et les bêtes. C'est donc par spécisme qu'ils ne sont pas zoophiles. Un antispéciste se retrouvera donc naturellement zoophile.

En revanche, Peter Singer s'appuie sur Freud, et cite ses *Trois essais sur la théorie de la sexualité*, et un écrivain viennois, Otto Soyka, auteur d'un *Au-delà des limites de la morale*, comme deux penseurs utiles à sa cause. Freud est décidément de tous les bons coups ! Le philosophe de *La libération animale* donne les limites à la zoophilie : la souffrance des animaux. Citons : « Il arrive que les hommes utilisent des poules comme objets sexuels en insérant leur pénis dans le cloaque (un canal à tout faire par où passent à la fois les excréments et les œufs). Cela est habituellement fatal à la poule, qui est parfois délibérément décapitée pour intensifier les contractions de son sphincter. C'est de la cruauté pure et simple. Mais [*sic*] est-ce pire pour la poule que de vivre un an ou plus, entassée avec quatre ou cinq congénères dans une triste cage métallique, si petite qu'elles ne peuvent pas étendre leurs ailes, d'être ensuite fourrée [*sic*] avec d'autres dans des caisses pour être conduite à l'abattoir, puis suspendue tête en bas sur une bande transporteuse, et enfin tuée ? Si la réponse est non, alors ce n'est pas pire que ce que les producteurs d'œufs infligent en permanence à leurs poules. » Traduction : plutôt sodomiser une poule et la décapiter que la mettre en cage dans un élevage industriel.

Peter Singer rapporte le témoignage d'une femme qui, visitant un centre de réadaptation des orangs-outangs à la vie sauvage, avait constaté que l'un d'entre eux arrivait vers elle avec une érection. Un soigneur lui a dit qu'elle n'avait rien à craindre, son argument étant que… les orangs-outangs ont de petits pénis !

Le philosophe ne voit rien à redire à cette situation. C'est pourquoi il conclut : « Cela ne rend pas les rapports sexuels entre membres d'espèces différentes normaux, ou naturels, quoi que ces mots si abusivement employés puissent signifier, mais [*sic*] cela implique que de tels rapports cessent de constituer une offense envers notre statut et notre dignité d'êtres humains. »

Précisons que Peter Singer est titulaire de la chaire d'éthique [sic] à l'université de Princeton (New Jersey, États-Unis) ; qu'il a créé le Centre de bioéthique [sic] humaine à l'université Monash de Melbourne (Australie) et que le Conseil des sociétés humanistes [sic] australiennes l'a nommé Humaniste [sic] de l'année en 2004. Il a été candidat Vert pour le Sénat australien. Il n'a pas été élu… C'est bête.

… et les choses

On a vu déjà, dans ce livre[1], que *Libération* avait publié une tribune du philosophe Paul Preciado qui célébrait la coprophagie et la zoophilie dans le but d'en finir avec la religion d'un utérus qui n'accueillerait que le sperme des hommes blancs hétérosexuels. La rédaction du journal qui passe pour progressiste n'a rien trouvé à redire à cette invitation à manger des matières fécales et à copuler avec des animaux. S'il faut le dire dans l'esprit dudit *Libé* (17 janvier 2014) : « Bouffez de la merde et sodomisez votre chien », voilà le slogan politique ayant remplacé : « Prolétaires de tous pays, unissez-vous ! » ou bien encore : « À chacun selon ses

1. Voir note 1 p. 106

besoins. » On sait que *Libération* incarne une grande tradition progressiste ! Dès 1977 en effet, le journal mobilisait déjà l'*intelligentsia* parisienne pour légitimer la pédophilie. *Le Monde* n'était d'ailleurs pas en reste et publiait le même genre de manifeste.

Les Pays-Bas nous précèdent en matière de libertés sociétales – disons-le dans ces termes… Il existe en effet au pays de Spinoza un parti intitulé Amour du prochain, Liberté et Diversité [sic] ; le PNVD a dans son programme la légalisation de la pédophilie, de la zoophilie – *Libé* a pris du retard sur cette ligne libertaire.

La devise de ce parti est *Sapere aude*, autrement dit : « Ose savoir ». Cette phrase du poète Horace est surtout connue parce que Kant en a fait l'impératif catégorique des Lumières dans le texte programmatique de cette philosophie du XVIIIe siècle intitulé *Qu'est-ce que les Lumières ?* Kant en caution des pédophiles et des zoophiles, il faut tout de même oser. Ce parti s'est autodissous en 2010.

Son programme était très clair, c'est une radicalisation du politiquement correct : outre une législation très en « faveur » des enfants (droit à vivre seuls dès l'âge de douze ans, droit de tourner dans des films pornographiques dès seize ans, droit à la prostitution dès quatorze ans, droit aux relations sexuelles avec des adultes si les enfants sont « consentants », abaissement de la majorité sexuelle à douze ans avant d'en baisser régulièrement l'âge), disparition de la censure en matière de sexualité, suppression du caractère légal du mariage, « autorisation de l'homosexualité sous toutes ses formes en public », légalisation du nudisme et de la prostitution, diffusion de programmes pornographiques sans codage à toutes les heures du jour et de la nuit, légalisation de l'exhibitionnisme devant les mineurs, dépénalisation de la pornographie pédophilique à usage privé, amnistie de tous les pédophiles incarcérés, inculcation aux enfants des « valeurs portées par la pornographie », *dixit* le PNVD.

Par ailleurs, sur la question des animaux, outre la légalisation de la zoophilie, le parti propose l'interdiction de consommer de la viande et du poisson. Il interdit également la chasse et la pêche. *Idem* avec l'expérimentation animale dans les laboratoires. Tuer des animaux dans les abattoirs est considéré par le parti comme un meurtre.

Sur l'immigration, le PNVD propose, comme l'extrême gauche et une grande partie de la gauche française, la régularisation de tous les étrangers en situation irrégulière sur le territoire néerlandais. Il souhaite instaurer le regroupement familial généralisé. De même, il aspire à imposer la discrimination positive dans tous les domaines.

Écologiste, ce parti progressiste récuse les énergies fossiles, il s'oppose bien évidemment à l'énergie produite par les centrales nucléaires et défend les énergies renouvelables.

On ne s'étonnera pas que ce parti pédophile et zoophile, immigrationniste et végétarien, écologiste aussi, défende l'Union européenne et souhaite fédérer l'Europe en un État européen !

Enfin, ce parti qui annonce clairement le programme des néo-progressistes européens s'avère franchement antichrétien et se fait fort d'organiser chaque vendredi saint moult banquets qui se termineront en orgies.

On ne s'étonnera pas que, sous la plume de Sabine Cessou, *Libération* consacre sa dernière pleine page du 8 juillet 2006 à un portrait somme toute empathique du pédophile créateur de ce parti, Marthijn Uittenbogaard, sous le titre « Sur la ligne jeune » – Ha ha ha... La notice le concernant précise qu'il est actif dans le mouvement pédophile, mais la journaliste écrit : « "Moi, j'aime aussi les adultes et je n'ai pas de contact avec les enfants", annonce-t-il d'emblée. Et d'affirmer : "Je ne fais que regarder, comme la plupart des pédophiles." Adolescent, il s'intéressait aux filles et aux garçons. Adulte, il ne se conjugue plus qu'au masculin, grand et petit. Il n'a jamais eu affaire à la police et ne charge pas de documents interdits sur son disque dur. » Donc, si l'on en croit cette journaliste, ce pédophile actif dans les mouvements pédophiles n'est pas pédophile. Tout va bien...

Que penser de l'antispécisme ?

À l'évidence, les mauvais traitements infligés aux animaux ne sont pas défendables. Bien sûr, il faut condamner l'industrialisation de l'élevage, la folie des animaux en batterie, l'expérimentation animale dans les laboratoires pour l'industrie cosmétique, pharmaceutique, ou la défense nationale, l'abattage rituel *halal*, le sexage des poulets suivi de la destruction par broyage des mâles qui ne feront pas d'œufs.

Peter Singer milite contre l'expérimentation animale en laboratoire. Dont acte. Pour en convaincre son lecteur, il accumule *ad nauseam* les scénarios d'horreur afin d'assimiler la recherche sur les animaux à des pratiques de sadiques assimilables aux nazis – exposer des chiens aux radiations pour tester leur durée de vie, leur faire ingérer de l'explosif pour constater les effets de l'explosion, élever un singe avec une mère et la faire exploser pour analyser les réactions du jeune animal, leur faire ingérer de l'eau de Javel, des gaz, de l'herbicide, les exposer à des températures extrêmes, chaudes ou froides, les droguer avec tous les produits possibles et imaginables, etc. À trop charger la barque avec ces histoires qui, si elles sont vraies, sont le fait de fous à lier, le philosophe peine à convaincre : qui exciperait des expérimentations du docteur Mengele à Auschwitz pour conclure que tous les médecins sont des nazis ?

À ceux qui voudraient faire remarquer à Singer qu'un certain nombre de découvertes majeures ont été rendues possibles grâce à des expérimentions animales, l'homme qui ne voit rien à redire à la mise à mort d'un nouveau-né de un mois répond : « Je n'ai pas l'intention d'entrer dans cette controverse » ! *Quid* d'un philosophe qui refuse de répondre aux arguments les plus efficaces contre ses hypothèses ?

Que penser du végétarisme ?

Il paraît moralement impeccable parce que, en refusant de consommer de la viande animale ou du poisson, le végétarien n'entretient pas le cycle élevage, abattage, nourrissage. Mais un végétarien n'est pas un végane qui, lui, a le mérite de porter la cohérence plus loin. Car le végétarien mange des œufs, du beurre, de la crème, des yaourts, du fromage. Or, quiconque connaît un peu la nature sait que déguster tous ces produits oblige à la mise à mort de ceux pour qui le lait a été produit : le veau pour les produits au lait de vache, l'agneau pour le lait de brebis, le chevreau pour la chèvre. En effet, la vache n'a de lait que pour nourrir son veau, la brebis pour alimenter son agneau, la chèvre pour son chevreau ; si l'on détourne ce lait de sa destination première pour en faire beurre, crème, yaourts et fromages, veau, agneau et chevreau ne pourront plus être nourris par le lait maternel. C'est la raison pour laquelle ils sont tués, dépecés, mangés, consommés. Manger *ici* une part de fromage de vache, boire un verre de lait, tartiner son pain avec du beurre, c'est, *là*, le payer de la mort d'un veau. *Idem* avec les œufs, car ils ont nécessité un tri entre mâles détruits après sexage, sauf quelques exemplaires pour assurer la fécondation des poules, et femelles conservées pour la ponte. L'omelette mangée *ici* se paie *là* de la mort de poussins mâles. Le végétarien a beau faire assaut d'éthique animale concrète, son comportement qu'il croit moral induit tout de même la mise à mort d'autres animaux pour sa consommation.

Que penser du véganisme ?

Le végane est plus cohérent qui, lui, s'interdit de consommer la chair animale, les poissons, mais également tous les produits dérivés – œufs, beurre, fromage, lait, crème, miel, cuir, soie, laine, cire d'abeille, et, bien sûr, tous les produits ayant nécessité l'utilisation d'un animal.

Ainsi, le vin dans une barrique contient des matières en suspension qui peuvent être naturellement collées au blanc d'œuf avant extraction de la barrique. Une séparation des blancs et des jaunes permet au viticulteur d'utiliser les blancs pour obtenir l'agrégation des particules et les jaunes pour… une vaste omelette partagée avec les vendangeurs. Les véganes n'approuvent ni le collage ni, *a fortiori*, l'omelette partagée.

Les véganes condamnent tout usage domestique des animaux sélectionnés, croisés et dressés depuis des siècles dans le projet d'en faire ce qu'ils sont devenus. De l'équus, l'aurochs, le phacochère et le loup préhistoriques au pur-sang arabe, au bœuf de Kobe, au cochon de ferme, au chihuahua, leurs lointains descendants produits par domestication, des milliers d'années de travail des hommes ont produit ces animaux qui tiennent autant de la nature que de la culture, sinon plus. Que signifierait leur retour à la nature ? Leur mort sans aucun doute… La libération des animaux déboucherait sur leur disparition – Singer dirait : leur holocauste.

En finir avec les zoos et les cirques ? Libérer ces animaux ? Entendu. Que fait-on alors des ours, des lions, des tigres et autres animaux qui ont vécu toute leur vie dans des chapiteaux sous les feux de la rampe ? Ils ont été élevés en captivité, ils ont vécu avec les hommes, ils ont passé toute leur existence en cage, en vertu de la théorie de l'imprégnation, ils ont été nourris au biberon par des humains et n'ont jamais su ce qu'était chasser, ils ignorent la loi de la jungle puisqu'ils ne connaissent que la loi des hommes. Les placer dans des parcs pour une retraite ? Ils seront toujours dominés par les hommes auxquels ils devront leur existence et leur subsistance.

Où l'on voit donc que le végétarisme est une bévue morale tant qu'il contribue à tuer les petits des animaux adultes dont on détourne le lait ; que le véganisme s'avère plus cohérent et plus conséquent, mais que, en même temps, si l'on se fait conséquentialiste, sa pratique induirait dans un premier temps la mort rapide de millions d'animaux domestiques libérés, perdus dans une nature dont ils ignorent tout puisqu'ils sont des produits de culture, et que, dans un second temps, après rééquilibrage naturel, l'homéostasie darwinienne étant inévitable, les animaux sauvages ou ensauvagés mettraient en péril… l'homme, désarmé devant la sauvagerie des bêtes proliférantes !

Mais n'est-ce pas le fond de cette affaire antispéciste que d'inverser les valeurs afin de remplacer la domination des animaux par l'homme par la domination de l'homme par les animaux ? Ce *grand fantasme bestial*, au sens étymologique, est bien dans l'ère du temps. Il est la religion de substitution d'une époque sans religion, le sacré d'un temps sans sacré, le rituel d'un monde sans rites, le culte d'un monde sans culte. On comprend qu'elle séduise tellement une jeunesse perdue, sans points de repère éthiques, sans morale.

Voici venu le temps généalogique d'une civilisation d'après notre civilisation. Ce sera celle du transhumanisme, elle fabriquera des steaks sans viande par clonage de cellules jadis animales. Elle fera un jour du parti zoophile néerlandais un acte précurseur, un genre d'épiphanie du monde nouveau où l'enfant et la bête seront de nouvelles divinités païennes, son premier évangile. Nous entrons dans cet enfer auquel certains aspirent comme à un paradis. On le sait depuis Pascal : « Qui veut faire l'ange fait la bête ! »

CONCLUSION

LE SUBLIME DE LA CATASTROPHE

Notre époque ressemble à celle de saint Augustin qui voit s'effondrer la civilisation gréco-romaine et ignore que se prépare, avec lui notamment, celle qui va la remplacer : la civilisation judéo-chrétienne. Une toile de Monsu Desiderio le représente marchant sur une plage avec en arrière-plan les ruines d'une ville – ce sont celles d'une civilisation. Le petit personnage dans la vastitude du paysage, la plage est immense et la ville en ruines gigantesque, ne peut manquer de générer le sublime. Ici c'est le sublime de la catastrophe. La peinture est sombre, bitumée, noire comme un néant dans lequel brille et scintille l'âme d'un homme dans les reliefs d'une ville.

Nous sommes dans cette période de tuilage entre deux civilisations. Mais peu de personnes pensent en termes de civilisation : la longue durée a cessé d'être la mesure dans un temps qui a le culte de l'instant. Cette religion frénétique de l'ici et maintenant produit un homme aussi incapable de se projeter dans le passé que dans le futur. Les leçons de l'histoire ne sont plus données et le futur vu comme un présent projeté est imaginé vierge de toute négativité.

Nous savons quelle civilisation nous quittons : c'est celle qui, après avoir hérité des Gréco-Romains, a produit le judéo-christianisme revu et corrigé par la rationalité de la Renaissance puis des Lumières. Deux mille ans ont permis de parfaire cet objet civilisationnel aujourd'hui fêlé, ébréché, cassé, sinon démodé. Notre civilisation sera poussière comme toutes celles qui l'ont précédée. Elle sera remplacée par une autre qui, elle aussi, obéira aux lois vitalistes qui présideront à son trajet de la naissance à la mort via son acmé.

Il est toujours périlleux d'imaginer vers quoi nous allons dans une époque qui n'est pas même capable de s'entendre sur ce dont nous venons !

Qui, à l'époque où Celse écrit son *Contre les chrétiens*, à la fin du IIe siècle, aurait pu imaginer que cette secte, parmi tant d'autres millénaristes qui prêchaient la parousie, produirait un Occident deux fois millénaire ? Celse ne voyait dans ce ramassis de foulons illettrés, de charpentiers ignorant le grec, de femmes issues des classes les plus pauvres, de mendiants et de déshérités, que de pauvres hères souffrants à qui cette sagesse offrait la promesse d'un contre-monde à celui dans lequel ils peinaient. Il était normal que les derniers venus ici-bas puissent imaginer qu'après leur mort ils seraient les premiers appelés dans l'au-delà où triomphait le Fils de Dieu ressuscité. Mais qui d'autre, en dehors de ces miséreux, pourrait bien apporter crédit à ce salmigondis chrétien ? L'Histoire a tranché, Celse s'est trompé…

À brève portée de vue, on peut sans trop se leurrer annoncer que l'Europe judéo-chrétienne va disparaître sous le coup des flux migratoires qui augmentent sans cesse et contre lesquels rien n'est fait – et contre lesquels, d'ailleurs, rien ne peut être fait. On ne ressuscite pas d'entre les morts.

Segalen raconte dans *Les Immémoriaux* comment les remplacements de civilisations s'effectuent parce que celle qui laisse sa place est déjà morte : ça n'est pas l'afflux des migrants qui tue l'Europe judéo-chrétienne, mais c'est parce que l'Europe judéo-chrétienne est morte que les afflux de migrants ont lieu. Dès qu'un ancien maori ignore les généalogies de son peuple et reste muet un jour de leur déclamation rituelle, l'acte de mort de la civilisation est dressé : les colons chrétiens peuvent alors débarquer et imposer leur religion. Mais ça n'est pas la venue des Jésuites qui tue les Maoris, ce sont les Maoris qui, ignorant leur histoire, donc leur passé, rendent possible la substitution d'un présent qui travaille à un autre futur.

Cette loi fonctionne pour toutes les civilisations qui meurent d'épuisement, comme meurt le corps fatigué d'un vieil homme après une simple grippe parce que son organisme était trop usé, trop âgé. C'est moins la grippe qui le tue que la vie devenue un alcool trop fort pour sa chair vidée de vitalité. L'infection n'a lieu que parce que le système immunitaire se trouve déprimé, on le sait.

Mais après cette disparition, quelle nouvelle règle du jeu ? Il se peut que le judéo-christianisme laisse place à une civilisation islamique qui n'aura qu'un temps et sera localisée, donc locale. L'islam devra composer avec la civilisation technique ayant porté le monde à son point de modernité. Et la technique fait mauvais ménage avec une pensée féodale. C'est l'une ou l'autre, l'une pouvant tuer l'autre, mais jamais l'une avec l'autre.

L'Occident a inventé, créé, découvert, produit, réalisé, imaginé, conçu, pensé nombre de choses sans lesquelles il est devenu impossible de vivre : se déplacer en voiture, en avion, en bateau, en sous-marin, téléphoner, aller dans l'espace, utiliser un ordinateur, bénéficier de la pharmacie, de la médecine et de la chirurgie contemporaines. On peut dire non à *La Divine Comédie* de Dante, aux *Essais* de Montaigne, aux pièces de Shakespeare, au *Don Quichotte* de Cervantès, aux peintures de Rubens, à la musique de

Bach et de Mozart, à la philosophie de Kant, aux poèmes de Baudelaire, aux romans de Tolstoï, à l'architecture de Le Corbusier, aux films de Charlie Chaplin, et vivre sans tous ces chefs-d'œuvre, mais peut-on vivre sans électricité, sans informatique, sans pénicilline, sans moteur, sans la chirurgie contemporaine ?

L'avenir n'est pas à la négation de la technique, ou à l'absence de progrès techniques, mais à la radicalisation de la technique. Aucune civilisation ne se fera malgré elle, contre elle et surtout malgré et contre celle d'aujourd'hui qui a impulsé le mouvement contre lequel rien ne sera désormais plus possible. L'avenir sera aux maîtres de la technique contemporaine.

Cet avenir ne se construira pas avec une religion ancienne, même renouvelée, recomposée, mais avec une nouvelle religion à même de fonder intellectuellement, idéologiquement, ontologiquement, spirituellement la civilisation appelée à remplacer la civilisation judéo-chrétienne, bien sûr, mais également l'une ou l'autre des civilisations locales obéissant encore aux spiritualités anciennes. S'il peut encore advenir la suprématie de civilisations islamiques, celle de l'oumma ; confucéennes, celle de la Chine ; hindouistes, celle de l'Inde, elles ne le seront que dans une aire de la planète précise et limitée, mais pas sur sa totalité. Ce seront les derniers feux du local avant l'avènement du global.

Et la civilisation globale appelée à prendre la suite de la civilisation judéo-chrétienne après des répliques locales, comme on dit dans le vocabulaire de la tectonique des plaques, ce pourrait bien être la *civilisation transhumaniste*.

Cette civilisation est déjà en marche ; quelle force plus grande qu'elle pourrait l'en empêcher ? Ce sont des remarques de bon sens qui renvoient à la physique, à la dynamique : ce qui exerce ici une poussée ne peut être contrarié que par une plus grande poussée, sinon, la poussée pousse et poussera !

Disons-le autrement : à l'heure où les États-Unis, l'un des pays qui ont rendu possible le premier pas d'un homme sur la Lune en 1969 et qui fait partie des plus puissants du monde, n'ont plus les moyens de financer un programme spatial, c'est un citoyen qui, seul, envoie une fusée dans l'espace avec son argent personnel : j'ai nommé Elon Musk.

Or cet homme qui, par ailleurs, est le plus riche du monde, ne se contente pas de cela. Il a créé un certain nombre de sociétés dont Neuralink… Dernier progrès en date, en ce début d'année 2021, de cette société luciférienne : un microprocesseur implanté dans le cerveau d'un singe pour créer une chimère qui associe le vivant et la machine afin de conditionner le singe à agir comme ceci plutôt que comme cela. Une truie nommée Gertrude vient de subir le même traitement. Qu'est-ce qui empêche que ce genre d'expérience soit menée sur un homme ? Rien… Rien du tout. Donc cette expérience sera menée sur *un* homme, puis sur *des* hommes et, enfin, sur *les* hommes. Qui arrêtera Elon Musk ? Personne, d'autant que personne ne le souhaite, y compris les écologistes ou les antispécistes bien silencieux sur ce sujet, étonnant n'est-ce pas ?

Bien sûr, en vertu de l'antique tactique du cheval de Troie, Elon Musk n'affirme pas que son projet consiste à guider les hommes grâce à l'implant qu'il aspire à leur installer dans le cerveau, mais que Neuralink travaille à guérir les maladies neuronales, Alzheimer ou Parkinson par exemple, mais aussi l'autisme et la schizophrénie, ou à remettre sur leurs pieds des paralysés – autant de projets qui font l'unanimité par leur apparent humanisme. Paré des plumes du paon, Musk, par ailleurs un personnage psychiquement fragile[1], peut ainsi progresser vers l'abîme.

Musk affirme également que ses équipes travaillent à perfectionner l'intelligence artificielle. Pour qui a lu *1984* d'Orwell, on imagine bien que cette « intelligence artificielle » nomme le projet d'un *crétinisme artificiel*. On voit mal que Musk ait d'autre projet que de réaliser le transhumanisme qui suppose l'abolition de l'homme de l'humanisme au profit d'un univers de microprocesseurs dont la

1. Ashlee Vance, *Elon Musk. Tesla, PayPal, Space X : l'entrepreneur qui va changer le monde*, Eyrolles, 2018

maîtrise lui reviendrait, à lui et aux patrons des GAFAM qui travaillent déjà en ce sens en instaurant une société de contrôle des plus idéologiques.

À l'heure où les disciples du Docteur Folamour sont capables de transmettre à une souris des souvenirs de choses qu'elle n'a pas vécues, on imagine qu'ils peuvent également supprimer en elle les souvenirs des choses qu'elle a vécues. Mais qui décidera de ces souvenirs à prescrire ou à ôter, à télécharger ou à effacer ? Sinon ceux qui, à la tête des GAFAM, ont déjà commencé à enlever ou ôter des réseaux sociaux tout ce qui ne correspond pas à l'avancement de leur projet faustien ?

Neuralink réussit déjà à diffuser de la musique dans les cerveaux des animaux connectés : personne ne semble vouloir comprendre qu'après la musique, des mots d'ordre seront martelés dans des cerveaux humains connectés. L'interface cerveau-ordinateur est prête pour des tests sur les humains. Une puce attend l'implantation pour guérir la dépression et, ne riez pas, la dépendance !

Le projet transhumaniste consiste à abolir la mort. Voici ce que dit Elon Musk à ce sujet : « Vous pourriez probablement sauvegarder l'état du cerveau. Ainsi, si vous deviez mourir, votre état pourrait être rendu sous la forme d'un autre corps humain ou d'un corps de robot… Vous pourriez décider si vous voulez être un robot ou une personne ou autre chose. » Et puis ceci : « Vous ne seriez pas exactement le même, il y aurait une petite perte de transfert... Mais il est également vrai que si vous vous réveillez aujourd'hui, vous n'êtes pas exactement le même qu'hier », a déclaré Musk. « Il pourrait y avoir quelque chose d'analogue à un jeu vidéo, comme une situation de sauvegarde, où vous êtes capable de télécharger votre dernier état... Peut-être perdre quelques souvenirs, mais surtout être vous. » Être soi en étant ce que l'autre veut que l'on soit, voilà un codicille orwellien qui fonctionne en cas d'école.

Voici la chose clairement dite : survivre sous forme téléchargée dans des corps numérisés mixés avec des chairs clonées – c'est tout le projet transhumaniste.

Qui va empêcher Elon Musk et son équipe de « chercheurs » de mener à bien leur entreprise d'un nouveau genre totalitaire ? Sûrement pas le président des États-Unis qui souscrit à cela... D'autant que, si d'aventure il le faisait, Musk implanterait ses *usines néo-fascistes* dans d'autres pays du monde qui l'accueilleraient volontiers, Chine comprise, car ce pays travaille aux mêmes projets, bien évidemment !

Quel rapport avec l'« art d'être français » ?

Ce livre trace et piste les balbutiements de cette civilisation transhumaniste qui a besoin, pour exister, d'abolir les frontières, de détruire les pays et les nations, de réaliser une table rase civilisationnelle, de célébrer tout ce qui contribue à la destruction de cette civilisation, islamo-gauchisme en tête, guerres conventionnelles ensuite, d'uniformiser les peuples, de détruire le Divers cher au cœur de Segalen, de marchandiser toute chose, corps, organes, vie, loisir, intelligence, mémoire, pensée comprise, d'accomplir la prophétie de l'Internationale socialiste : « Du passé faisons table rase », de réaliser des autodafés de l'intelligence, d'en finir avec la réalité concrète pour y substituer la réalité virtuelle, d'artificialiser la nature, de supprimer les distinctions entre les hommes et les femmes, les Blancs et les non-Blancs, les sexes et les genres, les adultes et les enfants, les humains et les animaux, en un mot : de créoliser le monde.

Le grand dessein saint-simonien trouve ici l'actualisation de son ancien projet technophile : c'est celui de la droite et de la gauche maastrichiennes qui veulent détruire les nations pour réaliser une forme politique, l'Europe du traité européen de Maastricht, conçue comme un rouage de l'Empire à venir. La vassalisation a commencé en 1992.

Le politiquement correct s'avère le catéchisme de cette nouvelle religion fascistoïde portée par d'aucuns qui se disent progressistes et ne voient pas que, ce faisant, ils travaillent au progrès du négatif. Car les cancers eux aussi progressent.

L'Art d'être français, c'est *d'abord* l'art de ne pas être dupe – il n'y a pas d'*ensuite*...

TABLE

Dédicace 9

Lettre-préface. Le cimetière des vertus refusées 13

Lettre 1. Sur la France 19

Lettre 2. Sur la moraline 58

Lettre 3. Sur l'infantilisation 88

Lettre 4. Sur le néo-féminisme 130

Lettre 5. Sur le décolonialisme 166

Lettre 6. Sur l'islamo-gauchisme 211

Lettre 7. Sur l'antifascisme 253

Lettre 8. Sur la déresponsabilisation 288

Lettre 9. Sur la créolisation 311

Lettre 10. Sur l'art contemporain 324

Lettre 11. Sur l'écologisme 350

Lettre 12. Sur l'antispécisme 376

Conclusion. Le sublime de la catastrophe 399

Dieu

[illegible]

13620

Composition
FACOMPO

Achevé d'imprimer en Slovaquie
par NOVOPRINT
le 12 septembre 2022

Dépôt légal : octobre 2022
EAN 9782290364116
OTP L21EPLN003195-399788

ÉDITIONS J'AI LU
82, rue Saint-Lazare, 75009 Paris

Diffusion France et étranger : Flammarion